AS ÁGUAS-VIVAS NÃO SABEM DE SI

ALINE VALEK

Rocco

Copyright © 2016 *by* Aline Valek

Direitos desta edição reservados à
EDITORA ROCCO LTDA.
Rua Evaristo da Veiga, 65 – 11º andar
Passeio Corporate – Torre I
20031-040 – Rio de Janeiro, RJ
Tel.: (21) 3525-2000 – Fax: (21) 3525-2001
rocco@rocco.com.br | www.rocco.com.br

Printed in Brazil/Impresso no Brasil

Esta é uma obra de ficção. Personagens, incidentes e diálogos
foram criados pela imaginação da autora e sem a intenção de aludi-los como reais.
Qualquer semelhança com acontecimentos reais ou pessoas, vivas ou não, é mera coincidência.

CIP-Brasil. Catalogação na fonte.
Sindicato Nacional dos Editores de Livros, RJ.

Valek, Aline
V245a As águas-vivas não sabem de si/Aline Valek. – 1ª ed. – Rio de Janeiro: Rocco, 2019.

ISBN 978-85-325-3147-6
ISBN 978-85-8122-772-6 (e-book)

1. Ficção brasileira. I. Título.

19-57567   CDD-869.3   CDU-82-3(81)

Vanessa Mafra Xavier Salgado – Bibliotecária – CRB-7/6644

O texto deste livro obedece às normas do
Acordo Ortográfico da Língua Portuguesa.

Impressão e Acabamento: EDITORA JPA LTDA.

Para M.F., com quem, pela primeira vez, vi o mar.

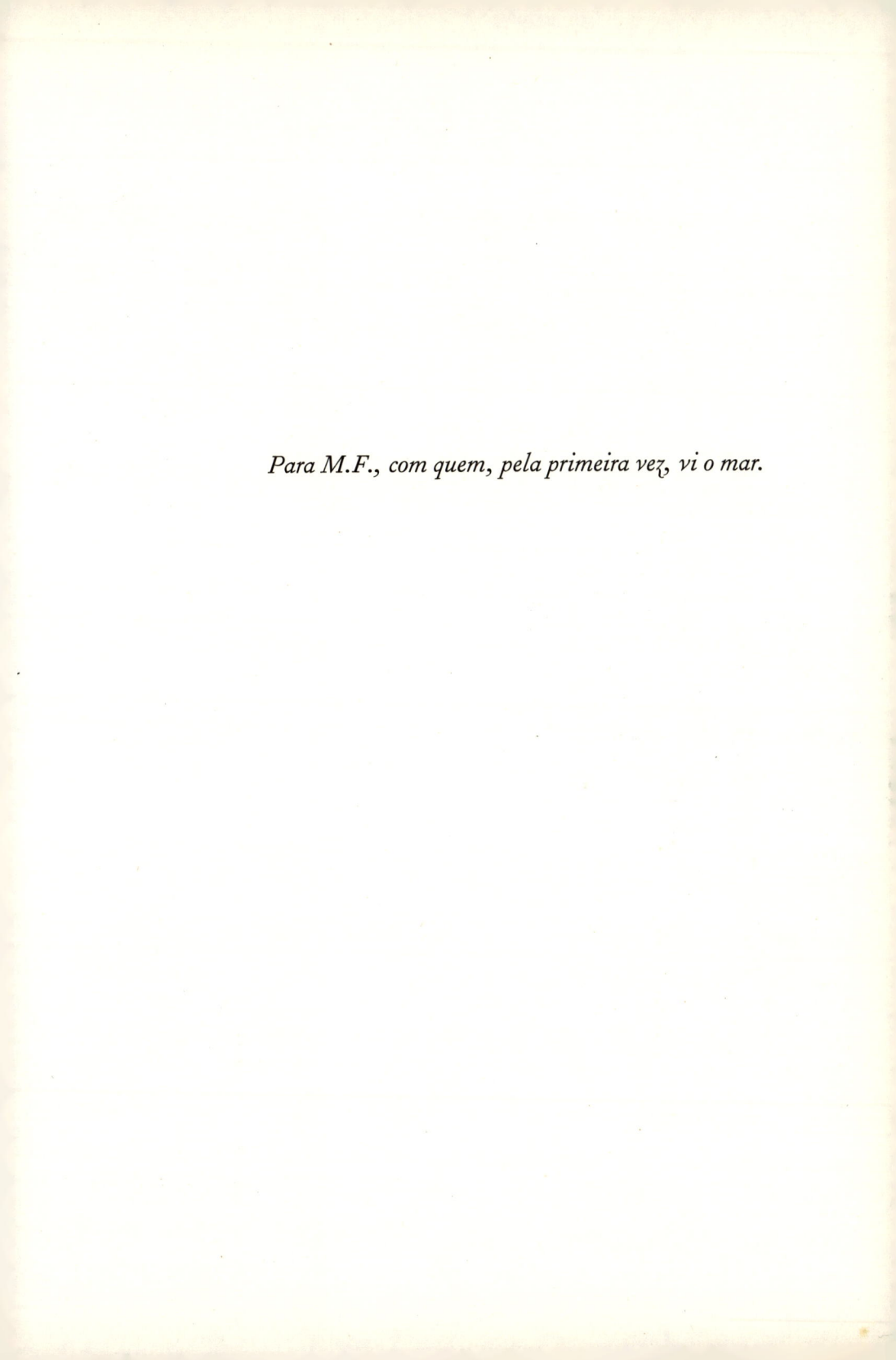

"... pois oceano é mais antigo que as montanhas, e carregado das memórias e dos sonhos do Tempo."
— H.P. LOVECRAFT

"O mar não é senão o veículo de uma sobrenatural e prodigiosa existência."
— JÚLIO VERNE

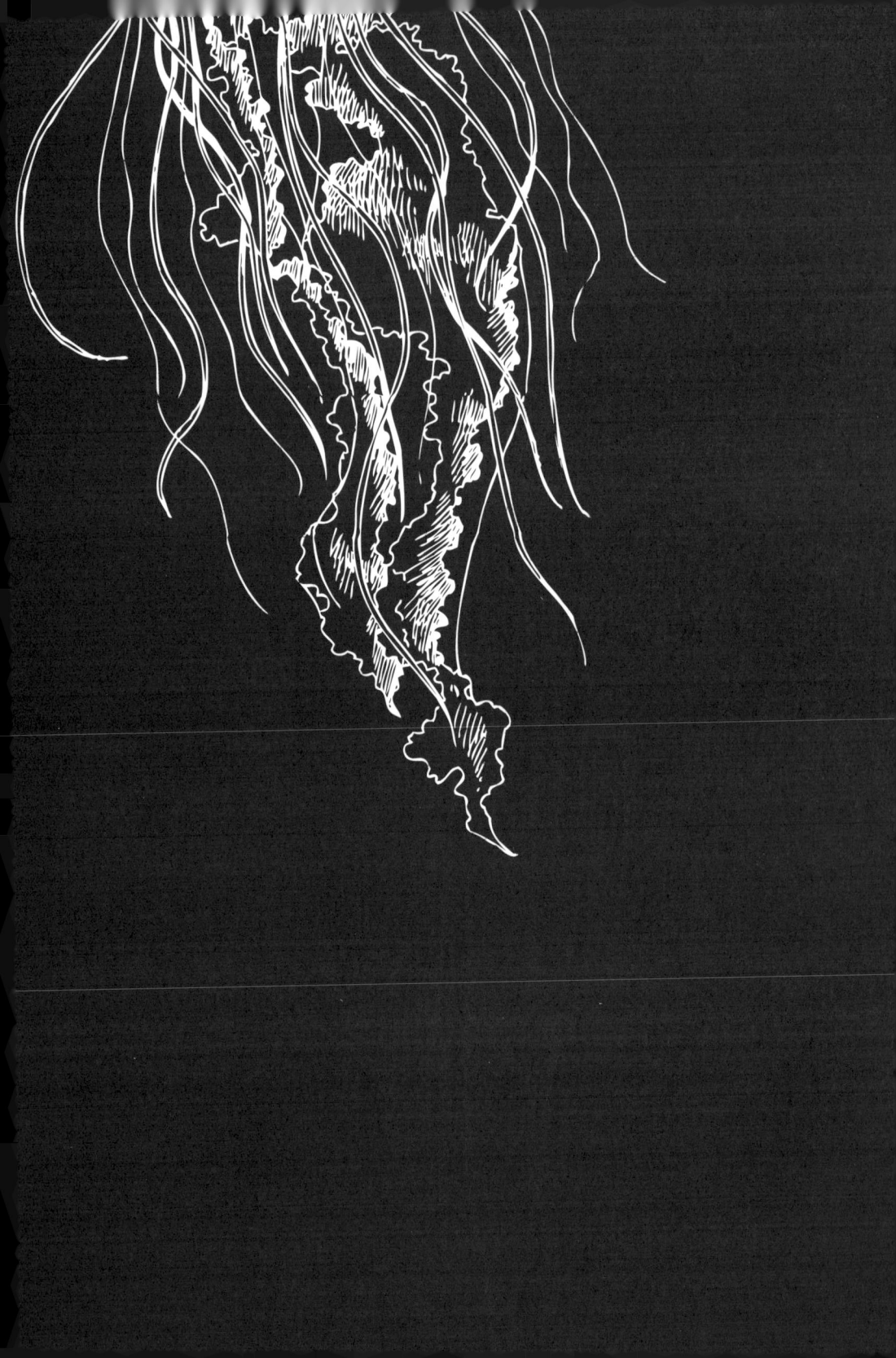

PARTE I
AURIS

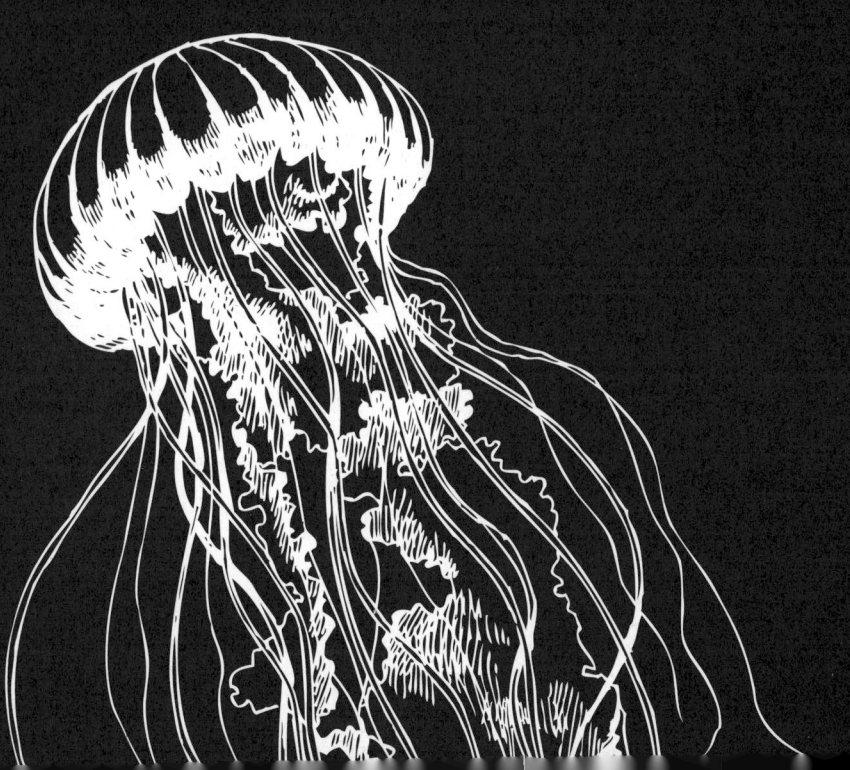

CAPÍTULO 1
CORINA

Era uma explosão de vida quando se chegava ao fundo. Fundo, bem abaixo do alcance dos maiores mamíferos e de onde nasciam as algas mais distantes a captar as últimas migalhas do sol, abaixo das metrópoles vivas de corais, das cavernas, dos naufrágios, do lar das criaturas gigantes e das bactérias comedoras de calor. Ela explodia bem mais fundo, onde a luz do sol jamais tocou e nem por isso era só escuridão, deserto, silêncio; porque era ali que a vida, a própria vida, emitia luz.

Águas-vivas cor de carne bailavam, rodopiantes, flutuando num espetáculo com uma plateia numerosa, porém totalmente indiferente, mais interessada na própria marcha rumo à multiplicação. Essa era, afinal, a dança que aquelas bactérias entendiam como primordial, a verdadeira arte, algo tão grandioso que diante dela as gigantes não passavam de cenário. Figurantes.

Na escala das pequenas dimensões, outros braços continuavam a dança. Na ânsia de tocar algo além do vazio, cerdas de um verme marinho dedilhavam as águas. Movimentos tão minúsculos quanto imensos em voracidade – a fome, a urgência, o agora... isso era tudo o que podia existir – na tentativa de agarrar algum krill que inadvertidamente encontraria ali o destino final de sua viagem.

Na boca aberta e flácida de um peixe gelatinoso: foi onde a viagem terminou para um pequeno camarão transparente que cuidava dos próprios assuntos, e ele passou por aquela garganta sem protestar, mais por falta de chance do que por uma compreensão profunda de que esse era mesmo o seu papel. O peixe, agora alimentado, seguiu serpenteando sua longa cauda pelas profundezas, alheio ao fato de que, lá em cima, havia quem considerasse inabitado o mundo onde ele vivia.

Ao redor, um cenário muito quieto – mas não morto. Atento.

Porque foi com atenção que foram recebidas aquelas duas pequenas luzes afundando no abismo, descendo sem a preocupação de haver testemunha que as observasse. Eram criaturas volumosas, de superfície brilhante e sólida, que deixavam um rastro de bolhas e se ligavam aos seus prováveis pontos de partida por cordões compridos, as pontas de cima engolidas pela densidade da escuridão. De onde vinham não se via.

Na frequência certa, as vozes apareciam, a respiração lenta, ruidosa, o oxigênio enchendo um peito no qual não entrava água. Sem dúvida, eram velhas conhecidas do oceano. Que surpresa serem vistas àquela profundidade; incomum atrevimento, era preciso reconhecer.

"Alcançamos solo", ouviu-se.

A resposta, um som vindo lá de cima, conduzido através dos cabos por centenas e milhares de metros, foi ouvida dentro do capacete.

"Positivo. Temos visual, Corina."

O corpo que deslizava à frente tornou-se mais nítido, ganhou contornos com a luz que trazia na lateral da cabeça. Era verdade que Corina fazia uma de suas primeiras visitas ao abismo, mas já havia descido fundo e visto coisas que poucos da superfície tiveram o privilégio de testemunhar; e, mesmo quando viam, era geralmente através de olhos robóticos acostumados a desvendar um mundo que ainda permanecia, em sua maior parte, além da imaginação. No entanto, lá estava ela, em só mais um dia de trabalho.

Logo atrás vinha Arraia. Tinha braços e pernas, no entanto. Era só um nome, que não servia para definir sua espécie, mas para contar sua história. Um nome com uma história que só podia mesmo acontecer ali, onde havia apenas água. Seus pés tocaram o chão e seu corpo buscou o equilíbrio, quicando como se não tivesse o peso de sangue e ossos, de uma armadura, de todo o equipamento que vinha com ele. Corina estendeu braços robóticos em sua direção, em movimentos pesados, calculados, cautelosos, que nem lembravam a desenvoltura que já tiveram um dia; mas a essa profundidade não se podia exigir tanto deles.

O trabalho era basicamente o mesmo de quando Corina e Arraia formaram dupla havia alguns anos: consertar, coletar, levar coisas da superfície para o fundo, ou ainda mãos e mentes humanas para o que quer que precisassem fazer lá embaixo. Dessa vez, não traziam ferramentas para consertar cabos e dutos de petróleo, porque tão fundo não havia esse tipo de construção; então só poderia ser o tipo de missão de pesquisa ou coleta.

Eles eram duas luzes pálidas cercadas por um mundo longe do alcance do sol, escuro demais para plantas, e que tocavam uma superfície coberta de minerais cuspidos por vulcões que elevavam a temperatura não muito longe dali. O solo íngreme já estava nos cálculos, um inconveniente pequeno para um trabalho que não duraria mais de uma hora, tempo que Corina calculou olhando o cronômetro que piscava em seu visor.

Era a terceira sonda que instalavam, seus movimentos repetiam mecanicamente cada processo de um manual de instruções gravado em seus cérebros durante um extenso treinamento. Quando finalmente terminaram, Corina apertou o botão e esperou as luzes piscarem. Pulsos magnéticos varreram o relevo submerso no mesmo instante, saindo do pequeno aparelho e a ele retornando em menos de um segundo. Olhos e ouvidos no fundo do oceano prontos para ler cada suspiro até então mantido oculto da superfície. Tudo o que Corina viu foi a luz do indicador de energia acendendo de vez.

"C-30 operante, Estação."

Depois de alguns segundos, chegou ao seu comunicador uma voz rouca, fechada.

"Sinal recebido. Prosseguir na exploração."

O silêncio da Estação fazia Corina sentir que do outro lado prendiam a respiração, embora fosse ela a forasteira solta do lado de fora, onde não havia ar para se respirar, pelo menos não sem aquele traje. Seu corpo estava totalmente revestido e hermeticamente trancado em um invólucro que impedia que ela tivesse qualquer contato com a água, mas que também a mantinha viva, respirando e capaz de se mover em um ambiente que ficava mais pesado a cada dezena de metros que se descia. Sentia o mundo apertar e pesar ao seu redor. Era o peso daquela roupa, do silêncio, do isolamento, do escuro e da cautela de entrar em um bairro que não era o seu.

O visor diante do rosto de Corina mostrava que fazia 2°C do lado de fora do traje, embora nada daquele frio a atingisse. Esses números, mais que as vozes no capacete, eram a linha que os mantinha em uma faixa segura e razoavelmente bem povoada, o guia mais confiável naquela brincadeira de quente e frio que os conduzia quase às cegas ali embaixo. Frio, estavam se afastando do lugar que deveriam explorar. Quente, estavam a alguma distância de uma chaminé – e a cautela indicava que não era o momento de se aventurar pelo calor daquelas áreas, talvez quentes demais para suas cascas suportarem.

Nem sereias, nem serpentes gigantes nem qualquer outra criatura fantástica cruzou o caminho; nem era preciso que isso acontecesse para que a expedição lhes parecesse emocionante. Era um tanto assustador saber que estavam, de fato, dividindo um ambiente com aquelas criaturas: crustáceos pinçando pedras em busca de algum detrito que pudessem engolir; pontilhados de luzes azuis desenhando a figura de uma lula que passava por eles com desconfiança; vermes, lesmas, todo tipo de pepino e de minúsculos peixes transparentes; uma nuvem esbranquiçada que era um país, um continente inteiro de bactérias adensadas que, sozinhas, podiam ser invisíveis aos olhos humanos, mas numericamente superiores em uma escala para eles inconcebível.

Havia uma quantidade ilimitada de coisas que poderiam ver enquanto avançassem por aquela escuridão, mas o oxigênio tinha hora para acabar. Seus corpos visitavam um mundo com o peso de trezentas, quatrocentas atmosferas a mais do que na superfície, mas só conseguiam fazer isso porque usavam cascas tão duras; dentro delas ainda eram frágeis, mamíferos, limitados. Seus motores ganharam força e criaram pequenos turbilhões de água e bolhas quando seus corpos começaram a emergir, uma subida lenta e cuidadosa para que pudessem sobreviver à mudança de pressão. Subiam, um centímetro de cada vez, deixando para trás o abismo – quieto, paciente, atento.

∴

O ouvido era o primeiro a sentir que o corpo saía do traje, e aquele leve incômodo, uma dor e surdez momentâneas, avisava ao restante do corpo que eles estavam de volta ao interior da câmara. Corina mexia o maxilar e bocejava com demora para os tímpanos estufarem e voltarem ao normal, não muito diferente do que se fazia dentro de um avião que pousaria; até porque aquela não deixava de ser uma longa viagem. A sensação de ter o ouvido abafado dentro de um copo foi sumindo, os sons fazendo sentido aos poucos, e logo Corina escutou o assobio baixo que o traje fazia ao se abrir, feito bexiga de ar esvaziando-se devagar.

Desceu com cuidado da plataforma que prendia aberto o exoesqueleto que a envolvera pelas últimas horas, o desequilíbrio natural de voltar a pisar em solo firme, ou pelo menos o mais próximo disso que ela podia ter no momento. Daquela viagem, só levou como suvenir a água que pingava dos trajes e encharcava o chão perto do poço de entrada.

Vestia apenas uma segunda pele de neoprene que só deixava de fora o seu rosto, coberto até as orelhas. Puxou o capuz e passou a mão na cabeça, ainda não acostumada a esse negócio de mergulhar e voltar sem um pingo de mar no corpo, a não ser o salgado do próprio suor. Virou-se para Arraia, ele próprio não conseguindo disfarçar o incômodo de manejar aquela tralha, o alívio de ter se livrado dela e voltado para a Estação em segurança, de saber que no fim tinha dado tudo certo como que contrariando todas as expectativas – e era isso, afinal, o que espantava Corina. Descer tudo aquilo e voltarem vivos, sãos, era quase doido demais para que ela acreditasse, e já estavam no quarto dia de expedição.

"Eu achava os motores instáveis demais", comentou Arraia, dando a volta para mexer na parte de trás do seu traje. "Mas hoje me senti mais no controle. Consegui me virar para o lado que eu queria ir, pelo menos."

Que a instabilidade era ruim, Corina já sabia. Não saber onde fica cima ou baixo, não ter mão que obedeça, pernas que firmem nem vista que aponte a direção era a própria definição do terror, especialmente se tal descontrole viesse a acontecer logo nas maiores profundezas. Não, não era algo com o qual Corina queria lidar. Os motores que fizessem sua parte e não causassem problemas.

"É, eles não são muito responsivos", disse ela simplesmente, mais preocupada em apanhar sua prancheta.

Era um dispositivo retangular e fino, uma tela que mostrava uma série de itens que correspondiam, cada um deles, a alguma peça do traje. Corina deslizou o dedo sobre o primeiro ícone e começou a checagem, apoiando a tela entre a dobra da cintura e o braço a cada vez que se voltava para olhar o traje com atenção, e nem os comentários de Arraia sobre qualquer coisa, ao seu lado, a distraíam do roteiro quase automático que seguia em sua cabeça para terminar logo a tarefa.

Estava acostumada a essas rotinas desde que escolhera trabalhar como mergulhadora. E ser *mergulhadora* era bastante diferente de gostar de mergulhar e visitar o oceano de vez em quando, porque o trabalho começava muito antes do mergulho, continuava depois dele e boa parte disso acontecia em terra, na superfície, fora d'água. Era preciso cuidar dos equipamentos, preparar os trajetos, verificar os itens de segurança, checar e rechecar; e durante anos ela fez isso em cada trabalho como instrutora, guia ou mergulhadora em pesquisa científica.

A preparação mais complicada era da época da plataforma de petróleo. Corina se lembrava dos parafusos do teto da câmara, do verde acinzentado das paredes à sua volta, da textura do seu colchão e do cheiro metálico do ar com tanta nitidez como se ainda dormisse lá todas as noites. Era tudo o que tinha para olhar durante dias presa na câmara de vida, portanto era natural que o lugar estivesse gravado com tanta força em sua memória. Dos vinte e oito dias que passava ali, as dezesseis primeiras horas eram sempre em função de preparar o equipamento mais importante do trabalho: seu corpo, ajustado lentamente para enfrentar a profundidade, quando ela fosse levada a consertar ou mexer em válvula, cano ou qualquer maquinário que servisse para conduzir o petróleo para a superfície. Naquela câmara, Corina era comprimida. Consideravam o mergulho saturado que fazia nessa época o trabalho mais perigoso por um motivo, mas ela não costumava pensar nisso enquanto os gases do seu corpo eram alterados pela mudança na pressão; costumava pensar, achando graça, em como ir para a cadeia parecia menos assustador quando olhava dali, onde o confinamento era algo que encarava com absoluta normalidade. Também gostava do tipo de conversa que jogava fora com seus companheiros de trabalho, especialmente nos dez longos dias de descompressão antes de voltarem à superfície, porque um pouco de distração e interação era sempre bem-vindo, já que não podiam evitar olhar para a cara uns dos outros em um espaço com aquelas dimensões limitadas. Acabavam descobrindo tanto sobre aqueles com quem compartilhavam o confinamento, que não escapavam nem mesmo as coisas mais inconvenientes e profundas a respeito de alguém com quem tinham em comum apenas a solidão, os medos e o hábito de vestir pés de pato, uma máscara de mergulho e um cilindro de misturas gasosas nas costas.

A claustrofobia e a convivência nunca foram problemas para Corina. Mas os anos passaram. E ali, novamente presa com uma equipe, ela começou a sentir que talvez isso tivesse mudado, que o isolamento e as outras pessoas começavam a assustá-la como nunca antes. Mas as rotinas, essas não saíam dela. E inspecionar as armaduras era só mais uma delas – a novidade era apenas o tipo de equipamento que ela precisava preparar.

Trajes Especiais para Mergulho em Profundidade Abissal. Ou TEMPA 269, como estampado nas costas da armadura, bem abaixo da logo da empresa fabricante. Mas ninguém ali dentro chamava aquilo de TEMPA, somente de traje. Testar aquela coisa, Corina até aceitava, mas usar aquele nome pavoroso já era demais.

Havia dois desses trajes na Estação, os mesmos em vistoria naquele momento, os dedos de Corina percorrendo as juntas do braço para ver se estava tudo certo com a vedação. Marcou um check na tela. Cada traje pesava sessenta e cinco quilos, um suplício se mover dentro deles; fora d'água, absolutamente impossível. Só o capacete pesava dez. Aquele traje, no entanto, era um dos mais leves já fabricados. Estrutura pesada e rígida para suportar a força esmagadora das profundezas e projetada com articulações que facilitavam os movimentos no mergulho. Uma armadura coberta de placas móveis, uma sobre a outra, que mais parecia o exoesqueleto de um isópode gigante. Deviam ter achado uma boa ideia copiar o design de um crustáceo que conseguia viver em águas profundas, por mais que a empresa tivesse que investir anos em pesquisa e milhões em desenvolvimento de tecnologias para se aproximar

— se tanto — da eficiência de um bicho que lembrava uma barata pré-histórica.

Devia haver um bom motivo para o corpo humano não ser capaz de visitar certos lugares. Onde a sensatez não servia como freio para a curiosidade de mamíferos teimosos, a menos que o próprio corpo servisse como limite. Quando Corina foi apresentada ao projeto, pensou o mesmo que os grandes investidores chegaram a objetar, hesitantes demais em injetar grana em um negócio tão ousado, uma vez que os robôs já faziam razoavelmente bem o trabalho sujo de descer tão fundo. Tinham medo, embora para eles o grande risco fosse apenas colocar dinheiro no projeto; já Corina teria que colocar o próprio corpo. E pra quê, ela não perguntaria isso em voz alta, mas pensaria, se os robôs já faziam razoavelmente bem esse trabalho sujo? Que mandassem sondas com câmeras, como sempre fizeram. Que manejassem pinças robóticas por controle remoto e não inventassem maluquice. Mas não era o tipo de coisa que Corina questionaria em voz alta, sabendo ela que seu trabalho existia por um motivo. Afinal, não a mandariam descer duzentos e tantos metros para consertar canos de petróleo no fundo do mar se pudessem usar robôs para fazer o mesmo trabalho com os mesmos custos; e, no entanto, foi o que ela fez por anos, em um trabalho de que até gostava, apesar do isolamento, das rotinas, das exigências, do desgaste físico e mental que quase a fizeram pensar que seria a última vez que se arriscaria em uma rotina tão perigosa.

"Como estão as coisas aí?", era a voz de Arraia, mas não ao seu lado enquanto inspecionavam os trajes após mais um dia de mergulho, e sim em outro tempo e outro lugar, falando ao celular, ecoando em algum lugar da sua memória.

Ela recebeu aquela ligação com surpresa, era a primeira vez que conversavam desde seu desligamento da plataforma, e desconfiou de que ele só podia estar ligando para pedir algo. De certa forma, Corina estava certa. Era um pedido, mas também uma proposta. Havia surgido a oportunidade de entrar em um projeto interessante, e Arraia se lembrou dela. Havia urgência e incerteza em sua voz.

"Você pode vir nessa sexta?", perguntou ele, porque primeiro ela precisaria conversar com quem tomava as decisões.

"Preciso pensar. Isso veio meio de repente", como se estivesse cheia de compromissos. Como se estivesse em condições de dar aquele passo. Mas, se chegou a vestir aquele traje, foi porque no dia combinado ela atendeu ao chamado e aceitou o trabalho, provavelmente sentada em uma cadeira de couro em uma sala de reuniões duas vezes maior do que a habitação onde ficaria presa por dois meses seguidos.

Então, quando foi apresentada ao projeto, Corina não precisou perguntar "pra que" os trajes, ainda que a ideia de entrar neles lhe arrepiasse a espinha. De qualquer forma, o diretor de engenharia fez questão de explicar, com o discurso bem-ensaiado de quem repetia as mesmas palavras em cada reunião de apresentação, que o TEMPA 269 era tão maravilhoso justamente por ser um equipamento capaz de levar às profundezas inexploradas, em operações complexas e que exigiam respostas rápidas, o mais avançado, responsivo e compacto computador disponível: o cérebro humano.

Corina encarou o capacete pendurado ao lado do traje, terminando sua checagem, e quase riu ao se lembrar das palavras do engenheiro. Seu cérebro não era exatamente o que se podia chamar de uma máquina confiável, mas provavelmente eles tinham em mente outro tipo de cérebro, o de cientistas, exploradores e técnicos, um que valesse a pena levar lá para baixo se os trajes se provassem realmente seguros.

Já dava para ver Susana do outro lado do vidro, mexendo no painel, e os ponteiros dos barômetros descendo devagar até que a luz no alto da porta acendeu. Era verde de siga, e os dois entraram na antecâmara, uma tela balançando meio incerta ao lado do corpo e a outra bem firme entre braços fechados.

Corina olhava para trás, para o poço de entrada e saída, ou *moon pool*, como estava acostumada a chamar. Era engraçado ver os dois trajes vazios, de braços abertos como quem dizia "não nos abandonem", e pareciam tão ridículos quanto o nome que a fabricante lhes arranjou. Quando soube do que se tratava o trabalho para o qual estava sendo contratada, imaginara que o traje seria uma espécie de roupa de astronauta. Encontrou, em vez disso, algo mais parecido com um robô. Ou uma armadura medieval. Um sarcófago. Ou, sendo mais imaginativa, a carcaça de uma cigarra. Vestir pela primeira vez aquele exoesqueleto foi um tanto claustrofóbico. Ficou incomodada, irritada e depois com medo de que não sobrevivesse ali dentro. Com um pouco de treinamento e prática, passou a ficar incomodada, irritada e com medo em níveis mais suportáveis.

"Eles não me convencem", Corina se surpreendeu com a própria voz saindo.

Arraia notou que ela falava para o compartimento de onde saíram, para os dois trajes presos na plataforma, mas mesmo assim respondeu. "Algo errado com o seu? Até agora, eles se saíram bem nos testes."

"Não são os trajes. É a ideia. Insistir na forma humana quando sabemos que não é a mais eficiente dentro d'água."

"Fazer uma armadura com cauda, você quer dizer? Bem, eu não ia reclamar se pudesse ter tentáculos."

"Qualquer coisa. Não é nada confortável descer tão fundo vestindo braços e pernas."

A porta da antecâmara começou a se abrir quando Arraia respondeu, sem olhar para a mergulhadora ao seu lado. "Nosso corpo não é mesmo um negócio confiável."

Corina olhou para ele durante um segundo, sobrancelhas tensas sobre os olhos, pensando em perguntar "o que você quer dizer com isso?", pensando o quanto ele podia saber, pensando em responder algo que pudesse disfarçar seu desconforto; em vez disso, apenas respirou alto e foi em direção à passagem que dizia "saída".

CAPÍTULO 2
POLVO

Passava pelos resquícios de um naufrágio uma figura de maiô, cilindro nas costas, enormes pés de borracha e uma máscara cobrindo um rosto que não conseguia esconder a empolgação em mergulhar. Aquele mundo dava um pouco mais de sentido para o seu, ainda que ali não pudesse firmar os pés no chão, ainda que o próprio fato de ter pés fosse estranho naquele lugar; e talvez por isso se sentisse tão à vontade quando tinha as ondas pairando sobre sua cabeça e jogava luz sobre escamas, pedras e algas que tremulavam lá embaixo.

Corina ainda tinha a idade que não conhecia muitas limitações; seu corpo jovem não só parecia diferente daquele que um dia exploraria as profundezas dentro de um traje especial, como também funcionava de forma diferente. Funcionava para pensar que existia para as possibilidades, e ela acreditava que eram muitas, tão numerosas quanto os integrantes de um cardume de peixes-galo que encontrou pelo caminho. E, no momento, a possibilidade que mais a atraía era ser um deles, era confundir-se com os habitantes do lugar, era morar ali embaixo; mas como, se soltava bolhas tão barulhentas pelo cano preso em sua boca, se tinha pernas tão compridas, se lhe faltavam nadadeiras ou a capacidade de beber da água salgada? Teve vontade de saber mergulhar em apneia, de dispensar o cilindro para prender a respiração e ficar bem quietinha enquanto os peixes passassem por ela, refletindo em suas escamas prateadas o azul vivo que os cercava, e então seriam indiferentes à sua presença ali; mas já lhe parecia suficiente poder chegar tão perto, tê-los ao alcance de sua câmera e de seus olhos. De qualquer forma, dominar o mergulho em apneia seria só uma questão de tempo.

Resolveu se aproximar de uma floresta colorida de anêmonas e algas que pareciam dançar sobre uma formação rochosa não muito longe do navio naufragado que ela e seu grupo foram visitar. Os demais mergulhadores também aproveitavam para conhecer as redondezas, porque não era sempre que se podia ver um navio submerso revestido com uma crosta de vida, servindo de abrigo para criaturas que eles achavam tão esquisitas quanto fascinantes; mas se havia alguma novidade ali embaixo que chamasse a atenção eram aqueles seres com pernas e braços vindos de outro mundo, embora nem o tubarão que preguiçosamente se movia com a barriga rente à areia do fundo pudesse imaginar que aqueles mergulhadores pertencessem à mesma espécie que construiu a enorme estrutura de metal que para ele já fazia parte do cenário.

A aproximação que podia ser encarada como uma ameaça foi acompanhada com curiosidade. Corina passou tocando na areia e nas rochas, para buscar apoio, mas também para sentir e captar todas as sensações que sua câmera não era capaz de registrar, e só percebeu que um pedaço de pedra era um polvo disfarçado muito tempo depois de ele já ter notado sua presença e decidido ser um espectador daquela visita, em vez de simplesmente nadar para longe dali.

Os olhos atentos do polvo já tinham medido a mergulhadora da cabeça aos pés de pato, avaliado seus movimentos e equipamentos, especulado sobre sua origem e o que a motivava ali embaixo, tudo isso enquanto ela nem sequer havia entendido o que era a cabeça e onde estavam os tentáculos; mas não a culpava por essa falha na percepção, pois era a própria habilidade de disfarce a responsável por essa confusão. Imitar a cor, a forma e a textura de pedras era uma de suas especialidades, e sentia certa satisfação consigo mesmo quando conseguia se ocultar até de animais que passassem assim tão perto.

Tinha a atenção dela, disso já sabia. Resolveu se mover, com um gesto lento e dramático de um ator que sabe a hora de entrar em cena, e suas cores mudando devagar começaram a romper sua invisibilidade diante de olhos fascinados. Agora vestido de vermelho, o polvo estendeu os braços sobre as rochas e encarou a visitante, oferecendo a ela a possibilidade de admirá-lo, como se soubesse o quanto era encantador. Encontrar um polvo tímido, ou arisco, ou curioso, ou agressivo era uma questão de puro acaso, já que suas personalidades eram tão diversas quanto as das pessoas que se aventuravam sob as águas – e aquele não era do tipo tímido, definitivamente.

Ele parecia esperar, mas raciocinava. As mãos de Corina estavam a uma distância razoável, agora que ela se sentia à vontade, quase íntima, diante de um animal que dava sinais de que não a considerava uma ameaça. Talvez se sentisse lisonjeada. Havia uma conexão ali, certo? Um sinal de que era bem-vinda, um convite para uma aproximação, uma curiosidade? Será que ele deixaria que ela o tocasse? Ela parecia experimentar essa possibilidade quando chegou mais perto, estendendo a mão que não segurava a câmera, mas os braços do polvo foram mais rápidos: esticaram-se em direção à outra mão, as ventosas segurando firme, ele todo entrelaçado em torno do braço da mergulhadora, que tentou resistir até perceber que aquilo não era um ataque, que não era sua mão que ele tentava segurar. Não, aquilo era um assalto. Era a câmera que o polvo queria.

Foi nesse momento que Corina teve uma boa amostra de que um polvo era o pior adversário possível para uma queda de braço. Cedeu.

O polvo saiu depressa, carregando a câmera ligada, sentindo em suas ventosas o gosto da caixa de plástico à prova d'água que a revestia. Aquilo era quase tão bom quanto encontrar uma lagosta bem gorda – não o sabor, que nem se comparava, mas a satisfação contida no ato. Gostava das visitas humanas justamente pelo potencial de diversão que aquilo trazia: às vezes, só fugir de predadores e encontrar bons abrigos não era desafiador o suficiente para o intelecto contido dentro daquela cabeça mole. Precisava de estímulos, se sentir desafiado e, por que não, de brincar – ainda que a brincadeira em questão envolvesse surrupiar equipamentos de mergulhadores que o perseguiriam em desespero.

Agora era ele que conduzia a câmera, que passou algum tempo mostrando imagens confusas de tentáculos vermelhos abraçados em volta da lente, o que o classificaria como um cineasta pouco tradicional, embora "acidental" fosse a melhor definição para o tipo de cineasta que o polvo havia se tornado. O movimento fazia a câmera registrar as mais estranhas cenas, que seriam identificadas com alguma dificuldade quando fossem assistidas depois. Bolhas. A cauda de um peixe que passava por perto. Algas. Partículas brancas passando pela água e então ventosas. Tudo vermelho de novo. Seria possível ver seus músculos se contraindo em torno da câmera, para então a soltarem: de novo o azul e, ao fundo, a imagem de uma mergulhadora aproximando-se na expectativa de recuperar o objeto roubado.

Com um *clac* ruidoso, a câmera encontrou o solo e foi girada por tentáculos curiosos que buscavam experimentar sua consistência, entender sua utilidade, saber se aquilo talvez pudesse se abrir e revelar um interior comestível – quem sabe? A lente foi arrastada na areia e depois levada à altura de seus olhos. O polvo a examinava, mas ele não teve tempo de entender que a câmera olhava para ele de volta, e à forma com que ele movia seus braços até podiam dar a entender que ele estava se exibindo, que ele queria aparecer, que tudo o que o polvo queria era registrar a própria imagem, ou mostrar a própria perspectiva sobre aquele mundo aquático. Mas precisava de câmera? Através de seus olhos, quase tão sofisticados quanto os de Corina, já havia uma história sendo contada. Nela, havia uma mergulhadora que, certo dia, foi vencida por sua astúcia e nem assim ficou brava.

Corina apenas observava o polvo enquanto ele rodeava a câmera, embora ela já estivesse a uma distância em que conseguiria alcançar seu equipamento com facilidade; mas queria ver mais daquilo. O que ele queria, afinal?

Que persistente, o polvo pensaria, admirado mais uma vez com a inteligência dos humanos, depois de perceber que a mergulhadora parecia adotar a estratégia de esperar, imóvel, pelo melhor momento de reaver aquela coisa. Exatamente o que ele faria numa situação parecida.

Foi a vez dele de ceder. Pegou propulsão e nadou para longe, onde se acomodou sobre um emaranhado de algas, ficando tão verde quanto elas. Deixou para trás a câmera, finalmente devolvida para sua dona, tão admirada com aquela experiência que para se lembrar depois nem precisaria das imagens que ficaram gravadas.

Corina se lembraria quando voltasse à superfície, com a sensação de que a sua profissão estava em algum lugar debaixo d'água, o que a essa altura ela já sabia, considerando que fazia cursos de mergulho enquanto outros da sua idade já estavam na faculdade; ela se lembraria toda vez que visse um polvo, inclusive quando o visse servido num restaurante e não conseguisse mais comer esse tipo de prato ao imaginar que aqueles pedaços cozidos um dia já tiveram uma personalidade distinta; ela se lembraria no dia seguinte ao mergulho e se lembraria mesmo vinte anos depois, quando ela afundasse a uma profundidade em que as câmeras de seu traje alcançariam pouco além da escuridão, embora, em algum lugar lá embaixo, tentáculos continuassem a se mover procurando pelo próximo desafio.

CAPÍTULO 3
ESTAÇÃO

Do outro lado do vidro era possível ver, vez ou outra, alguma forma se mexendo. Não muito bem, dado que o vidro era um bloco espesso, uma lente que distorcia a luz já tão fraca ali embaixo, e pelo fato de as janelas serem pequenos círculos pontilhados na estrutura metálica da Estação, de tamanho apenas suficiente para uma cabeça espiar por elas. A cabeça, no caso, era a de Corina, que quase encostava no vidro, procurando o que observar. A trezentos e dois metros de profundidade, não dava para ver muita coisa, a não ser que passasse bastante perto da janela alguma criatura atraída pela luz do interior da Estação. Mas Corina também não parecia querer encontrar nenhum acontecimento grandioso do lado de fora para assistir: mastigava um sanduíche metade embrulhado em papel laminado, e dava mordidas pequenas, sem vontade, engolindo com a mesma paciência com que olhava para o lado de fora.

Quantas horas, dias e anos eram necessários para que se pudesse testemunhar algo que valesse a pena contar depois? Por isso, precisava ter paciência; e também porque ela não tinha mesmo muito o que fazer confinada ali. Moraria por quase um mês naquela Estação, fazendo seu trabalho e, fora isso, pouquíssimas outras coisas, o que dava tempo de sobra para simplesmente encarar o oceano pela vidraça.

Da pequena janela que havia na câmara hiperbárica de alguns anos antes, Corina se lembrava de uma paisagem um tanto mais iluminada, de onde se viam peixes com mais frequência. O confinamento podia ser parecido com o daquela época, mas a experiência era nova, e a vista, totalmente diferente. As câmaras hiperbáricas sempre ficavam acopladas ao convés de um navio, bem acima da profundidade na qual estava agora, e Corina costumava sair da câmara para dentro de um sino, que era conduzido por um guindaste até a profundidade na qual seus braços seriam necessários para algum trabalho de reparo. Passava dias submetida a uma pressão extrema, apesar do pouco tempo que ficava no fundo. A rotina era ir e voltar, enquanto ali, na Estação, Corina ficava a maior parte do tempo submersa, morando na profundidade máxima, muito além do que teria alcançado em seu trabalho anterior.

Morar em um habitat como aquele era uma experiência que Corina não poderia comparar com suas vivências anteriores, nem com a ideia de viajar em um submarino. Não, aquilo era totalmente diferente. Submarinos se moviam. Passavam. Iam e voltavam. Ali o endereço era fixo. Ela teria mais tempo ali embaixo – e algo naquela ideia não a deixava tão empolgada quanto ficaria em outras épocas.

Ficar quieta daquele jeito era certamente sinal de um incômodo que lutava para controlar. Não por causa do tamanho da Estação, uma estrutura de doze metros de comprimento por outros cinco de largura fixada numa planície submersa, porque ela já havia morado em apartamentos menores do que aquilo e tinha se acostumado a ficar em câmaras não maiores do que um quarto. Espaço não era o problema, e ainda assim a sensação de sufocamento estava lá, deixando seu pescoço rígido com uma pequena tensão que ela conseguia sentir com o dedo, um nó de nervoso que ela esperava que sumisse logo. Não era o peso do traje, mas sim da sensação de estar sendo vigiada, de ter olhos pesando sobre seus ombros, porque aquele era um espaço pequeno para conviver por tanto tempo com outras quatro pessoas e tentar parecer o mais normal possível.

Lá fora, não havia realmente nada que conseguisse enxergar. Corina fez uma bolinha prateada com o papel do sanduíche e aninhou na palma da mão, voltando seu olhar para o interior do habitat. Na área comum, nenhuma voz humana, só aquele zumbido baixo e constante do gerador de energia acoplado à Estação, que fazia seu interior brilhar e piscar e permitia que seus habitantes continuassem vivendo. Do outro lado da sala, Susana tinha os olhos metidos em um computador, e Corina sabia as horas com precisão só de olhar o que Susana estava fazendo. Era tarde, ela sabia, porque a colega finalizava a dose diária de relatórios que lhe cabia preencher, o que, considerando suas atribuições, era muito mais trabalho do que o de qualquer outro ali dentro. Era só um par de mãos e de olhos, e tudo ali dentro passava por eles: oxigênio, suprimentos, equipamentos, pressurização, e Corina até entendia por que não tinham conseguido conversar sobre qualquer coisa que não tivesse a ver com as formalidades de trabalho. Havia sim o nervosismo dos primeiros dias, mas também a vontade de fazer tudo certo, seguir o roteiro que alguém planejou lá em cima. Quarto dia na Estação e nenhum acidente, nenhum imprevisto, nenhuma falha, era algo bom de se lembrar.

Entre as duas, uma mesa com cinco cadeiras vazias, equipamentos, monitores e uma falta de assunto tão grande que era quase uma terceira pessoa na sala. Corina levantou os olhos para os monitores perto de Susana, o mais próximo de uma televisão que tinham ali, embora todos eles mostrassem imagens do mesmo programa: os cômodos da Estação. Na primeira tela, Corina viu a si mesma pelas costas – um tanto estranho olhar para a própria nuca daquele ângulo. Seus olhos mudaram de canal, passando pelos Dormitórios A e B, vazios; a Cozinha, que de onde ela estava conseguia ver mesmo sem olhar para o monitor, e o Poço de Entrada; cada cômodo devidamente identificado em um adesivo pregado acima da tela. A câmera do banheiro não mostrava nada, sinal de que Arraia devia estar lá cuidando de sua higiene. Na tela que mostrava o Laboratório, algum movimento. Uma pequena reunião, foi o que pareceu a ela.

Saiu da área comum deixando para trás a concentração de Susana e o silêncio que não fez questão de romper, passou pelas entradas dos dormitórios e precisou de poucos passos para atravessar o corredor, no mesmo tempo que gastaria para percorrer o apartamento de uma família pequena, o que eles não deixavam de ser ali dentro.

Martin e Maurício trocavam algumas palavras quando Corina entrou no Laboratório, os dois olhando muito interessados para um monitor que mostrava números confusos e imagens oscilantes, monocromáticas, da ultrassonografia transmitida ao vivo pela sonda que ela mesma havia instalado três mil metros abaixo dali. Que engraçada lhe pareceu a ideia de um oceano grávido que fizesse ultrassom, e então se pegou imaginando por um momento o que sairia dessa gravidez. Seria menino, menina? Teria um coração batendo? Um cérebro? Olhou para as imagens, e elas pulsavam, o som tateando o oceano lá fora e tomando estranhas formas enquanto processado por todas aquelas máquinas, tornando tudo tão mais palpável, tão mais vivo, que Corina até imaginou ter mesmo visto um coração.

"É, temos uns pontos cegos aqui", disse Maurício, que tinha o hábito de rabiscar coisas enquanto explicava.

Corina esticou o pescoço para ver, e só na cabeça dele aqueles rabiscos indicavam com precisão o mapeamento de qualquer região que fosse, mas o oceanógrafo sentado ao lado dele balançava a cabeça, visualizando tudo com clareza, a mão apoiada no queixo, os dedos tocando de leve os lábios como se fizessem contas, os números somando ou sumindo da sua cabeça a cada toque.

"É o desnível?"

Com seu comentário óbvio, Corina queria mais anunciar que estava ouvindo os dois do que chegando a uma conclusão, afinal ela esteve lá embaixo, ela viu.

Martin ajeitou os óculos com a ponta dos dedos, mas para quê, se olhou Corina por cima das lentes assim que percebeu que ela estava ali parada. Maurício se recostou na cadeira ao vê-la, olhou as horas, ficou esperando o doutor dizer algo.

"Vamos compensar com o posicionamento da próxima sonda." A voz dele, muito grossa, falava um português surpreendentemente bem-articulado para um gringo, conforme a impressão de Corina quando o ouviu pela primeira vez; aos poucos, ela entendeu que não era tão fluente assim, tinha um vocabulário moldado pela sala de aula, e os anos que passou trabalhando em universidades brasileiras não foram suficientes para eliminar seu sotaque.

"Tenho muito a fazer até lá." Maurício parecia estar esperando por uma brecha para se levantar, mas ainda ficou um tempo de pé, olhando para um dos monitores enquanto tentava calcular o tamanho da lacuna, enumerar suas próximas tarefas ou simplesmente alongar as costas sem pensar em nada.

"De quanto tempo você precisa?" Maurício sabia que o doutor dava grande importância a medidas exatas, quantificáveis, que ele quase pudesse tocar.

"Não mais que duas horas."

"Você vai precisar disto." Martin estendeu uma pasta com capa de plástico, um monte de papéis soltos e post-its saltando para fora, um detalhe que podia ser considerado antiquado em contraste evidente com todas aquelas telas, equipamentos e computadores, mas quem olhasse com mais atenção veria que, apesar de repleto de tanta tecnologia, aquele era um laboratório abarrotado de papel, mapas e alguns livros, que o doutor parecia não dispensar mesmo nas situações mais extremas.

Maurício passou por Corina, que continuou parada no mesmo lugar, olhando para Martin enquanto Martin olhava de volta para os monitores, fazendo anotações como se ela tivesse evaporado junto com o assistente.

Doutor Davenport. Ela achava aquele homem o espécime mais curioso que havia encontrado até o momento naquela expedição, talvez perdendo apenas para o peixe-dragão-negro, simplesmente porque ela não imaginava que veria um em seu habitat. Mas aquele doutor, ou professor, como outros o chamavam, conseguia ser mais esquisito, limitando-se a falar somente o necessário e, ao mesmo tempo, interessando-se por cada detalhe do que os outros tinham a dizer. Corina teve muitos chefes, mas não um de quem soubesse tão pouco, como o doutor Davenport. Isso a incomodava de alguma forma, mas ela considerava que, nas condições em que foi contratada, não dava para cobrar demais. Quem sabe teria conhecido melhor o doutor se ela estivesse na equipe desde o início, em vez de ter entrado como substituta quase na metade do treinamento?

"Venha ver isto." Corina levou um susto, porque ele continuava olhando para a tela, sem nem mexer os olhos. Então Martin olhou em sua direção e apontou para a cadeira na qual Maurício estava sentado até um minuto atrás, e ela entendeu o gesto seco como um convite.

Ele apontava para os monitores um e dois, estendendo para Corina um par de fones de ouvido. Ela reconheceu naquelas imagens o ponto onde haviam instalado as sondas nos dias anteriores, mas não era como assistir presencialmente ao abismo; aquelas imagens pertenciam a outra dimensão, com números, movimentos e formas sem cor desenhadas por frequências invisíveis que atravessavam a água e varriam tudo ao redor. Corina pôs o fone, que imediatamente jogou para dentro de seu ouvido uma sopa de sons que ela tentou distinguir com o mesmo sucesso de alguém que tentasse procurar uma única palavra entre milhares de vozes falando em todas as línguas ao mesmo tempo.

"Se isso passasse na TV, seria o meu programa favorito."

"Aproveite, é só o que há para assistir." Martin inclinou o corpo para trás, um quase sorriso no rosto.

Corina tirou os fones sem tirar os olhos da tela, todos aqueles números que ela não entendia, mas que para o doutor deviam fazer algum sentido, porque ele colocou os fones, cruzou os braços sobre a camisa amarrotada e fez cara de quem assistia ao telejornal do horário nobre.

Aquilo parecia justificar todo o trabalho técnico e repetitivo que Corina vinha fazendo, de instalar aquelas sondas de varredura, porque dependiam disso o mapeamento da área de estudos, o registro do ecossistema da região e tudo o mais que a pesquisa do doutor precisasse para que pudessem conhecer um pouco mais, uma fração, uma pequena porção de um mundo que ainda estavam longe de conhecer completamente; mas esse não era o objetivo principal da expedição, pelo menos não o que financiava a coisa toda. Era o teste dos trajes, o relato do desempenho em todas as atividades possíveis para mostrar que sim, eram muito eficientes e seguros; por isso tão fundo e por isso tanto tempo naquela base. Mas ela também podia entender a importância, para Martin, de permanecerem ali quanto tempo fosse possível: residentes saberiam muito mais daquele lugar do que se fossem apenas visitantes.

"Tantos anos de mergulho e nunca ouvi esses sons." Corina gostava de ser engolida pelo silêncio quando mergulhava; voltar a um estado primordial em que não havia vozes, apenas pulsações, movimentos e líquido.

"O silêncio está preenchido de sons. É como o branco, onde se juntam todas as cores." A cor dos dentes de Martin saltou do seu rosto por um momento, quando ele finalmente se virou para falar com ela. "Mas os ouvidos humanos, você sabe, não são muito bons."

Ela pensou por um tempo e teve que concordar: "Com tanto barulho nas cidades, tanta conversa, tanta poluição, a gente acaba perdendo a sensibilidade, acho."

"Também. Mas porque dependemos muito da visão. Veja, feche os olhos." Corina achou engraçado aquele pedido contraditório, mas fez o que ele pediu. "O que você vê?"

Corina teve que esperar que as mãos de sua memória se afrouxassem em torno das coisas que acabara de ver ao seu redor e, quando se assentou em meio à escuridão, tentou traduzir em imagens os ruídos baixos que a cercavam. "Não muita coisa. Há muitas máquinas, porque não dá para ignorar os zumbidos. Há a sua respiração, mas se eu não soubesse que é você, não saberia dizer qual é o seu formato, tamanho, sua cor."

"Esperamos que a visão nos diga isso." Martin deixou uma pausa para que Corina ficasse um pouco mais no escuro, até que ela abriu os olhos. "Tive uma doutoranda cega há algum tempo e, quando a conheci, fiquei impressionado com sua forma de se mover numa sala, como se enxergasse os obstáculos. Ela memorizava a posição dos objetos, mas também contava muito com os outros sentidos para intuir sobre onde eles estavam e qual era a forma deles. Ela me dizia que, enquanto os outros pensavam na deficiência como algo que definia o que ela não podia fazer, preferia pensar nisso em termos do que *podia* fazer. No final das contas, não ter a visão era não ser distraída por ela."

Corina coçou a nuca, como que acomodando no fundo da sua cabeça aquela fala sobre limitação. Nos monitores, as imagens continuavam a pulsar, mostrando os sons que as plumas dos vermes tubulares faziam quando sacudidas pelos movimentos das águas. Ela olhou de volta para o doutor: "Os ouvidos dela eram bons?"

"Os ouvidos dela têm um doutorado. Para essa área de estudos, a visão não fez falta. Para trabalhar comigo, só precisava saber ouvir. Ela não foi mal, nada mal." Ele voltou sua atenção para os monitores, mexeu no computador como que dando o assunto por encerrado, mas continuou: "Nossos ouvidos não são muito bons. Essas sondas são o melhor que conseguimos fazer."

"O mais próximo que você conseguiu chegar da audição das baleias." Então ele olhou para ela como se de repente não entendesse mais o português. "Eu li isso no seu livro."

"Você leu meu livro?" Corina acenou que sim, e o doutor continuou a olhar para ela com certo espanto. "Você conhece o meu trabalho?", ele insistiu.

Corina não entendeu para que isso. Que ela não era uma acadêmica, isso era evidente, mas ser uma trabalhadora braçal não significava que não soubesse ler ou que não pudesse se interessar pelo assunto. Apesar de ter uns quatro diplomas a menos que o homem à sua frente, calculou que tinha quase a mesma idade que o doutor, pouco mais do que quarenta, e não era a primeira expedição de pesquisa na qual trabalhava.

"Fiz o dever de casa" foi a forma que encontrou de dizer que tratou de pesquisar sobre ele quando foi contratada para aquele trabalho. Uma curiosa, o que sempre foi, o que a levava a mergulhar, o que fazia com que se interessasse pelo que tinham a dizer os professores e pesquisadores de seus trabalhos anteriores, e também o que a levou a abrir aquele livro de capa azul assinado por Martin S. Davenport.

Antes que ele pudesse perguntar se Corina tinha alguma opinião sobre seu livro, ela se antecipou: "Você podia ter contado a história da doutoranda cega no livro. É sobre enxergar com os sons, afinal."

"Não sei se faria bem à reputação dela."

Por um momento, tudo o que se ouviu no laboratório foi o som dos dedos do doutor sobre o teclado do computador. A cadeira rangeu quando Corina inclinou o corpo para a frente, subitamente interessada em continuar a conversa e nem um pouco preocupada em estar interrompendo o que quer que ele estivesse fazendo ali.

"Já conheci pesquisadores que tentavam decodificar o canto das baleias. O idioma delas. Mas acho que você é o primeiro que conheci que tentou, em vez disso, apenas escutar como elas escutam."

"Você nunca vai entender o que alguém do outro lado da linha está falando se primeiro não colocar o telefone na orelha. O que eu faço não é muito diferente disso."

"Não é apenas sobre as frequências, certo? Você também teve que tentar entender as baleias alguma vez?", e o doutor apenas sacudiu os ombros, com algum desconforto em perceber que havia uma dúvida no semblante da mergulhadora que explodiria em forma de pergunta a qualquer momento. "Uma vez vi uma jubarte bem de perto, passando bem em cima de mim. Isso tinha acontecido outras vezes, mas aquele dia foi um tanto incomum. Eu estava a duzentos e oitenta metros. Nunca tinha visto uma tão fundo."

"Realmente, isso não é comum."

"Eu a ouvi. Ela passou cantando." Corina não teve certeza sobre o *ouvir*; não sabia se por ser muito alta ou muito baixa, mas sentiu a voz da baleia em seus ossos, vibrando em seu interior. Ela se lembrava da sensação, do corpo tomado por uma bolha retumbante, mas se lembrava sobretudo porque não se esqueceu do que aconteceu logo depois. E isso já fazia o quê? Dois, três anos?

"Podia estar procurando outras", disse Martin simplesmente.

"Tão fundo?"

"Existem túneis acústicos em algumas camadas do oceano. Ali o som se propaga melhor e vai mais longe, por efeito da temperatura e da densidade da água. E algumas baleias às vezes precisam fazer chamadas de longas distâncias, se é que consegue imaginar algo assim." Baleias fazendo interurbanos e, apesar de a ideia ser engraçada, o doutor continuou sério.

"Então elas sabem encontrar esses túneis."

"Mas só porque têm ouvidos bons."

Apesar de não ter ouvidos tão bons quanto os da baleia, Corina entendia perfeitamente seus motivos. A experiência da solidão podia levar uma criatura a fazer coisas inesperadas, pouco prováveis, até extremas; morar num lugar onde humanos não eram normalmente vistos não era uma prova disso? Por se entender sozinha tomou a decisão e agora se perguntava se a roubada em que tinha se metido também não era um apelo, uma forma desesperada de buscar contato, uma jubarte navegando num túnel acústico, cantando, gritando, chamando. Seus ossos tremeram – a impressão daquela vibração poderosa ficou gravada em seu corpo. Seus ossos tremeram, e de repente ela imaginou que aquela vibração portava uma mensagem: "Onde estão vocês? Para onde eu vou?"

"Toda essa vida é linguagem, pura linguagem." Agora era Martin que se debruçava em direção à Corina, sua atenção não mais devotada aos monitores ou às frequências que jorravam dos fones de ouvido.

"Mas nada disso é para nós", concluiu Corina, embora não tivesse certeza de nada. A voz era dela, mas era seu corpo falando; afinal, toda vez que mergulhava, seu corpo a lembrava de que aquilo era uma ilusão, de que aquele não era o seu mundo, de que ela precisava de ar e de terra, que seu lugar era lá em cima. Tinha o corpo errado para viver embaixo d'água.

"Estamos em um país onde todos falam a mesma língua, menos nós. Então não, não é o nosso lugar. E, mesmo assim, olhe onde chegamos", ele gesticulou, apontando para os monitores, para o fone de ouvido, para o lugar onde estavam.

"Não importa quantas vezes eu visite esse lugar, é como se eu nunca fosse aprender o idioma local", Corina assentiu, assumindo seu papel de estrangeira. "Estar aqui embaixo é estar sempre às cegas."

"Estar no escuro não é tão ruim." Martin tirou os óculos, dobrou a blusa sobre as lentes e começou a esfregá-las. "É onde realmente podemos enxergar melhor." O silêncio que se seguiu sugeriu que, antes de devolver os óculos ao rosto, os olhos de Martin resvalaram em Corina, um olhar desfocado que fazia parecer que ele não olhava diretamente para ela, mas através dela.

"Bem, vou deixar você trabalhar." Corina se levantou de uma vez, abrindo um sorriso que podia ser de concordância, de educação ou de puro desconforto. Era um movimento de respeitar o espaço do doutor, mas também o de mostrar que ela mesma estava cheia de coisas para fazer. Ou talvez um gesto de fuga, como um polvo que é tocado e sai em disparada soltando uma cortina de tinta escura para encobrir seu rastro.

Martin, sozinho no laboratório, apenas sacudiu a cabeça, ajeitou os óculos e deixou as costas pesarem para trás, no conforto da cadeira. "Você leu meu livro", repetiu ele a si mesmo, como se lembrando de uma boa piada.

•••

"Bom dia, Auris", a voz que arrancou Corina de um sono denso, escuro, sem sonhos, era também um guia para ajudá-la a se posicionar no espaço e no tempo. "22 de maio, temperatura de superfície 25°C, temperatura de fundo 7°C." Era uma voz humana, mas mecânica, pálida, vinda de muito longe, quase de outro planeta e de outra época. Não era uma voz materna dizendo "é hora de ir pra escola", mas era a primeira coisa que Corina ouvia todas as manhãs, a única forma de saber que amanhecera, já que ali não conseguia ver o sol nem despertar com o calor tocando sua pele.

Apertou os olhos e se virou na cama, sentindo o mundo balançar debaixo do colchão como se estivesse dentro de um barco; apenas uma impressão deixada por sua cabeça levemente desorientada, porque, se ela ouviu aquelas palavras, era sinal de que estava muito bem fixada no fundo do oceano, e balançar ali não era possível. Do lado de fora, o mundo flutuava e se apertava ao redor deles.

"Bom dia, Auris." Era o segundo toque do despertador e Corina finalmente se sentou na cama, pensando na impessoalidade daquele bom-dia, direcionada não a eles, mas à estrutura metálica na qual estavam presos. A Estação foi batizada Auris para aquela expedição, como era possível identificar pelas cinco letras pintadas no metal do lado de fora do habitat, e era ela, a Estação, que recebia o bom-dia daquela gravação. Era mais prático do que dizer o nome de cada um deles, Corina tinha que admitir, mas não deixava de notar que, naquela comunicação vinda da superfície, a individualidade desaparecia, que cinco pessoas, comprimidas pela forte pressão àquela profundidade, de tão espremidas viravam uma coisa só, até serem resumidas a apenas "Auris".

Depois da voz, vinha a música, o que fazia aquilo tudo parecer um despertador sintonizado em um programa de rádio. Música pela manhã era o comprimido diário que a equipe tomava contra o isolamento, para diminuir a sensação de solidão que poderiam ter ali embaixo, mas também para despertar todos os sentidos. Começou a tocar uma do David Bowie – isso Corina reconheceu sem dificuldade –, e a voz dele saiu pelas caixas de som espalhadas por toda a Estação, ecoando para o lado de fora pela vibração do metal. Àquela profundidade não haveria vizinho que reclamasse do barulho e, de qualquer forma, era uma trilha de muito bom gosto, que indicava ter sido escolhida com base nas preferências musicais de um britânico mais ou menos da idade de Martin.

"Didn't know what time it was, the lights were low, I leaned back on my radio" e Corina desceu da cama, apoiando o calcanhar no colchão de baixo, o de Susana, que se levantara há pouco e já havia deixado o lençol devidamente esticado, o cobertor dobrado, as roupas guardadas. Que horas foi isso? Corina não viu a colega de quarto se levantar e calculou que, entre a primeira e a segunda chamada do despertador, ela tinha simplesmente apagado.

"*There's a starman waiting in the sky, he'd like to come and meet us, but he thinks he'd blow our minds*" e Corina lembrou que "Starman" existia em português, uma tradução bem distante daquela, embora não se lembrasse da letra – algo sobre astronautas, solidão, espaço?

"Vou chorar sem medo, vou lembrar do tempo de onde eu via o mundo azul", a voz de Arraia se sobrepôs à do cantor quando ele passou na frente da entrada do dormitório de Corina, cantarolando um trecho da música em português, com sua habitual disposição matutina.

Sozinha no dormitório, apesar da voz nos alto-falantes que atualizava a equipe com informações importantes vindas da superfície,

Corina foi até sua mochila, abaixando-se em um ângulo cuidadosamente calculado para deixar suas costas visíveis para a câmera do quarto. Sabia que o monitor da área comum mostraria apenas uma mulher agachada procurando algo na mochila e nada mais que isso; quem poderia saber que era um frasco que ela retirava ali de dentro, que era uma pequena cápsula amarela que ela deixava cair na palma de sua mão, que era isso que ela engolia em um movimento rápido todas as manhãs?

Havia uma refeição reforçada esperando por eles, uma bandeja com comida empacotada, frutas e uma cápsula de café, que Corina lançava de uma mão para a outra, num tímido malabarismo, enquanto esperava a vez de Maurício usar a máquina. O líquido escuro era despejado do bocal da máquina em um copo branco de plástico. Maurício cumprimentou Corina, que respondeu esticando os lábios em algo parecido com um sorriso e uma piscadela, um gesto de cordialidade para preencher aquele espaço de tempo assim como o barulho do café preenchia o copo.

Na área comum, Martin era o único de pé, andando de um lado para o outro com um gravador na mão, preparando o relatório geral sobre a missão que enviava diariamente para a superfície, na remessa de dados e áudio chamada de "pacote", trocada entre o pessoal lá de cima e Auris. Era uma tênue linha de comunicação que não podia ser considerada uma conversa em tempo real, mas era o máximo de conversa com o mundo exterior que eles podiam ter. "Foi uma descida satisfatória, nenhum incidente, mais uma etapa de—"

"Um galão extra de água", a voz cortante de Susana se sobrepôs à do doutor quando ele, ainda gravando, continuou a falar, se distanciando da área comum. A engenheira do habitat preparava seu próprio pacote de gravação, com a lista de suprimentos que seriam enviados para Auris no dia seguinte, por um elevador pressurizado vindo de cima. Ela deu um gole no café, molhando os lábios e aquecendo a garganta, enquanto descia para o próximo item da lista.

"Não estamos sozinhos?"

Os cereais que Arraia mastigava faziam seu maxilar estralar enquanto conversava com Maurício, os dois sentados à mesa quando Corina se juntou a eles. Arraia acenou com um sorriso, e ela se sentiu menos sozinha em meio a tantos estranhos, todos tão profissionais. Ele se destacava como um farol, um rosto familiar, alguém que pudesse considerar um amigo. Mas amigos contavam coisas um para o outro, enquanto Corina evitava. Não tinha certeza, já não sabia se eram tão íntimos depois que ela saiu da petrolífera, nunca mais se viram, perderam o contato, não conversaram sobre essa lacuna de tempo perdido, embora Arraia estivesse lá quando aconteceu pela primeira vez e talvez Corina devesse estar preparada para o caso de esse assunto voltar.

"Acho que é nossa vizinha", continuou Maurício, enchendo sua colher com diligência e mandando para a boca em movimentos rápidos. "Uma arraia enorme, do tamanho de um fusca, ainda não tenho certeza da espécie."

"Foi preciso fazer alguns ajustes, o que pode atrasar o cronograma em algumas horas." O doutor passava perto da mesa com seu gravador e pinçou com os dedos um biscoito da bandeja de Maurício.

"E dizem que comida de hospital é sem gosto." Corina mastigava um pedaço de banana grande demais para conseguir fechar a boca.

Achava deprimente, mas a total falta de sabor do alimento era um preço que precisava pagar ali embaixo, já que a pressão extrema a que estavam submetidos praticamente anulava o paladar. Por isso a comida que chegava lá de cima era preparada com doses extra de pimenta, que seriam insuportáveis se ingeridas na superfície, e os estoques de salgadinhos tão cheios de sal e temperos industrializados: o lanche preferido da equipe. Mas pouco se podia fazer a respeito de uma banana, e Corina mastigou aquela massa branca como nada mais do que um preventivo contra cãibras.

"Não era uma jamanta?", arriscou Arraia, mas ele não tinha visto as imagens, apenas podia supor pelo que Maurício contava.

"Toalhas limpas", continuou Susana do outro lado da área comum, sua voz chegando no espaço que ficou entre a pergunta de Arraia e o gesto de ombros de Maurício, que significava "não sei ao certo".

"Quem?" Corina não olhava para ninguém em particular, apenas concentrada em transferir o conteúdo de um sachê de açúcar para dentro do seu café.

Mesmo assim, Maurício respondeu:

"Uma arraia que vi várias vezes ao redor da Estação."

"Não sinto muita diferença entre o café com e sem açúcar", apontou Arraia, olhando para Corina. "Acho que prefiro nem tomar essa merda."

"Doutor Martin também solicita uma resma de papel vegetal." A lista de Susana parecia estar chegando ao fim.

"Como você sabe que era a mesma arraia?" Milhares de arraias e outros bichos poderiam habitar aquelas redondezas, e Corina achava que talvez o confinamento estivesse fazendo Maurício criar afeição por uma delas.

"Não é tão fácil se enganar assim quanto a uma arraia. Acho que eu saberia se fosse uma jamanta." Não era Arraia o cientista na mesa, mas ele afirmou com uma segurança que Corina reconhecia de tempos passados, das conversas em que ele usava o mesmo tom para contar suas aventuras no mar.

"Talvez ela tenha vindo dar um olá", era o palpite de Corina.

E foi quando Susana e Martin terminaram suas gravações, quando não havia mais conversas se cruzando em um emaranhado de ruídos na área comum, que o comentário final de Maurício acabou se destacando no breve silêncio: "Acho que estamos sendo estudados por ela, isso sim."

...

"Sabe, você lembra uma colega que tive na faculdade." Era Susana parada à entrada do dormitório, as mãos repousadas dentro dos bolsos da frente de seu macacão.

Corina se virou com alguma surpresa, apenas metade do seu corpo metido no traje de neoprene que vestia para se preparar para o dia de trabalho, os braços da roupa pendurados ao lado da cintura e a parte de cima ainda só pele.

"É mesmo? Onde você fez faculdade?"

"UFRJ, turma de 2001. Engenharia naval e oceânica. Éramos poucas mulheres no curso, como você deve imaginar."

Corina riu e puxou uma das mangas do traje, na qual meteu o braço direito.

"É mesmo difícil esquecer uma colega quando somos tão poucas. O que em mim parece com ela?"

"Algo no jeito de falar. Não no sotaque, mas na confiança. Ela falava pouco, mas esse pouco era cheio da impressão de que ela sabia o que estava fazendo."

"Às vezes só parece." Corina enfiou o outro braço na roupa de mergulho e fechou o zíper. "O que aconteceu com ela?"

Susana se sentou na ponta da própria cama. Os passos que deu da entrada até ali foram um percurso necessário para pensar na melhor resposta.

"Ela se formou, trabalhamos juntas. Mas depois... Você sabe, a vida acontece. Faz um tempo que não nos falamos." Suas mãos esfregaram a ponta dos joelhos, os olhos percorrendo os cantos do chão do dormitório como se procurassem um assunto que ela viu rastejando por ali, um assunto rápido demais, pequeno demais, que vivia rondando as paredes daquela Estação onde quer que ela estivesse com Corina, mas nunca tinha a oportunidade de encontrá-lo. Finalmente permitiu-se uma tentativa: "E você, onde se formou?"

"É só olhar para fora." Corina começava o seu alongamento, com o mar às suas costas. Estava em todo o seu redor, acima, abaixo, envolvendo toda a Estação, mas dali a parte visível de água estava na pequena janela atrás dela, para onde Susana olhou com algum embaraço.

"Você confia naqueles trajes?" soltou Susana de repente.

Como Corina podia dizer que confiava em um negócio que era sua obrigação testar, ela não sabia dizer. Mas não era exatamente isso que Susana estava perguntando. Aqueles olhos estreitos por trás dos óculos talvez já tivessem captado um rastro de nervosismo e ansiedade em Corina nos dias anteriores, o que era perfeitamente compreensível, já que havia mesmo uma tensão de todos em relação ao funcionamento dos trajes.

"Todo dia confio um pouco mais." Porque se, afinal, ela conseguia voltar viva de cada missão no abismo, isso poderia ser considerado motivo suficiente para confiar na tecnologia – era isso ou acreditar que sobrevivia todos os dias apenas por milagre. "Mas não é tranquila que entro nele. Sei o que houve com o outro piloto." Uma perna quebrada no quinto dia de treinamento, e nem no mar ele estava, uma tragédia, um inconveniente para a operação, até encontrarem em Corina a substituta emergencial. E ela não ficava confortável sabendo que só estava ali por causa de um acidente.

Susana balançou a cabeça em sinal de entendimento, acompanhando com os olhos Corina terminar de se preparar. Nenhuma das duas vestia o traje, mas uma carapaça dura parecia blindar uma contra a outra, palavra nenhuma conseguia atravessar a barreira, e os únicos barulhos no dormitório eram os movimentos de Corina, o ruído do gerador e as vozes masculinas vindas do outro lado.

Algo parecia incomodar Susana profundamente, mas Corina não conseguia alcançar tão fundo. Se Susana via nela algo familiar, Corina podia dizer o mesmo – podia, mas não queria. Nem falaria. De cabeça para baixo, pressionou os próprios joelhos, sentindo os músculos da coxa esticarem e doerem. A posição era tão desconfortável quanto o que sentia em relação a Susana, a impressão de que ela sabia de algo, mas o quê?

Susana mexeu os lábios em um sorriso e apontou de repente para o peito de Corina, que tinha deixado de fora do neoprene por descuido, o pingente que trazia no pescoço – a medalha de Santa Bárbara.

"Então você é religiosa."

Corina, no entanto, levava a medalha mais como um lembrete do que como uma crença; um lembrete de que tinha uma mãe que morria de medo de que algo lhe acontecesse no trabalho, essa profissão que ela inventou de arranjar e que enchia a velha de preocupação. Ganhara aquela medalha da mãe fazia alguns anos, e gostava de usar não necessariamente por superstição ou fé, mas para ter, de alguma forma, a mãe por perto nem que para lhe dar broncas hipotéticas e imaginárias. Era para lembrar que veio do mundo lá de cima, assim como os objetos de recordação que guardava do mar serviam para lembrá-la que também pertencia, de certa forma, ao mundo sob as ondas.

"Coisa de mãe." Corina colocou o pingente e o cordão para o lado de dentro do traje de mergulho, onde estaria seguro, colado no seu peito. Santa Bárbara, Corina havia lido em algum lugar, era a santa protetora contra raios e tempestades, coisa que àquela profundidade simplesmente não existia; mas ela não estava em condições de desprezar nenhuma forma de perigo, mais inusitada que fosse. Então usava; vai que.

A voz de Martin guiou Corina até a área comum, onde, junto com Maurício e Arraia, discutia os detalhes da próxima missão. Estendido sobre a mesa, um mapa cheio de rabiscos, números, toda a extensão do papel cortada horizontal e verticalmente por linhas azuis. Os três homens estavam debruçados sobre ele, e Corina se aproximou para receber as instruções. Não era um desvio tão grande no plano anterior, mas ficava em um raio com a temperatura um tanto mais elevada, o que significava expor o traje a uma situação inesperada que, pensando bem, seria rotineira em qualquer expedição na qual ele fosse efetivamente empregado.

"A região é instável, mas vocês não devem ter problema nessa área." Martin circulou em vermelho o ponto que seria o alvo da dupla de mergulhadores. "Há formações que podem conter fissuras, mas estão a essa distância." E então traçou uma linha que apontava uma margem de ação consideravelmente segura. "Duas horas até o mergulho", disse o doutor, seguido do ok de Arraia e de Corina.

Confiança era algo perigoso para carregar àquela profundidade. Confiança demais em equipamentos, cálculos e pessoas das quais se sabia pouco mais do que os dois primeiros nomes e a formação; mas, sem confiança, melhor que nem tivessem descido, melhor que tivessem ficado em empregos seguros em vez de assumir um trabalho que consistia justamente em ser cobaia para comprovar que algo era seguro. Portanto, confiar em quem? Em quê? Confiança, naquele ponto, confundia-se com loucura. Lançar-se na escuridão sem nenhuma garantia de descobrir o que quer que fosse – ou de voltarem vivos, pelo menos – só poderia ser definido como a mais insana das posturas diante de uma vida ridiculamente frágil e curta. No entanto, Corina não deixou de reparar na estranheza da situação, apesar de tudo, em estarem ali aprontando os equipamentos, apertando botões e metendo braços e pernas num aparato de metal como se muito racionais, *e calma que temos toda a situação sob controle*.

Dois bonequinhos de chumbo lançados à água, pesados, inertes, desamparados, esperando que houvesse mão que os segurasse antes de chegarem ao fundo, antes que se perdessem definitivamente – era como Corina se sentia no momento em que rasgavam a água para fora da Estação, mas apenas por um instante mais breve do que sua primeira respiração após submersa. Era quase como voltar para casa, e não havia desconforto quando levitava naquela atmosfera líquida; e, mesmo que ela não devesse estar ali, chegar tão fundo era a oportunidade de uma vida inteira, o que fazia, em vasta medida, valer todos os riscos. Valia?

Por imenso que fosse, não havia espaço no abismo para aquele tipo de ponderação. A viagem era longa e, portanto, Corina não pensava. Apenas se concentrava no ponto vermelho que o doutor marcou no mapa – algo que resultava de tantos cálculos e diplomas tinha que inspirar alguma confiança e era o máximo que Corina tinha no momento para confiar.

Corina e Arraia não eram os únicos a emitir bolhas ali. Depois de uma longa descida, os números em seus mostradores aumentaram aos poucos até chegarem à quarta casa decimal. As bolhas já chegavam diante de seus rostos, formas trêmulas dançando em direção ao corpo dos dois, que se espantaram ao perceber que não eram simplesmente coisinhas vivas e brilhantes que ali existiam aos montes, mas sim gases abrindo passagem em meio à água, no ritmo da respiração de um gigante. Somente algo imenso, pesado e em um sono intranquilo soltaria bolhas com aquelas formas distorcidas.

Foi Arraia quem apontou para Corina e transmitiu os dados para a Estação, embora todos devessem estar olhando para os mesmos números em algum painel milhares de metros acima. A temperatura estava bastante elevada, mais até do que já esperavam, mas o que realmente os pegou de surpresa foi sentirem muito pouco a variação de temperatura dentro dos trajes.

"Acho que aguenta", Corina só podia especular, enquanto já antecipava o tipo de coisa que escreveria em seu relatório algumas horas mais tarde.

"Se o traje não passar no teste, pelo menos pode servir como roupa para se usar nos dias quentes." Arraia sorriu.

"A roupa menos prática e confortável possível para se usar nos dias quentes, você quis dizer."

Arraia teve que concordar:

"Certo, é mesmo improvável que vire moda."

No visor de Corina, o mostrador indicava 35°C e zero daqueles graus provinha do Sol, um lembrete constante de que visitava um mundo com vida, luz e calor próprios. Trinta e cinco graus e esquentando, embora dentro do traje a sensação fosse tão agradável quanto nas temperaturas próximas a zero que atravessaram alguns metros acima.

As bolhas, o calor inesperado, o solo se aproximando. Eram sinais de uma fissura muito próxima, algo não estava batendo com a convicção de Martin ao dizer que não passariam por ela, mas os dois mantiveram os motores ligados e se impulsionaram em direção ao fundo mesmo assim.

Tudo está em ordem, dizia Corina a si mesma, a testa úmida, e uma gota salgada de seu próprio corpo escorreu por dentro do capacete. O traje estava indo bem, a Estação confirmava a todo instante que as condições estavam dentro do esperado, Arraia continuou afundando ao seu lado e era só mais um dia de trabalho.

Dois corpos afundando, as bolhas tão inofensivas tentando dizer que fossem embora. Não ouviram. Alguma vez ouviram?

Veio a primeira lufada, um bafo quente que fez o fundo se mover tão logo pisaram nele. Não havia mais fundo; o que havia desmanchou-se, obrigou que flutuassem e se equilibrassem na água. Mas como, se as bolhas eram como ventania e os motores não eram exatamente estáveis? Seguraram-se no que podiam: na experiência, no sangue-frio, na confiança (ou na loucura).

De Auris vieram vozes preocupadas: "Corina? Arraia?"

Os dois se afastaram em inércia após o tabefe que levaram dos gases que jorraram da fenda. Da Estação vinham comandos de emergência. Tentavam corrigir a rota ou declamavam um poema – dava no mesmo, porque com a tontura Corina não escutou.

Tontura. De novo.

Rodopiava num mundo sem cima nem baixo; qualquer um perderia a referência e o equilíbrio nessas condições, mas ela sabia que estaria acabada se deixasse aquela tontura dominar logo ali. Ali não, por favor, ela esboçou uma súplica ao vazio; rodopiava, a corda que a prendia à Estação desenhava espirais até onde os holofotes do capacete permitiam ver. Arraia sumia e aparecia na sua vista, ele próprio tentando se recompor, os braços se mexendo de forma tão ridícula, tão desengonçada, e Corina odiou mais uma vez aqueles trajes por fazê-los parecerem bonecos sem coordenação motora. Buscava um ponto de apoio que fosse, no raio de sua visão ou fora dela, um contato com o solo, qualquer coisa que a fizesse parar.

O chão era um abraço de mãe. Era humilhante cair, mas foi com o corpo batendo contra o piso que ela encontrou alguma segurança quando não lhe restava nem equilíbrio nem controle. Foi o chão frio de sua cozinha que a segurou quando suas pernas falharam pela última vez – na terra firme, na gravidade para a qual seu corpo estava preparado, na sua casa, e ainda assim ela desabou. Veio a tontura primeiro, ou teria sido a visão dupla? Talvez tivessem vindo juntas, com a força arrebatadora de um vulcão que simplesmente cospe calor e rocha derretida, só restando a ela depois lidar com a destruição. Mas foi em sua casa, na superfície, na terra firme, em um ambiente seguro. Um acidente: as pernas sem firmeza a fizeram mergulhar em direção ao chão. Foi desespero e ao mesmo tempo raiva que a tomaram quando ela teve a estranha consciência de ter soltado o volante de si mesma, e então olhou para ele sem fazer ideia de como segurá-lo de novo.

O chão tinha um gosto ruim, de derrota, das lágrimas raivosas que ela derramou em sua última crise; mas chão era tudo o que ela queria ali, justamente onde só tinha água, no último lugar onde desejava perder o controle.

Então veio o impacto, o alívio, um breve momento de recuperação em que o caldo de memórias em sua cabeça deu lugar às vozes sólidas da Estação chamando seu nome. Tinha alcançado o fundo, buscava contato visual com o parceiro, mas tudo estava muito escuro, e ele permanecia fora de seu alcance. Arraia, ela deve ter chamado, sem ter certeza se falou alto o suficiente, porque as vozes não paravam, não davam espaço nem para ela respirar. O que eles queriam?

"Estou bem", ela arriscou dizer, também sem ter certeza, só para que parassem ou pelo menos dessem algum tempo para ela se situar.

"A C-40, Corina! Está desacoplada!" Era a maldita sonda que ela estava carregando. Corina demorou três segundos para entender que tinha perdido o aparelho depois de seu desajeitado balé.

"Tenho visual." As pequenas luzes denunciaram a localização, e Corina conseguiu ver a sonda quicando lentamente numa encosta, atraída pelo pretume do abismo que se estendia generosamente para baixo. Bastou um breve instante para perceber que a pequena caixa continuaria se afastando até ser impossível reavê-la, até que se tornasse mais um pedaço de lixo vindo da superfície, um objeto alienígena pairando nas profundezas até que o tempo o desintegrasse.

Teimosia era algo que só podia ser medido pelo conjunto da obra; pela persistência de fazer escolhas muito inconsequentes com frequência e de forma muito consistente no decorrer dos anos. Corina tinha um currículo invejável nesse sentido: bastava dizerem "não" para que alguma luzinha se acendesse dentro de sua cabeça e ela resolvesse fazer justamente o contrário, em desafio a qualquer norma que tentasse se impor sobre ela. Faça uma faculdade, devem ter lhe dito, e preferiu fazer cursos de mergulho. Você consegue descer até trinta metros, e então descia a sessenta. Você precisa de cilindro de oxigênio, e então resolveu praticar apneia. Cuidado com esse trabalho, e entrou na carreira mais perigosa que conseguiu. Você não pode mais mergulhar, e mergulhava mesmo assim. Era olhar para ela de longe e enxergar com muita clareza que seu corpo era 70% água e 30% teimosia, construída, sim, com consistência durante toda uma vida, mas presente sobretudo nos pequenos momentos, na rapidez de miniações que pediam a tomada de qualquer decisão.

Tão poucos segundos e tanta coisa acontecendo: a sonda se afastando devagar, alguém na Estação gritando para que ela esperasse por Arraia, o colega ainda longe, Corina de barriga para o fundo, os braços estendidos para a frente. Se desse um impulso com a perna talvez alcançasse o equipamento fugitivo antes que a missão do dia fosse toda pelo ralo.

Um instante ínfimo e ao mesmo tempo tão demorado que até as bactérias suspensas na água pareciam estar paralisadas por dias enquanto assistiam ao evento. Qualquer mudança minúscula ali embaixo tinha o potencial de mudar a história drasticamente, e era isso afinal que dava até aos organismos mais microscópicos a oportunidade de participar do rumo das coisas em um mundo de dimensões tão inconcebíveis para a maioria das formas de vida ali contidas. Corina precisaria de algo da importância de um plâncton: um impulso, só isso.

De novo a teimosia acontecendo nos pequenos detalhes: com a perna buscou contato com o solo. Corina não imaginava que seria doença, pessoa nem acidente que colocariam fim à sua vida, se algumas vezes já imaginou, com um senso de humor sombrio, que seu atestado de óbito provavelmente traria escrito "teimosia" no espaço reservado à *causa mortis*. Firmou o pé e avançou.

Com o impulso, o motor ganhou força e direção para que Corina chegasse mais perto da sonda e a agarrasse antes que escapasse para sempre. Mas não foi isso que aconteceu. O planejamento que Corina traçou em sua mente se dissolveu no instante em que a perna direita se recusou a participar do plano, ficando débil no momento em que deveria empurrar com força. Para completar o desastre, as mãos fizeram o combinado e acionaram os motores, que impulsionaram Corina com força total para lugar nenhum, o movimento descoordenado da perna desviando seu corpo para a trágica rota do descontrole.

"Corina, o que está fazendo? Saia já daí." Foi o que ouviu dentro do seu capacete, mas ela já se afastava novamente, e as coisas, que até então aconteciam em câmera lenta, ganharam tamanha velocidade que de novo ela se perdeu.

Bolhas, a voz de Arraia, alguma luz de emergência piscando.

Bolhas por toda a parte e a força de uma correnteza rasteira. Sentia-se escorrer pelo ralo. O traje pesado agora não era mais do que a casca de um inseto que cai na privada e é carregado por um turbilhão de água para o fundo.

Uma viagem para o esgoto? Não seja boba, Corina. Isso não é um tobogã, é a droga da vida real, e você está perdida. Ela ficou apavorada, a perna ainda mole, não sabia se pela força da água ou se – aquilo.

Sentiu algo duro batendo em seu pé para depois se afastar e se perder de vez: era a sonda, ela sabia. Seu trabalho do dia acabava de ser engolido pela corrente, as pequenas luzes agora perdidas por definitivo. Já não adiantava ir atrás dela, da mesma forma que não adiantava parar os motores.

A água estava no controle agora.

Eram tantas as bolhas, mas ainda assim Corina viu pontos azuis piscando a distância. Solta no espaço, viu uma constelação de medusas, um céu onde as luzes eram também vida. Onde mais ela poderia ver tal coisa? Ficaria ali, decidiu, não era tão mau que pudesse olhar aquelas luzes até que não houvesse mais nada, até que as próprias luzes fossem engolidas pela água e ela fosse dissolvida, transformada em algo líquido, sem forma, como lhe parecia certo que fossem as coisas mortas. Ela sabia que aquele não era o tipo de constelação que ficava apenas acima de sua cabeça; bobeira achar que fossem estrelas se tinham tentáculos, se eram transparentes, se dançavam com a água. Não estavam acima de sua cabeça, mas, se ela conseguisse chegar perto o suficiente, estariam acima e abaixo, por todos os lados.

Então sentiu um puxão, o peito apertado e seu corpo com violência arrastado para trás, contra a corrente. Alguma coisa tinha que funcionar naquele momento, ainda que não fosse ela.

CAPÍTULO 4
ANCESTRAIS

Era a promessa de alimento que os fazia molhar as patas. Não foram feitos para aquilo, o que demonstravam a cada vez que entravam na água, com movimentos que demandavam energia demais para serem tão lentos e desajeitados. Tanto esforço, mas era a sobrevivência que estava em jogo, e então decidiram nadar. O que um ser da terra poderia querer com um mergulho? Ele farejou o ar, enfiou o focinho na água, um focinho comprido que ansiava por meter entre os dentes um bom peixe, e perfurou a água com um salto, lançando-se para a pescaria.

Nadava como um cão, as quatro patas cavando a água e fazendo avançar o corpo em velocidade apenas suficiente para pegar alguns peixes mais distraídos, mas nunca o suficiente para fugir dos crocodilos. Ele sentiu que não estava sozinho, mas já tinha se distanciado demais da margem, e o que se podia fazer? *Rápido*, disse seu corpo, e ele fez de tudo para obedecer, movido pelo desespero de saber que nadar mais rápido, com aquelas patas, não seria possível.

Quando os olhos se abriram novamente, estava debaixo d'água, um milhão de anos para a frente, deslizando com desenvoltura e carregando um embrulho de escamas preso em sua boca. Sua cauda remava, direcionava o corpo para lá ou para cá, para baixo ou para cima – e para cima ele foi, depois de mandar o peixe para dentro de sua garganta. Quando rasgou as ondas, sentindo o vento no focinho, também pôde ouvir o som que elas faziam na superfície, o som que faziam enquanto ele subia para respirar. Era um barulho poderoso, contínuo, que se espalhava em lamentos, conversas e canções, vindas de todos os lados, vindas de todas as vidas dali, uma conversa muito mais antiga que a existência daquele mamífero a se aventurar na água, e muito mais longa do que o tempo que ele conseguia ficar sem oxigênio. Era um som muito antigo, mas que continuava lá, contando coisas novas enquanto ele existia, nadava e voltava para a margem, de repente sentindo muita sede. Cercado de água, mas com sede.

Rastejando na areia, movia-se de maneira completamente diferente: as patas da frente faziam força para sustentar o corpo, as de trás, espalhadas e bem abertas, empurravam o tronco para a frente; a cauda, nada mais que um peso, ia riscando uma trilha na areia que ficava para trás. O som do mar se afastava, enquanto o animal voltava para o banco de água doce mais próximo, onde pudesse também encostar a barriga no chão e descansar depois de mais um dia buscando seu sustento no mar.

Os dias se passaram, cada um dos seus quatro milhões de anos, e voltar à terra já não fazia mais tanto sentido, agora que podia comer e beber na mesma água. Remava sem dificuldades, o corpo deslizando com a naturalidade de um peixe; as membranas em volta de seus dedos podiam estar longe do desempenho de uma nadadeira, mas já ajudavam muito no quesito velocidade. Seu lugar não é aqui, era o que os outros sentiam; e realmente não era uma época em que escamas, tentáculos e antenas se acostumassem com a ideia de um mamífero dividindo aquele espaço. Mas lá estava ele, seguindo uma trilha invisível debaixo d'água, alheio ao caminho que o levara até ali.

Os tubarões eram rápidos e estavam sempre com fome, por isso ele precisava ter cuidado. Nadar mais rápido não era o suficiente, ele sabia, pelo menos não contra os tubarões. Seus ouvidos, então, já não eram os mesmos dos que vieram antes dele; eram sofisticadas ferramentas de defesa que permitiam que girasse mais rápido na água, fizesse piruetas que despistassem os predadores, sem que ficasse desorientado sem saber onde era em cima e onde era embaixo. E pra que distinguir essas duas coisas se naquele mundo de água e ondas não era possível cair?

Por acidente ou por esforço, aquele ouvido tinha a estrutura certa para receber a mensagem. O que recebeu foi um som primitivo que continha um chamado, uma conversa, algo que despertou nele um desejo de entendê-la tão grande quanto a fome que o levava a procurar por peixes.

Então desceu mais, prendeu a respiração por mais tempo e mergulhou. Mergulhou através de milhões de anos até que suas pernas ficassem para trás. Tinha agora nadadeiras na parte da frente. Uma cauda tão comprida que até parecia uma enguia, algo que nunca funcionaria em terra. Terra? Que terra? Já não se lembrava de como era andar sobre as quatro patas, não sabia que gosto tinha a água se não fosse salgada, não sabia existir de outra forma que não fosse mergulhando.

"Lá em cima" agora era como se chamava o lugar onde ouvia as ondas do mar. O barulho continuava, tanto tempo depois, e ainda não tinha se calado por um momento sequer. Um diálogo ininterrupto, cheio de altos e baixos, acontecendo muito antes de qualquer vestígio de vida surgir para colocar vírgulas e acrescentar histórias a esses sons; muito antes de existir o aprender a nadar, muito antes da fome. Fechou os olhos e apenas escutou o chamado. Algo que dizia para ir mais fundo. *Mais fundo.* Que urgência era aquela em voltar para o lugar que cuspiu a vida que povoou a terra?

O mar era tudo o que existia, mas era um lugar perigoso, com tanto alimento quanto ameaças. E não era na adversidade que as criaturas encontravam um caminho para se transformar em algo melhor? Assim virou um gigante, um temido ser marinho, um poderoso nadador que resistia às maiores pressões, com uma cabeça munida de bússola e radar. Leviatã, seria chamado, mas não era um monstro movido por uma irracional vontade de matar. Eram assustadores, sim, a inteligência que possuía, o ouvido muito atento, a linguagem na qual cabiam histórias mais antigas do que a última estação. Um dia teve pernas, mas suas canções não alcançavam tão longe; algumas lembranças permaneciam como um cisco incômodo, nada mais do que um vestígio de outros tempos. Um dia houve terra. Mas o que seria terra se não a morte? Não, não havia nada para ele em terra firme. *Mais fundo*, ele ouvia e devolvia em forma de canto para ensinar suas filhas, e as gerações que viessem depois, a direção certa a seguir.

Agora ele flutuava imenso na superfície, tomando um longo e demorado fôlego na divisa entre uma atmosfera e outra. Como chegou ali, tão rápido? A velocidade de sua jornada era olhada com espanto pelas pessoas, algumas desconfiadas de que uma evolução tão veloz e significativa só pudesse ter sido influência de radiação ou coisa parecida. O cachalote era indiferente ao que pensavam em uma terra distante e apenas esguichou com força, fazendo chover ao seu redor. Pensava se era possível aparecer uma delas ali, enquanto descansava, mas não havia sinal de pessoas por perto. Ele sabia das pessoas, sabia que eram perigosas, especialmente porque não se podia distinguir as pessoas que se aproximavam pela vontade de talvez estabelecerem um contato, um diálogo, das que se aproximavam para meter em suas companheiras um arpão.

Tinha grande interesse por elas, desde que as viu surgir no horizonte das praias ou na superfície do mar. Sentia que se parecia com elas, em algo que ia muito além do fato de serem mamíferos pelados. Mas em quê? Pessoas não eram devidamente adaptadas para viver no mar, mesmo quando se revestiam de uma pele preta de borracha ou de nadadeiras de plástico. As pernas eram desajeitadas demais, daria muito trabalho transformar aqueles membros em nadadeiras de verdade. Além disso, pareciam não ouvir. Se ouviam, não entendiam. Observou por bastante tempo e ainda não teve nenhum sinal de que pessoas pudessem ser capazes de receber e entender a mensagem. Até quando esperar? Poderia demorar um tempo enorme, um tempo maior que as dimensões do seu corpo, do que o tamanho de sua cabeça, do que o volume de sua voz, do que sua pausa para a respiração, do que seus anos de vida, do que a profundidade que conseguia alcançar. Poderia demorar mais tempo do que ele tinha para existir.

As ondas, no entanto, continuariam lá. Enquanto os continentes mudavam de formato, enquanto seus habitantes desapareciam e se transformavam, as ondas permaneceram lá, fazendo o mesmo barulho. O cachalote agora ouvia o mesmo som que também foi ouvido cinquenta milhões de anos antes e que qualquer criança humana, em qualquer época que existisse, ouviria ao se sentar nas areias de qualquer praia. Pelo menos isso, o cachalote sabia, eles tinham em comum.

Ao contrário do cachalote, que tinha seus olhos pequenos imersos na água, olhando para os pequenos peixes que passavam por ele, as pessoas preferiam olhar para o céu. Diziam que era a experiência de contemplar um passado distante, porque as luzes que chegavam ao planeta vinham com um atraso de milhões de anos, revelando um retrato de corpos celestes e lugares que podiam nem mais existir. As ondas também eram um retrato antigo, se criaturas muito primitivas ouviram aquele mesmo som, tão carregadas de informação, de histórias e de vida. As ondas ali tão próximas, e as pessoas preferiam primeiro explorar os céus e suas luzes distantes. Varriam o espaço em espantosa velocidade enquanto permaneciam ignorantes, em grande parte, do que habitava o mundo abaixo das ondas – *cada um tem sua própria jornada*. Chegava a ser compreensível que achassem mais fácil subir do que afundar, se havia tantos limites impostos por um corpo que não pertencia àquele lugar – *isso soava familiar, não?* Apenas começavam a arranhar a superfície de um mundo que já viu tantas formas de vida surgirem e desaparecerem, enquanto as pessoas mal conheciam os habitantes que viviam no mar naquele exato momento – *talvez elas não conseguissem ouvir*.

Mais fundo, mais fundo.

Pegou um último e demorado fôlego e voltou a mergulhar. A cabeça maciça e quadrada do cachalote abriu caminho pela água. Era um bloco de carne descendo na vertical em espiral, lenta e pesadamente, servindo de carona a peixes que aproveitavam a descida do mamífero para também alcançar, sem muito esforço, águas mais profundas. As lulas certamente não estavam nem um pouco ansiosas com um gigante daqueles se aproximando, e tentáculos tão grandes não serviriam para ameaçá-lo, apenas para provocar seu apetite.

Dentro de sua cabeça, o cachalote estava equipado com o mais sofisticado sistema de rastreamento, o maior cérebro que já existiu, um computador orgânico capaz de ler com precisão as informações que inundavam seu ambiente. Mas tinha que pagar um preço por receber qualquer fração de conhecimento diluído na água; era preciso dar para ter algo de volta. Assim, o cachalote emitia seus sinais – estalos constantes, poderosos, marteladas na água – para receber de volta o que precisava – a localização do seu almoço.

Mergulhava atento, a mais de dois mil metros, quando percebeu um sinal incomum, uma informação que não possuía nem o formato nem o movimento de uma lula. Não era um som que viesse de alguma coisa viva, embora se parecesse com a natureza de seu próprio radar, sons que batiam nas coisas e seres ali embaixo e voltavam como informação, uma forma de escutar e enxergar, ao mesmo tempo. Ele ficou confuso, mas a curiosidade e seu impulso natural de tentar estabelecer contato o levaram a enviar uma saudação. Um longo som de rangido seguido de cliques, uma mensagem simpática que esperava que pudesse ser entendida, ou pelo menos reconhecida, se aqueles sinais viessem de pessoas. Finalmente elas evoluíram para enviar sinais como aquele? Será que seus ouvidos também mudaram? Será que agora podiam entender? Todas as formas de vida mudavam um dia. Era mudar ou desaparecer, o cachalote sabia.

Então entoou uma canção entusiasmada e continuou a descer, o corpo perfeitamente na vertical rasgando mais centenas de metros de profundidade completamente no escuro, mergulhando em direção ao próximo milhão de anos.

CAPÍTULO 5
MARTIN

"Qual parte da ordem de não avançar você não entendeu?"

Corina precisou de ajuda para sair do traje, a parte interna do capacete toda vomitada; ela pelo menos tinha sido bem-sucedida em não se afogar em seu próprio líquido estomacal na viagem de volta. Não tinha nem se preparado para ficar longos minutos sem respirar, mas conseguiu, de algum modo, prender o ar por tempo suficiente para o vômito não entrar em seus pulmões, até o momento em que o capacete se abriu dentro de Auris. Um estalo, o som do vácuo cedendo e, de novo, o ar. Nunca pareceu tão demorado o processo de se livrar daquela prisão em forma de roupa de mergulho.

Susana tinha o braço de Corina apoiado em seus ombros, de forma que ela podia descer do suporte das armaduras sem o apoio da perna que continuava adormecida, trêmula. A visão embaçada não a impediu de ver Arraia também na iminência de cair, embora ele já estivesse fora da armadura, com a cabeça baixa e as mãos nos olhos tentando se recompor da desorientação que também sentia.

Martin era um obelisco de frustração diante dela, esperando uma resposta sem dar qualquer indício de reconhecer que Corina mal tinha condições de se manter de pé, quanto mais de se justificar ou articular qualquer tipo de argumento.

Ela não estava em seu melhor momento para responder àquela pergunta, mas mesmo assim o fez porque era muito teimosa: "Eu podia alcançar a sonda, tive que pensar rápido."

"Você não podia pegar a sonda, tanto é que não pegou." A voz dele era baixa e profunda, como se viesse de dentro de uma caverna. "Você arriscou a missão, *unbelievable*."

"Eu arrisquei? *Você* mandou a gente pra porra de uma fissura." Ela havia acabado de receber ajuda de Susana para se sentar e elevou a voz para compensar o fato de não conseguir fazer essa acusação como gostaria, de pé e esfregando um dedo na cara do doutor.

Maurício e Martin trocaram olhares de dúvida; os olhos arregalados do assistente eram sua única alegação de defesa quanto ao erro dos cálculos. A matemática era feita de fatos, como poderia estar errada? E ainda assim, a fissura estava lá, escancarada em forma de desafio, algo que poderia ser um rasgo em sua reputação. E Maurício sabia que uma mancha na reputação, naquela carreira, não era algo fácil de superar. *Auris é minha última chance.* Ele se lembrava do doutor dizendo, das noites que passaram em claro para viabilizar aquela pesquisa, do que foi preciso abandonar em nome de uma busca que tinha tudo para não dar em nada; então ele sabia o que aquele estudo significava para o doutor. Também era seu estudo, sua chance de ser reconhecido, e a sensação de ter colocado tudo a perder fez seu mundo girar, embora não tivesse sido ele a sair dos trajes depois de passar por um turbilhão de gases abrindo caminho com violência entre rocha e sedimento.

"Os dados de temperatura e pressão indicavam condições diferentes, não sei o que pode ter acontecido", gaguejou Maurício, odiando perceber que sua voz saía com a espessura e fragilidade de uma membrana, pronta para se romper em insegurança pura ao mínimo toque.

"Agora não importa." Martin pressionava os dedos contra as pálpebras fechadas, uma tentativa de pensar, mas também de se recompor. "Ainda não consigo acreditar, um erro tão amador vai nos custar dias de atraso." Não era uma acusação direcionada a alguém em especial, mas Maurício se encolheu, enquanto Corina inflou, o peito cheio de ar, nem um pouco disposta a aceitar que lhe chamassem de amadora.

"Eu também não consegui chegar a Corina a tempo, beleza? Estamos todos no mesmo naufrágio" se adiantou Arraia, prevendo a tormenta se formar entre Martin e Corina. Era tão típico dele tentar equilibrar a situação. "Falando desse jeito parece até que a gente é um bando de iniciantes que nunca lidou com imprevistos antes. Só tem macaco velho aqui, então vamos ser profissionais, que tal?"

"Profissional, você fala?" Martin ajeitou os óculos e cruzou os braços, encarando o mergulhador com algum desdém, exatamente o tipo de postura que ele devia assumir quando desafiado nos tempos de universidade, quando foi moldado pela hostilidade. "Não é agir profissionalmente ser incapaz de ouvir e de pensar em equipe." As farpas ainda eram lançadas em direção a Corina, frustrando a tentativa de Arraia de se colocar no meio dos dois. "E, até onde sei, não abri nenhuma vaga pra herói nessa expedição."

"Era uma questão de tomar uma decisão e agir. Rápido. Não dá tempo de pensar em formalidades quando é o seu pescoço que está em risco. Mas acho que você não sabe o que é isso." A raiva de

Corina saiu seca e atingiu Martin rapidamente, antes que ele fosse capaz de reagir. Apenas ficou olhando para a mergulhadora com o rosto estático, a boca entreaberta procurando o que dizer, o corpo levemente inclinado para trás.

"Chega disso", Susana acabou falando mais alto do que pretendia, mas a necessidade de ter razão deixava as pessoas surdas, e por isso o grito pareceu apropriado. Depois do grito, o silêncio. "Vocês não veem a sorte que tivemos? Uma sonda perdida. Poderiam ter voltado com dois trajes danificados, inúteis. Poderiam nem ter voltado, minha nossa! Seria o fim da missão, seria uma tragédia. Mas foi uma sonda perdida. Chega a ser ridícula essa troca de acusações se a missão pode continuar sem problemas."

"Vamos precisar de um tempo." Arraia mostrou alguma preocupação em avaliar as condições dos trajes antes de descer novamente. Era exatamente o que Corina diria se não estivesse tão focada em administrar o estrago que acontecia no seu corpo naquele instante.

"Quanto?" Martin trocou o nervosismo e a raiva pela ansiedade, a cabeça já projetando os cálculos nos quais teria que trabalhar mais tarde.

"Os pilotos precisam estar cem por cento recuperados, ou não tem mergulho", lembrou Susana. "Quanto antes vocês puderem me deixar com eles para fazer alguns exames, logo dou uma resposta."

"Quatro, cinco dias", a resposta de Corina atravessou a de Susana como se ela nem existisse e fez a boca do doutor assumir uma posição esquisita, sinal discreto de desgosto, mas ele continuou sem falar nada. Cinco dias era uma estimativa muito otimista para ela recuperar o controle, levando em consideração as experiências passadas: o sumiço, os dias trancada em casa, o telefone tocando e ela deitada, olhando para o teto, querendo apenas desaparecer. Voltou para Auris, onde os outros a olhavam com suspeita, e se apressou em justificar: "O tempo é pelos trajes. Para garantir que está tudo em ordem."

Sem nada mais a dizer, ficaram olhando para os trajes, que, por sua vez, continuaram muito imóveis, calados, como se torcessem para não começarem a jogar a culpa do acidente neles — mas eram só metal e engrenagens, que importava levarem a culpa?

Martin deu as costas e acionou a porta de acesso à antecâmara. Voltaria para o laboratório onde tinha muito a fazer. Foi seguido por um Maurício murcho, decepcionado consigo mesmo, os ombros curvados para a frente depois de entortados por um grande peso.

Susana ficou; era a qualificada para fazer o atendimento paramédico e avaliar o estado de saúde dos pilotos, que se deixaram examinar sem dizer palavra alguma. Mas ela viu mais do que pupilas voltando ao normal, pressão cardíaca se estabilizando aos poucos, sinais de estresse em Arraia ou sentidos ainda embaralhados em Corina. Percebeu entre os dois alguma desconfiança que os mantinha firmes na posição de não dizer nada que ela pudesse ouvir, talvez uma grossa camada de desconforto que os mantinha isolados um do outro. Como se não bastassem todas aquelas paredes de metal.

Susana envolveu devagar o estetoscópio no pescoço, deu uma olhada em seu relógio de pulso e se levantou. "Bem, vou precisar examinar vocês de novo mais tarde. Agora, descansem."

Arraia acenou para a engenheira num sinal de "já vamos", embora Corina não tivesse nem começado a se levantar. Assim que os dois ficaram sozinhos à beira da *moon pool*, Arraia decidiu romper o silêncio.

"O que houve com sua perna?" Ele havia sido parceiro do cara que teve uma fratura dentro do traje e mesmo assim parecia espantado com aquele trauma, ou apenas preocupado com a colega porque não era o primeiro incidente num mergulho em que ela era a protagonista. O que houve com sua perna, o que houve com sua cabeça, o que houve com sua vida? Pergunta mais complicada.

"Preciso deitar." Corina só queria que a Estação parasse de tremer sob seus pés e quem sabe ela acordasse com a sua velha e boa funcionalidade, pronta para preparar os relatórios que esperariam dela no dia seguinte. Havia muito a explicar, e o que houve com sua perna nem ela sabia direito. Pensou que provavelmente depois de algumas horas sob o escuro de suas pálpebras descobriria que o desequilíbrio era coisa passageira e que ela, na verdade, estava bem. O traje já havia quebrado a perna de um cara, céus, tinha sorte de ter saído só com uma dormência. Pensou em responder isso, mas não disse nada. "Preciso deitar", ela já havia falado aquilo?

Os dedos de Arraia em volta de seu braço a ajudaram a se erguer, e assim ela foi conduzida até a porta da antecâmara. Dentro da Estação, foi andando devagar e buscando qualquer apoio que conseguisse. O ombro de Arraia ia à frente, como uma muleta que evitava que ela se arrastasse dolorosamente pelas paredes da Estação, uma cena que seria lamentável de se ver tendo como protagonista alguém que os outros julgavam tão resistente. A ilusão de força, quando demolida, fazia o mesmo barulho de ossos se quebrando.

"Algo aconteceu lá embaixo." Arraia entrou no dormitório de Corina para ter certeza de que ela chegaria de pé. Sua voz saiu quase como um sussurro, o que podia ser tanto pelo tom de confidência quanto pelo respeito ao seu cansaço. Ele sentiu que se falasse um pouco mais alto seria capaz de derrubá-la no chão de vez.

"Acidentes são assim, acontecem." Tão preocupada em subir na cama, Corina não deu muitos detalhes em sua resposta. O longo silêncio que veio podia ser preenchido com alguma opinião dela sobre o que tinha acontecido, um apelo, ou mesmo qualquer desabafo de raiva contra o doutor, mas ela preferiu ficar muda. *Se não falar com ele, com quem?* "Tente descansar também."

Só restou a Arraia piscar em um sinal para que ela ficasse tranquila. Se sorria, era apenas pela frustração de perceber que as respostas vazias significavam que Corina, definitivamente, não queria conversar. Assim Arraia se retirou, entendendo que não havia mais nada que pudesse dizer ou fazer naquele quarto.

Sozinha, Corina gemeu. Tinha escolhido se fazer de ostra, se fechar, porque ali não dava para esperar compreensão ou paciência de ninguém. Eram estranhos que o acaso tratou de juntar em uma situação-limite, e realmente não dava para esperar que isso pudesse dar certo, se eram tão diferentes que nem mesmo pareciam fazer parte da mesma espécie – o que também explicava a evidente dificuldade de se comunicar.

Nada como uma fissura borbulhante para expor as fraquezas de uma equipe que nunca existiu.

•••

Sons formam imagens. Em mais de quinze anos, registrar cada som vindo do oceano e tentar atribuir a ele uma forma, uma vida, um dono foi a premissa que conduziu os estudos e pesquisas de Martin. Todos aqueles anos para tentar desenvolver uma metodologia de leitura do ambiente, algo que os cetáceos já nasciam sabendo fazer. Ele os invejava. Diferente de golfinho ou cachalote, o doutor não tinha em seu corpo a aparelhagem necessária para ver ruídos, saber o que eles significavam, formar um quadro a partir de ondas sonoras, enxergar pelo som em um mundo sem luz. Seu corpo sozinho não era capaz, por isso as sondas. Martin estalou a língua dentro da boca em sinal de desgosto ao se lembrar do aparelho perdido, todo um dia de trabalho perdido, todo um leque de informações abissais que ele poderia estar lendo naquele instante – mas perdidas.

Não era, no entanto, como se estivesse às escuras. No laboratório, os monitores continuavam a mostrar os dados parciais de sua área de estudos, e só ali já havia muito trabalho a fazer. Ele sabia que demoraria pelo menos uma semana para ter, de fato, uma varredura tridimensional ao redor daquela fonte hidrotermal, cada sonda uma peça importante para não deixar escapar um decibel que fosse, mas agora esse prazo se estenderia mais um pouco. Por que a pressa? Tudo estava sendo gravado, e Maurício tratava naquele instante de preparar e programar outra sonda para substituir aquela que Corina fez o favor de jogar como oferenda.

Não havia por que ter pressa, mas tinha. A expedição tinha data para acabar, e qual garantia ele tinha de encontrar? Um som, um mísero som, e ele sabia como seria fácil deixá-lo escapar de novo.

Seu trabalho era esperar, sabe-se lá quanto tempo, até que pelos fones de ouvido encontrasse qualquer indício que comprovasse que não estava enlouquecendo. Enquanto isso, experimentava a loucura em forma de ansiedade, por só poder esperar e observar com o traseiro plantado em uma estação de trabalho confortável, ao menos em comparação com o lado de fora, longe dos reais perigos, coisa que aquela mergulhadora petulante fez questão de esfregar na sua cara. Lembrando-se disso, passou a mão na testa numa tentativa inconsciente de limpar do seu rosto aquela insinuação. Era possível que, irritado como estava, pensasse em vestir o traje ele mesmo – Martin sempre foi de atuar em campo, fazer ciência *in loco*. Ele estava imerso no local de pesquisa, mas ao mesmo tempo não. Um meio-termo que, podia sentir, fazia seus nervos pulsarem, tudo vontade que ele reprimia de explorar as profundezas por si próprio, mas alguém precisava ficar de olho nos monitores. Cada um com seu trabalho sujo.

Martin já estava monitorando aquele ambiente há tempo suficiente para entender as formas que correspondiam a determinados sons. O mais ruidoso dos sinais vinha das chaminés, na zona hidrotermal que era alvo de sua pesquisa; o volume da fumaça preta podia ser enxergado em alto-relevo pelas sondas, tão ensurdecedor era o som que ela projetava, a potência maior que a de uma turbina de avião, se alguma pudesse funcionar debaixo d'água. O que, na superfície, seria um lugar pavoroso e estéril, ali embaixo significava um oásis de vida. Ele sabia que os vulcões submersos eram pontos favoráveis para observação, se os gases que expeliam eram fonte de alimento para criaturas que dispensavam a fotossíntese, que não sabiam o que era o Sol e ignoravam que pudesse existir vida acima do mar. Que lugar apropriado para tentar recomeçar sua carreira; no mesmo ambiente que provavelmente foi o início de tudo.

Havia algumas lacunas na tela, traços piscando onde deveria haver números. Dados como temperatura e pressão Martin só conseguiria medir quando os trajes passassem para a próxima fase e pudessem se aproximar das chaminés o suficiente para as avaliações, embora houvesse um limite para a aproximação: ali o calor ultrapassava a marca de 300 graus, e humanos definitivamente não tinham sido convidados para uma festa tão quente, embora inúmeras formas de vida tivessem tal privilégio.

O solo se movia em uma dança frenética, borbulhando metros abaixo de onde a água atingia as mais extremas temperaturas. O que fervia ali, Martin podia ver, eram os movimentos dos caranguejos Yeti, uma multidão deles, um emaranhado de patas e carapaças, em sincronia com os ventos carregados de metano e sulfeto de hidrogênio. Fazendeiros cultivando a base da cadeia alimentar naquele fim de mundo. Nas patas peludas que sacudiam em uma desajeitada dança de pinças, cresciam as bactérias que os equipamentos não captavam, mas Martin sabia que estavam ali e que tão logo seriam colhidas para dentro do estômago daquelas criaturas. No seu computador, fez algumas anotações, descrevendo a variação que observava daquela espécie em relação às outras do gênero Kiwa já descobertas mais ao norte e mais ao sul do Atlântico.

Não era a descrição individual de cada espécie que importava, mas como juntas elas construíam o perfil daquela área. O lugar como um ser vivo. Além disso, era com algum tédio que ele olhava para aqueles caranguejos, polvos, peixes, camarões gigantes, vermes tubulares, coisinhas que aparentavam viver no automático. Não se aproximavam do nível cognitivo que interessava Martin.

Por isso ficava tão próximo das baleias. Foram elas que lhe disseram que precisava ir mais fundo. Pistas sussurradas por cetáceos, e ele sempre ria quando imaginava a loucura contida nessa frase. Ria da única evidência na qual podia se agarrar; toda uma carreira em zona de instabilidade por causa de teorias que desenvolveu ouvindo as baleias, e esse não era o nível de sanidade esperado de alguém que até então era um respeitado doutor em Southampton – fugir depressa pro Brasil era uma prova de que queria ficar fora do radar depois de lançado seu livro.

Sussurros de baleia, aliás, que nome adequado para sua publicação, em vez de *A inteligência que habita o oceano: o que revelam os sons das profundezas*, título e subtítulo sugeridos pela editora para resumir e chamar a atenção para a hipótese que ele trabalhou ao longo de quatrocentas e dezessete páginas. A ideia de assinar com seu nome um livro chamado *Sussurros de baleia* o divertiu ainda mais quando se lembrou de que Corina havia lido sua obra. Gargalhou alto.

Olhando pelos monitores monocromáticos que ficavam na área comum da Estação, parecia até que ele via muita graça no balé dos caranguejos Yeti, ainda que nenhum dos seus colegas estivesse ali para testemunhar a crise de riso. Quem poderia se interessar em vigiar aquelas pessoas problemáticas presas numa câmara de metal com tanta coisa acontecendo do lado de fora?

Temos lançado mensagens às águas desde que fizemos do mundo dos significados a nossa natureza, escreveu certa vez o doutor. *O homem é um animal de linguagem. Esta vantagem que possuímos é uma dádiva e ao mesmo tempo o que nos deixou isolados, sozinhos à margem de uma* existência plena de vida e de idiomas que sequer chegamos perto de entender. Mas tentamos com afinco desde a infância da humanidade.

Em uma de minhas primeiras viagens ao Brasil, à época estudando o alcance sonoro das jubartes no litoral da Bahia, tive a oportunidade de ficar uns meses a mais, quando presenciei, por volta de fevereiro, a festa de Iemanjá. Ritual herdado da cultura africana que povoou o país, a festa consiste em oferecer presentes à divindade ali considerada a rainha do mar. Vestidos de branco, os devotos compareciam à praia trazendo cestas e pequenos barquinhos carregados de flores, espelhos, joias, perfumes. Mimos para uma deusa bastante vaidosa. Ambientalistas reprovariam tamanho despejo de objetos no ambiente marinho, já tão ameaçado pela quantidade de lixo que recebe do continente. A parte de mim que compreendia o impacto da atividade predatória humana sobre as condições dos oceanos daria razão ao reclame dos ambientalistas, mas, como cientista, sufoquei qualquer julgamento moral e me limitei ao papel de observador. Como espectador daquele rito religioso, pude concluir, ainda que antropologia estivesse longe da minha área de estudos, que aquele gesto – levar oferendas ao mar e esperar, à margem, que as ondas carregassem aqueles presentes em sinal de aceite – indicava a necessidade de nos comunicarmos com o que quer que vivesse sob as águas.

Podemos deixar de lado, por um instante, as preocupações dos ambientalistas e assumir a inusitada perspectiva de encarar as coisas que lançamos ao mar – todas elas – como mensagens. De inofensivas oferendas a vazamentos de petróleo, estamos embalando mensagens em garrafas e jogando-as ao mar, na expectativa de que nos respondam. É evidente que o tipo de mensagem que estamos transmitindo em cada uma dessas tentativas de contato, conscientes ou acidentais, difere bastante.

O significado de um navio naufragado certamente poderia ser interpretado de forma distinta do significado contido nos detritos tóxicos que despejamos nas zonas litorâneas. Em um exercício de imaginação em que estivéssemos do outro lado da linha recebendo todos esses sinais, poderíamos entender esta espécie que habita a superfície como contraditória: ao mesmo tempo que é destrutiva, agressiva e fundamentalmente mal-educada, é também carente, afetuosa e frágil.

Mas quem ou o que atenderia ao telefone que temos chamado durante todo esse tempo? Temos obtido respostas contundentes às agressões ambientais que infligimos à vida oceânica. Talvez isso possa ser considerado um recado à nossa própria espécie, como os ambientalistas têm alertado com frequência. Talvez tenhamos enfurecido os deuses e não haja oferenda que faça Iemanjá nos perdoar. Mas novamente meu senso de cientista se sobrepõe a apressadas conclusões emocionais e me impele a buscar questões mais concretas, que eu possa observar com base em evidências.

Na época, meu estudo sobre a frequência das jubartes tinha o objetivo de servir de parâmetro para o aperfeiçoamento das tecnologias de mapeamento oceânico. Mas a quantidade de informações contida no canto das jubartes acabou me chamando a atenção para uma intensa atividade de comunicação sob os mares. A frequência de seu vasculhamento cotidiano está inundada de mensagens para as quais nossos ouvidos não estão preparados, e a dificuldade de decifrar por completo a linguagem das baleias mostra como estamos atrás na escala evolutiva em termos de comunicação. No entanto, são evidências que nos levam a levantar questões interessantes. A pergunta então se inverte; não se trata de saber se existe algo capaz de entender as mensagens que jorramos para dentro d'água, mas de nos perguntarmos: somos capazes de entender as mensagens que estão circulando pelos mares?

Há mensagens endereçadas a nós? Ou, talvez o mais importante, de onde essas mensagens estão vindo e o que dizem?

...

Corina apertou os olhos, lacrimejantes de cansaço, e fechou o livro de capa azul sobre seu colo. Sua vista já não estava tão embaralhada, mas ainda havia a tontura. Que horas eram? Nunca dava para saber se olhando para fora sempre parecia noite, mas, em uma consulta ao relógio de pulso, calculou que já estivesse na cama por mais de um dia. Todo esse tempo sem poder trabalhar e tão afundada em tédio que resolveu ler um livro que já havia terminado. Achou que o doutor Davenport merecia uma segunda leitura, apesar de – *não abri vaga para super-herói.*

"Acordada?" Susana segurava uma bandeja quando entrou no dormitório, fazendo Corina levantar o corpo apenas o suficiente para perceber que era comida o que ela trazia.

"Por favor, não precisava." Mas, ainda assim, Susana se aproximou, afastou o cobertor, criou um pequeno espaço na cama e depositou a bandeja. Corina olhou para ela em agradecimento, um quase sorriso, uma vergonha, a percepção de que não dava para insistir no papo de "não precisava" se ela ainda não se sentia bem para andar até a área comum, onde os outros estavam comendo.

Na dúvida entre se sentar, continuar ali ou sair do quarto, Susana continuou parada, meio sem jeito, olhando para Corina. Era pequeno ali, não tinha muito o que fazer. Corina não conseguiu disfarçar o desconforto, abriu a tampa da refeição e encheu a colher com um pouco de arroz e molho, pensando na ironia que era comer aquele negócio pálido, com gosto de hospital, sendo observada por uma colega que fazia as vezes de enfermeira. Teve vontade de rir ou de gritar, mas só enfiou a colher na boca.

"Hoje chegaram os pacotes de voz. Da família." Susana não parecia muito segura em anunciar aquilo enquanto Corina comia, mas achava que qualquer coisa que vencesse o tédio da Estação, uma notícia da superfície, uma voz conhecida, uma conversa despretensiosa durante o almoço, talvez fosse bem-vinda para melhorar a disposição da mergulhadora. "Tem uma mensagem para você. Se você quiser ouvir."

"É mesmo, já foram sete dias." Corina tentou não parecer surpresa, porque sabia que toda semana a equipe de Auris recebia mensagens vindas da superfície, de família, amigos, ou de qualquer um que tivessem deixado lá em cima. O dia das visitas, como numa cadeia. Mas não imaginava que tão cedo fosse receber alguma. Até tinha se esquecido. "Onde está?"

Antes que ela fizesse menção de se levantar, o que não faria de qualquer forma, Susana se prontificou a buscar, deixando Corina sozinha por alguns instantes com sua mastigação lenta e sem vontade. A engenheira voltou trazendo um dos laptops da Estação, que apoiou no colchão ao lado da bandeja. Corina ficou olhando para a tela enquanto Susana buscava o caminho do arquivo, mas não fez nenhum movimento para apertar o play quando a gravação apareceu.

Ela não viu quando Susana deixou o quarto. Se tivesse visto, talvez dissesse "não precisa, pode ficar. Fica. Eu não vou ouvir isso agora", mas a colega não a deixou com muitas escolhas. Era colocar o fone de ouvido ou terminar a refeição sozinha, no silêncio, o que fazia aquela comida parecer ainda mais insossa; então colocou o computador no colo, conectou os fones e resolveu ouvir. A voz que entrou nos seus ouvidos fez seus lábios se esticarem, até que se rompessem em um sorriso, um sorriso de verdade, com som e tudo. Era sua mãe.

"Alô, filha! Disseram que eu podia gravar uma mensagem para você ouvir aí no seu trabalho. Mas é estranho falar no telefone se não tem alguém do outro lado. Parece coisa de filme, né? Deixar mensagem em secretária eletrônica. Americano que gosta disso, nunca entendi. Espero que aí você consiga ver uns filmes, pelo menos. Deve ser cansativo. Mas toma bastante água, faz uns exercícios, tenta se alimentar bem. Logo você vem me visitar, certo? Assim que sair daí, eu espero. Faz tempo que a gente não se fala, então achei bom poder mandar um alô. Será que deixam você responder? Tô indo dar minha aula, vou deixar você trabalhar também. Saudades, viu?"

Um segundo depois, a mãe não estava mais lá, mas o sorriso de Corina continuou. Era bom saber que estava com saúde, ainda trabalhando, embora estivesse em tempo de se aposentar – uma teimosa, como ela –, mas sentia que era injusto saber da mãe e não deixar que ela soubesse alguma coisa de volta. Fazia tempo que a conversa era de uma via só. A resposta estava a um toque de distância: bastava clicar no botão vermelho, gravar uma mensagem, dizer que estava tudo bem ou pedir desculpas pelo tempo que ficou sem visitá-la, qualquer coisa que rompesse aquele hiato entre as duas, qualquer coisa que não fosse a verdade. Acabou fechando o laptop e voltou ao prato de comida.

Algumas garfadas mais tarde, Susana voltou ao dormitório que também era dela, sentou-se na sua cama, que ficava embaixo, de forma que Corina não pôde ver o que estava fazendo. Talvez fosse essa a intenção; ficar invisível para dar um pouco de privacidade à colega, para que pudesse terminar de comer sossegada, para que não se preocupasse em puxar assunto. Mesmo assim, Corina puxou:

"Quem você deixou esperando lá em cima?"

Ela devia estar mexendo numa nécessaire, porque de repente o barulho de objetos se mexendo parou, como se Susana não tivesse certeza de que Corina havia falado com ela, para depois recomeçar, junto com a resposta. "Meus pais, basicamente."

"Eles se preocupam com seu trabalho?" Corina decidiu que tinha terminado a refeição, embora restassem alguns pedaços de carne no recipiente.

"Meu pai também era engenheiro naval. Está aposentado. Mas ele entende. É a primeira vez que fico num habitat fixo, por tanto tempo, tão fundo. Sempre trabalhei em submarinos, expedições não tão longas, mas os riscos são sempre os mesmos. Bem, e eu sempre voltei."

Quando ela se levantou, Corina viu que os objetos que Susana arrumava na cama debaixo eram os instrumentos de medir pressão. Aquele cuidado excessivo a incomodava, não porque ia muito além das atribuições de Susana, que nem médica era, não porque ela não estivesse numa situação realmente delicada, porque era indiscutível que estava; mas porque tinha medo de que aquilo significasse uma genuína preocupação de Susana, uma aproximação maior do que Corina estava preparada para aceitar. No entanto, não podia fazer muita coisa a não ser arrumar espaço na cama, deixar que Susana subisse, sentasse ao seu lado, envolvesse seu braço no aparelho, bombeasse e esperasse, muito quieta.

Era sua pulsação que estava sendo analisada, mas era na respiração de Susana que Corina prestava atenção. Não sabia dizer se estava respirando, de tão pouco que seu peito se mexia enquanto ela se concentrava em ouvir. Quase não respirava e parecia muito boa nisso, embora a especialista em apneia fosse Corina. Ficou imaginando se ela já havia tentado mergulhar dessa forma, sem cilindro de oxigênio, fazendo de seu próprio corpo a máquina de mergulho que teria que administrar debaixo d'água; imaginou o cabelo de Susana flutuando, enquanto seu rosto estático estivesse concentrado em manter o ar dentro de seus pulmões e peixes coloridos passassem em volta dela. Pensou em perguntar se ela não gostaria de mergulhar em apneia, ela se ofereceria para ensinar, se fosse o caso, quando saíssem dali. Seus batimentos cardíacos responderam de imediato a esse pensamento; era tranquilizador pensar num depois, imaginar um cenário futuro em que ela estivesse vestida de neoprene cercada de água em vez de sentada numa cama sem saber quando viria a próxima crise.

"Preciso que você me diga se pode fazer isso." Corina não percebeu que Susana já havia terminado, que agora olhava para ela esperando uma resposta, mas a qual pergunta? O que ela precisava dizer? Poder fazer o quê? Por que cabia a ela dizer o que podia ou não fazer, se o diagnóstico tinha sido bem claro? "Você sabe que a qualquer momento podemos acionar a sua volta. Lá em cima, você vai poder ser examinada por um médico", continuou Susana, articulando as palavras devagar e tão baixo que quase sibilava.

"São dez dias numa câmara de descompressão, Susana. Dez dias até eu poder voltar à superfície. De que adiantaria, se em no máximo três eu vou estar pronta para o trabalho de novo?"

Susana sabia fazer contas, mas não pareciam ser os cálculos a sua prioridade no momento. Só mais uns dias, Corina dizia, e estaria apta a pilotar novamente. Um custo mínimo diante das semanas que perderiam com uma nova substituição, e a empresa que estava custeando a operação não ficaria nada satisfeita em prolongar os gastos; mesmo assim, Susana precisava ter certeza e não descartaria aquela opção tão cedo. Não depois do último fracasso, dos meses que passou atormentada pela sensação de que a responsabilidade era dela, porque acidentes também eram, inevitavelmente, culpa de alguém. Preferia pensar nisso do que acreditar no acaso, de que tragédias podiam acontecer mesmo se todos fizessem tudo certinho e – *uma porta travada que não deveria.*

"Só estou um pouco desorientada, aquela subida de emergência foi tensa. Mas vai passar." Corina percebeu em Susana uma repentina expressão de que ela por um momento tinha ido para bem longe dali, então tentou ser convincente quanto à sua perspectiva otimista de melhora nos próximos dias, embora não pudesse ter certeza de nada. "Não se preocupe. Eu te garanto que amanhã vou estar tão bem que você nem vai precisar me trazer comida aqui. Vamos almoçar juntas, na mesa."

•••

Escorregou devagar pelo seu colchão no segundo andar e ensaiou ficar em pé. Exatamente como das outras vezes, retomava o controle com a lentidão de quem se preparava para dar os primeiros passos, o corpo vacilante, mas determinado a se manter firme. Corina estava ficando cada vez mais experiente em lutar contra aquele desequilíbrio, mas definitivamente não era algo que ela gostaria de se acostumar a fazer.

"Você parece melhor." O sotaque denunciou a presença de Martin à porta de seu quarto, e ela se desequilibrou, dessa vez por causa do susto. Ele podia estar parado ali havia vinte minutos e ela não teria reparado, sua cabeça imersa em outro lugar.

"Não vou atrasar tanto a sua pesquisa. Fique tranquilo." Corina olhava para a pele muito escura de Martin como olhava para a escuridão do abismo, sem saber o que esperar. Que tipo de ameaça viria dali? Estava bem servida de acusações ultimamente, esperava não receber uma nova remessa delas.

"Quero pedir desculpas", adiantou Martin. "Não foi profissional de minha parte o que falei ontem. Você fez o melhor que estava a seu alcance e não posso repreendê-la por ter feito exatamente o que eu faria em seu lugar."

O silêncio de Corina denunciava sua completa surpresa. Era novidade aquele tom tão próximo do amigável vindo do doutor.

"Sei quanto essa pesquisa significa pra você", disse ela, fazendo parecer que estava bastante preparada para dar aquela resposta. Mas não estava; não sabia nem se balançava para a frente ou para trás; na dúvida, continuava a segurar o suporte da cama.

"Realmente, você leu meu livro." Martin por fim notou sobre a cama da mergulhadora um exemplar de seu *A inteligência que habita o oceano*, a capa envergada demonstrando que o livro havia ficado aberto por tempo suficiente para a leitura de uma quantidade considerável de páginas.

"Não vejo por que a surpresa." O que poderia haver de tão especial em ter lido um livro, Corina ainda não conseguia entender.

"Francamente, fiquei surpreso, sim." Ele riu. "Porque você o leu e mesmo assim aceitou trabalhar comigo."

Martin estendeu a mão, um apoio para conduzi-la até a área comum, gesto que em outra ocasião ela entenderia como uma acusação de fragilidade, mas ali significava simplesmente um pedido de trégua. Ela se lembrou do trecho que tinha lido pela manhã, antes de Susana vir com a comida, e teve que dar razão a ele: eles eram mesmo uma espécie contraditória; agressiva e, ao mesmo tempo, tão frágil.

Susana ficou espantada ao ver Martin e Corina saírem juntos do dormitório, nenhum dos dois aparentando estar raivoso ou ofendido. Bom sinal. Arraia estava em seu computador terminando o último relatório e não achou a cena tão incomum a ponto de parar o que estava fazendo. Podia duvidar de vez em quando, mas sabia do que a amiga era feita.

Corina nem precisou falar nada. Bastou sentar ao lado do parceiro para ele começar a contar o que tinha escrito no relatório, a reclamar da complexidade dos formulários de desempenho, a comentar a mensagem que recebeu no pacote daquela manhã. Ela conhecia aquelas pessoas, sabia da história da ex-mulher, entendeu a satisfação dele ao contar que, em sua ausência, era ela que estava cuidando do Barracuda, o barco onde ele morava quando não estava metido no fundo do mar trabalhando, como agora. Aquela facilidade para falar sobre a própria vida, habilidade que ultimamente ela não tinha, ajudou a cabeça de Corina a visitar outros lugares, sentir o vento carregado de sal marinho bater em seu rosto a bordo do barco do amigo, atravessando juntos alguma porção de mar para encontrar bons pontos de mergulho. Quantos barcos não estariam agora passando sobre suas cabeças?

Martin observava os dois conversarem, encostado perto de uma das pequenas janelas do compartimento, parecendo intrigado com o tipo de conexão e de assuntos que havia entre Arraia e Corina. Mas eram apenas os lábios que se moviam, sem som, às vezes esboçando sorrisos, às vezes meio abertos, hesitantes em dizer algo. Não ouvia a conversa, no entanto. Com os fones de ouvido postos, isolava-se dentro de um mundo particular, de uma trilha sonora própria, que ele colocava para tocar sempre que tinha oportunidade, porque era importante não esquecer o que aqueles sons significavam. Às vezes, fechava os olhos, como se pudesse seguir os rastros do som apenas com a mente, tentando imaginar uma forma para o que ouvia. Não percebia que fechava os olhos, não percebia que Susana, que checava alguns equipamentos ali perto, vigiava o doutor com a visão periférica, não percebia a desconfiança dela, nem a curiosidade em relação àquele hábito dele de estar sempre com os fones de ouvido. Não podia nem imaginar que ela se perguntava que tipo de música era tão importante para ele ouvir o tempo todo, afinal.

Ele estava longe o suficiente para não atentar para aqueles detalhes, mas não longe demais para não perceber a pressa de Maurício em sair do laboratório. Não entendia o porquê da urgência, se estavam com as atividades suspensas, à espera das decisões lá de cima que chegariam no pacote de áudio do dia seguinte. Puxou os fones de ouvido, esperando que não fosse problema, não mais um.

"Doutor, você precisa ver isso."

Martin não perguntou. Seguiu o assistente até estar diante dos monitores – e a vantagem de ter uma estação de trabalho tão pequena foi não demorar para entender de onde vinha aquela expressão desacreditada de Maurício, que meteu o dedão na tela onde uma luz e um número piscavam.

"Adivinha quem deu sinal de vida?"

CAPÍTULO 6
SEGREDOS

Definitivamente, o laboratório não foi feito para abrigar cinco pessoas juntas. Todos aglomerados, os corpos tão juntos quanto caranguejos Yeti, os integrantes de Auris olhavam para a tela que mostrava um ponto isolado no radar, num lugar que não conseguiam identificar.

"Muito longe daqui", concluiu Martin, as mãos envolvendo o queixo e roçando uma barba cinzenta que começava a despontar aqui e ali.

"O que fazemos?" perguntou Maurício, mas apenas os bipes dos computadores e o zunido do gerador vieram como resposta.

"Não há muito o que fazer, na verdade. Consegue acionar a sonda?"

"Se não estiver danificada. Remotamente, vai levar mais tempo." Maurício não sabia quanto tempo demoraria para o sinal chegar, se chegasse. Estava longe demais, achava até um milagre que o sinal do rastreador houvesse alcançado Auris, o que provavelmente era um bom indicativo de que fazer o caminho inverso seria possível.

"Por que acioná-la se está tão longe, doutor?" Susana estava tão perto de Martin que não precisou elevar sua voz, mas não perto suficiente para entender o que ele pretendia. A sonda seria útil para analisar a zona hidrotermal, mas estava tão longe deles e de qualquer fonte de calor que parecia perda de tempo fazê-la funcionar. O que o doutor esperava ver? Se a pesquisa era tão importante, por que então desviar a atenção dela? Susana guardava sua desconfiança havia tanto tempo que nem se importou em disfarçar aquela pergunta com o tom de uma dúvida inocente.

"Curiosidade. Ver o que há ali", respondeu ele como se fosse óbvio. "Uma sonda a menos para a pesquisa, então que sirva para alguma coisa."

Alheio à conversa no outro canto do laboratório, Arraia sugeria a Maurício:

"Ou então pedir para o pessoal da superfície mandar um submarino. Se dá para saber onde a sonda está, talvez dê para buscar."

"Não vale o esforço." Maurício estava suando, incomodado com a superlotação no laboratório, sufocado com todos aqueles corpos. Corina escutava tudo atentamente, apoiada na mesa, quase sentada, e Maurício olhou para o ponto onde a coxa esquerda dela pressionava a ponta de uma folha de papel contra a quina da mesa. Uma dobra triangular, um vinco que ficaria marcado; era impressionante as marcas que as pessoas deixavam por onde passavam, sem nem mesmo reparar. Maurício afastou-se dos monitores e daqueles pensamentos. "É mais fácil eles nos mandarem uma nova sonda junto com os suprimentos. Enquanto isso, usamos as que já temos."

"Nada muda, pessoal. Vamos todos manter o script." Martin bateu as palmas das mãos, como forma de concluir o assunto. Maurício e ele teriam trabalho extra. Fora isso, a missão continuava normalmente, e Martin esperava que a noção de seguir um roteiro, continuar conforme o planejado, pudesse acalmar os ânimos da equipe.

Ninguém ficava confortável tendo que se adaptar a imprevistos, seguir às escuras, não ter direcionamento nem um ponto em que se apoiar. Martin frequentemente se sentia engessado por roteiros, mas, por isso mesmo, encontrou em Maurício o assistente ideal para aquele trabalho. Quando os outros saíram do laboratório, deixando os dois cientistas sozinhos, Maurício já estava debruçado sobre o teclado, testando formas de estabelecer uma conexão com a sonda perdida, e Martin mergulhou sobre os mapas, números e relatórios, grato por saber que pelo menos uma pessoa acreditava em sua busca.

O pacote de áudio que chegou no dia seguinte não trouxe decisão contrária ao que eles já esperavam: pela voz do diretor de engenharia da fabricante dos trajes, ouviram a ansiedade por mais resultados. Do ponto de vista deles, uma sonda perdida não importava, e, enquanto os trajes pudessem ser expostos a situações extremas, eles continuariam apoiando a missão. Martin imaginou o tipo de pressão que sofreria se o financiamento estivesse vindo de uma universidade. Tomou um gole de seu café, ouvindo as demais considerações que saíam pelos alto-falantes da Estação, grato por ter feito parceria com uma empresa desesperada demais a ponto de não se importar que alguém usasse trajes não testados numa missão real e nem com o que estivesse sendo pesquisado ali. Era uma questão de ter as pessoas certas acreditando nele, e pessoas certas que não dessem a mínima para o que ele estivesse fazendo.

No compartimento ao lado, Arraia e Corina voltavam aos trajes, abertos e desativados na área de embarque e desembarque, à espera de serem dissecados por seus pilotos. Arraia trouxe os cabos e a tela, já ligada, mostrando números e formas que correspondiam às peças da armadura. Sentada diante de um dos trajes, Corina esperava o colega plugar a tela a um orifício na placa do braço, enquanto pensava em como eram grandes aquelas coisas – dentro daquilo, ficava com quase o dobro de diâmetro e quinze centímetros mais alta. Considerando que tanto ela quanto Arraia já eram mais altos do que a média, Corina imaginou que os outros deviam vê-los como gigantes quando vestidos para o mergulho nas profundezas, figuras tão exageradas quanto tantas espécies que viviam lá embaixo.

Quando o *pad* de diagnóstico apitou, Arraia foi buscá-lo e o desconectou do traje para ler o resultado. Corina achava um avanço os aparelhinhos cuidarem de todo o trabalho de identificar com precisão eventuais falhas no sistema. Só precisavam colher os dados periodicamente e enviá-los aos interessados em aperfeiçoar a tecnologia.

"Logo fazer exames também será assim", comentou Arraia enquanto a tela mostrava uma barra de progresso enchendo-se aos poucos. "Inserir alguma coisa no seu corpo e *pan*, tudo o que está errado em você aparecer na tela do seu celular. Médico pra quê?"

Corina estava inquieta. Precisava saber, mas ao mesmo tempo não queria descobrir o resultado daquele exame. Esperou Arraia ler o diagnóstico, seu rosto mostrando alguma confusão ao navegar entre as páginas com o histórico de desempenho – a mesma preocupação estampada no rosto do médico, o resultado do exame sob seus dedos grossos, ele se perdendo num palavrório cheio de termos que ela não entendia e que por isso eram tão assustadores. Ele havia falado de números, de como funcionava o sistema nervoso, contado qual havia sido a linha de investigação que seguiu para descobrir o que Corina tinha. Ela só pensava diga logo de uma vez, apenas esperando pelo pior, enquanto o médico dizia que a paciente tinha sorte por ter detectado aquilo logo no início. *Sorte*. Depois daquilo, ela realmente soube o que era receber uma notícia ruim – e, olhando para Arraia, aguardando enquanto ele lia as informações da tela, conseguiu antecipar algo parecido vindo em sua direção, uma marretada no peito da qual não conseguiria desviar, não outra vez.

"Você disse que o traje não respondeu." Arraia via na tela a indicação de que a perna direita estava 100% funcional, mas algo não batia com o relato de Corina.

"A perna travou quando precisei." Ela sustentou a explicação que dera no dia do incidente e, de certa forma, não estava mentindo.

"É, foi o que aconteceu com o Magalhães." Era inevitável não lembrar do parceiro anterior, se depois disso Arraia nunca mais entrou no traje sem pensar que também poderia sair com um membro quebrado, ou ainda nem sair. "Sorte que sua perna ficou inteira."

"Sorte", repetiu ela. "Ou um erro. O que diz aí?"

Os dedos de Arraia continuavam deslizando pela tela, seus olhos presos pela leitura. O que ele procurava? A ansiedade de Corina transbordava, espalhando-se lentamente por todo o compartimento, tocando cada espaço entre os dois como se fossem tentáculos. Arraia não era de ficar tão calado. Então ele apenas girou a tela e deixou-a ao alcance do rosto dela.

"Uma hélice do motor deslocada com a força da correnteza, mas nenhum comprometimento sério. Todo o resto funcionando. Nada errado."

Corina sabia. Enganava-se ao achar que em algum momento aquilo não seria confirmado, e a sombra de algo que ela preferia não encarar passava diante de seus olhos. Arraia esperava uma explicação, sua feição denunciava uma suspeita grave e, ao mesmo tempo, a recusa em desconfiar justamente dela. Tudo voltou à mente de Corina. Ele estava lá quando aconteceu pela primeira vez: um corpo girando sem controle, a tentativa de se apoiar em algo, mas no quê? Um dia normal de trabalho, uma baleia passando perto dos dois, cantando, e de repente a visão embaçada, a necessidade de ser puxada de volta, Arraia vindo para resgatá-la. *O que aconteceu?* Suas ferramentas ficaram flutuando, perdidas, pareciam ter se transformado em um monte de peixes, nadando pela liberdade. Seu corpo escorria para fora de si, girava, a corda se enrolava em sua perna. *Já fazia tanto tempo.*

"Eu preciso saber, Corina. O que aconteceu lá embaixo?"

Há três dias, descendo no abismo, ou há dois anos, consertando um cano de petróleo; dava na mesma, se os dois episódios convergiam para Corina e apontavam para incidentes difíceis de explicar. Era curioso que Arraia tivesse testemunhado ambas as crises, e tanta coincidência a deixava em uma posição desconfortável. Pensou, quase travou, mas resolveu responder alguma coisa.

"Foi erro humano, não mecânico. Não consegui fazer a manobra, machuquei a perna. Errei."

"E resolveu dizer só agora?"

"Não tinha certeza. Queria acreditar que não tinha sido erro meu."

Arraia riu, mas não seu riso de simpatia habitual. Já não olhava mais para a companheira, rondava as armaduras com um ar muito ocupado e não mais prestava atenção nos trajes. "É isso o que diremos amanhã?"

"Os trajes estão bem, eu vou ficar bem, a missão vai poder continuar. O dano foi mínimo."

Desculpas deveriam soar bem, afinal, era uma confissão de culpa o que Corina acabava de oferecer, mas nada veio além de silêncio. Arraia deu dois passos grandes para perto, sinalizando um confronto por vir ou a necessidade de se aproximar para não precisar subir a voz, o que chamaria a atenção dos outros.

"Indiquei você para ser minha parceira aqui porque confio em você."

"Me diz o que você está vendo."

O que ela queria dizer com aquilo, Arraia não entendeu. Estava cansado daquelas conversas cortadas, picotadas, aos pedaços, que as pessoas ali dentro estavam dispostas a oferecer. O que ele estava vendo era uma lacuna mal-explicada onde antes havia uma pessoa, alguém desviando o rumo da conversa com a habilidade que antes não teve para desviar o traje da inevitável direção de uma tragédia; mas não teve certeza se era isso o que devia responder, porque estava cansado daquelas conversas que não faziam o menor sentido.

"Quero saber se você ainda vê em mim alguém que é capaz", explicou ela.

Foi a vez de Arraia se desviar, querendo apenas parecer que se lembrava de que tinha um trabalho esperando por ele. Deixou Corina no vácuo de uma resposta e levou o aparelho de diagnóstico para o seu traje, no qual plugou o cabo no orifício do braço e esperou.

Na posição em que ele se abaixou ao lado da armadura, Corina conseguiu ver a marca que ia do joelho ao tornozelo, uma cicatriz esbranquiçada numa pele parda e que, mesmo chamando tanta atenção, poucos notavam. Uma marca de ferrão que estivera ali desde que se conheceram, parte das histórias que ele gostava tanto de contar. Histórias de pescador, quantas delas verdadeiras? Pelo menos uma deixara evidências físicas. Pesca submarina, arpão, um acidente ao capturar uma arraia-pintada; dava para entender a disposição de Arraia em se meter naquela expedição quando se levava em conta sua tendência a se envolver em lances arriscados. Nesse ponto, tão igual a Corina.

"Aquela vez que precisei puxar você", ele soltou de uma vez, um arpão certeiro lançado contra Corina, "senti seu corpo inerte nos meus braços. Minha garganta apertou, não porque estivesse acontecendo algo comigo, mas porque eu senti que havia algo muito errado com você."

Trabalhavam na plataforma e haviam mergulhado a duzentos metros de profundidade para substituir algumas válvulas, quando de repente ela perdeu o controle e precisou ser puxada. A cena ainda estava tão viva na mente de Corina que ela experimentou novamente o pavor de não saber o que estava acontecendo, só a desobediência das pernas, a visão desorientada e o sentimento de ser abandonada pelo próprio corpo.

"Disseram que você teve uma crise de estresse. Todo aquele tempo isolada numa plataforma, os longos períodos confinada numa câmara. Eu sei bem o que é isso." Não era trabalho para qualquer um, e Arraia, como poucas pessoas, podia dizer isso. Mas agora via que o fato de Corina ter saído da plataforma talvez não tivesse melhorado as coisas. Todo esse tempo e ela não havia tocado no assunto, ele não conseguia imaginar por quê.

"Pergunte." Não seria Corina que teria iniciativa de entregar o que com tanto esforço escondeu, mas naquele pedido havia sobretudo um desejo de rendição, um tom de cansaço, porque não aguentava mais guardar aquilo para si.

"O que você está escondendo? Foi alguma sequela daquele dia, é uma coisa que você tem de vez em quando, ou –"

"Estou doente, Gilberto."

Aquele nome, o seu nome, era praticamente um código para que ele tivesse certeza da gravidade da situação. Ficou parado, a informação lhe caindo indigesta. Teve que se levantar e chegar bem perto dela para ter certeza de que não estava ouvindo coisas.

"Como?"

Corina moveu a boca devagar, sem saber por onde começava. Primeiro veio o diagnóstico de estafa, a licença médica, a possibilidade de ficar algum tempo afastada da plataforma. *Esse trabalho realmente pode estar acabando comigo.* Voltaria a dar aulas de mergulho, ainda tinha muitos contatos em Florianópolis; era uma possibilidade. Ela havia decidido levar uma vida um pouco mais tranquila, o que significava voltar a ver o mar pela superfície, ter um trabalho que a permitisse visitar a mãe mais vezes, nada de compressões e descompressões seguidas que exigissem tanto do seu corpo. O mar cobrava um preço alto demais para quem ia mais fundo. De tudo isso, Arraia sabia.

"Tive uma segunda crise em casa, depois de alguns meses como instrutora." Então ela contou sobre o episódio, ainda que suas palavras não conseguissem traduzir o que foi passar por aquilo. A visão embaçada. Depois o desequilíbrio, a tontura e a moleza nas pernas, exatamente como havia acontecido da primeira vez, mas dessa vez não havia nem água nem Arraia para segurá-la, e ela desabara no chão da cozinha. Sentiu um líquido quente escorrer por suas pernas e, de repente, percebeu-se afundada numa poça amarela, traída pela própria bexiga. Corina se lembrou da sensação horrível que era torcer para que fosse passageiro algo que não dava nenhum sinal de que passaria. Humilhada, confusa, perdida, estava decidida a não ser vista por ninguém, a não se deixar examinar, a não se mostrar naquele estado de vulnerabilidade. Sumiu por uns dias, mas o chefe ficou desconfiado, pediu explicações, insinuou falta de comprometimento, amadorismo, o tipo de coisa que ela não engolia com facilidade. O que ela podia fazer? Sacudiu os ombros, deixando Arraia concluir que a confusão com o dono da escola de mergulho rendeu sua demissão. *Um corpo girando inerte na água, a desobediência das pernas.* Corina era péssima em narrativas lineares, em seguir um roteiro, em obedecer a ordem das coisas, do começo ao meio, do meio ao fim; não, não fazia parte da sua natureza, por isso ficou um tempo parada, esfregando a testa com os dedos, buscando o que diria em seguida para fazer aquela história ter algum sentido. Uma agulhada na base da coluna, ela lembrou, e pensou em arpões de pesca e ferrões de arraia, imaginando que aquela comparação, que talvez o amigo fosse entender, descrevia bem a sua experiência: ser atravessada por aquela agulha significou, a seu próprio modo ser condenada, presa, ter a vida capturada em uma fisgada. Mas Corina não havia sido pescada, aquilo era uma bobagem de se dizer, e ela apenas tentou explicar a Arraia o tipo de exame que teve que fazer quando resolveu investigar a causa das crises. Uma punção lombar, era como se chamava a agulhada nas costas, um entre tantos exames cujo resultado o médico explicaria com termos confusos, com uma voz enfadonha, cheirando a jaleco e a álcool gel, enquanto ela pensaria apenas *Deus, que não seja câncer*. Ela se lembrava das palavras do médico, exatamente o que ele dissera, mas escolheu sua própria forma de dizer para Arraia que o que tinha era uma doença degenerativa no sistema nervoso. Irreversível. Imprevisível. Sem cura. A pior combinação de palavras para descrever uma doença. Foi difícil dizer aquilo de forma a parecer menos dramática possível. Ela não se lembrava de ter ficado de pé, mas ziguezagueava no espaço diante de Arraia, ou andando em oito, ou ainda desenhando com seus passos os traços curvilíneos de letras cursivas imaginárias espalhadas pelo chão. Esclerose múltipla, disse ela finalmente, explicando que sua doença ainda estava muito no início, que as crises ainda estavam muito espaçadas, que demoraria um tempo (meses, anos?) até sua funcionalidade ficar completamente comprometida. E que podia fazer isso, concluiu ela, ainda era completamente capaz.

Arraia olhou por cima dos ombros. Uma olhada só para ter certeza de que estavam sozinhos. Lá atrás a janela de vidro não mostrava qualquer sinal de Susana trabalhando nos painéis da antecâmara. Arraia passou a língua pelos lábios, os olhos bem fixos em Corina, que esperava qualquer reação, menos pena. Talvez alguma compreensão, que o colega entendesse a dificuldade do seu momento, mas pena ela dispensava. Pena – assim como perder a capacidade de escolha – era a morte.

"Você já sabia disso quando liguei pra você. Mesmo assim você topou o trabalho." Arraia balançava a cabeça, lentamente compreendendo a dimensão daquele problema. "Meu Deus. Por que entrar nessa?"

Depois de falar tanto, Corina não sabia se ainda tinha disposição para mais uma resposta longa. Não era simples responder por quê. A verdade era que Corina fazia o que queria, quando queria, enquanto podia, pensando apenas em satisfazer impulsos que podiam ir e vir como ondas num dia agitado, arrastando-a para decisões precipitadas, escolhas absurdas, caminhos que não faziam sentido; mas imaginou que aquela não fosse a resposta mais adequada para a situação e apenas ficou calada, até pensar em algo mais profundo e nobre para dizer.

Arraia não entendia por que contar só agora, não entendia o que ela estava esperando para revelar algo tão sério, algo que podia colocar a vida dela e a dele em risco, dentro de trajes que já não eram tão confiáveis. Arraia não entendia uma porção de coisas – para começar, como ela conseguiu esconder seu histórico médico dos contratantes, ou como sua doença não foi detectada pelos exames que mergulhadores precisavam fazer periodicamente, especialmente para serem admitidos em missões como aquela. Ele tentou balbuciar as perguntas, mas foi acumulando umas sobre as outras, de forma que nem deixou espaço para que fossem respondidas. Então se afastou, voltou para junto de seu traje, desconectou a tela e nem deu muita atenção para os números e resultados que diziam que pelo menos ali, com aquela engenhoca, não havia nada de errado.

"Quem sabe disso?"

"Nem minha mãe."

"Por que você topou se não podia? Tudo pela grana?"

"Esse dinheiro é importante, sim, mas não é por isso." Corina não esperava que Arraia pudesse supor que suas motivações fossem tão superficiais. Eles compartilhavam a mesma paixão, como ele não podia entender?

"O que pode ser mais importante do que a responsabilidade pela sua vida? Pela vida dos outros?"

"Você sabe que eu nunca colocaria a sua vida em perigo. Não diga besteira."

"Você já levou mais a sério esse negócio de mergulhar." A acusação de Arraia saiu como uma bofetada, embora estivessem longe demais um do outro para se tocar, e Corina deu um passo para trás. Fosse outra época, outro trabalho, outra situação e Corina seria a primeira a assumir a postura de Arraia para repreendê-la por assumir riscos desnecessários. Entrar na água exigia, em primeiro lugar, respeito. A Corina de agora parecia ter perdido um pouco essa noção.

"Estou tomando os remédios para diminuir os efeitos da crise, para impedir que volte. Se tive uma crise agora, isso significa que posso muito bem passar meses até vir a próxima. É possível que só volte a acontecer daqui a muito tempo, quando já não estivermos aqui dentro, quando estivermos bem longe daqui, quando eu não estiver mergulhando." Corina tentava tranquilizar o parceiro, garantir que sabia o que estava fazendo, embora não pudesse ter certeza de nada, a não ser de que já havia usado aquela desculpa antes.

"Eles não vão aceitar isso numa boa, Corina. Você vai ter que sair da missão. Não há outro jeito."

"E por que não aceitariam? Eu estou funcionando. Posso fazer isso." Quanto mais ela repetia, mais começava a acreditar nas próprias palavras, que saíam com força, com a dureza de um recife de corais. "Você não vai tirar essa missão de mim, não quando essa pode ser a última vez que vou conseguir trabalhar mergulhando. Você não pode ficar do meu lado?"

"Estou tentando. Mas não posso fingir que nada aconteceu, que está tudo bem." O nervosismo de Arraia começou a atravessar Corina, porque aquela reação não era o que ela esperava vir dele, uma pessoa que sempre trazia um ar de vamos ter calma a qualquer situação estressante que aparecesse. Mas, confinados em uma estrutura de metal tão longe de tudo e sob a pressão daquela profundidade, não se podia esperar que as pessoas agissem normalmente.

"Eu já fiz isso por você. Lembra?" Corina interrompeu o percurso de Arraia, ficando à sua frente antes que ele chegasse à porta. "Eu te cobri quando você precisou. Você não pode fazer o mesmo por mim? Ou vai me dizer que não se importaria se soubessem o que há com você?"

Veio um hiato silencioso em que Arraia evitou olhar para Corina, numa frieza que ela não conseguiu decifrar. Ele apenas acenou com a cabeça, concordando, embora estivesse contrariado, talvez com raiva, talvez sentindo outra coisa que o fazia ser repelido pela parceira. Corina não podia captar o que era, agora que uma distância ainda maior havia se colocado entre os dois. Ele se desviou dela e saiu, levando a tela, alguns cabos enrolados no pulso e deixando para trás sua disposição para o diálogo.

A porta da antecâmara se fechou atrás de Corina num estrondo, mas ela não se permitiu observar Arraia ir embora. Restaram ela, dois trajes, o barulho da água na passagem que se abria para o oceano e uma imensa vontade de gritar e romper com a solidão que se agigantava ao seu redor. Permaneceu, no entanto, imóvel; o medo de estar sendo vigiada permanecia lá, uma tensão apertando seu pescoço como dedos cheios de raiva. Apenas a ideia de que teria mais algumas semanas para mergulhar lhe dava algum consolo; todo o seu esforço e o sacrifício de se distanciar das pessoas eram o preço a se pagar para conseguir mais algum tempo ali embaixo. Estar ali, pelo menos, era algo no que podia se segurar, o que não era nada mal para um corpo que começava a se despedaçar.

...

Quando aquele sinal longo e cheio de cliques foi captado pelas sondas e apareceu nos monitores da Estação, Martin reconheceu de imediato. O canto de um cachalote era marcante demais para ser confundido, e o doutor havia passado tempo demais estudando aquelas frequências para se enganar. Ele e Maurício trocaram olhares surpresos e arrastaram suas cadeiras para perto do monitor que mostrava o desenho daqueles sons.

"Onde ela está? Não vejo imagens." Com as teclas Maurício buscava se aproximar de qualquer vulto de baleia que emitisse o sinal, mas as sondas não podiam vê-la.

"Da distância que o cachalote está, as sondas não conseguem alcançar. Mas ela conseguiu ouvir o sinal das sondas e respondeu." Martin olhava para o monitor com fascínio; não esperava que fosse captar o som de um cachalote, pelo menos não aquele tipo de sinal.

"Você está sugerindo que ela sabe das sondas? Equipamentos que nem podem se mover? Como você pode saber disso?"

"Não é o tipo de frequência que elas usam para caçar. É o que se ouve quando elas querem dizer olá." Martin digitou alguns comandos no teclado para isolar as ondas sonoras do cachalote em outro monitor. Deu alguns cliques e fez o som ser reproduzido novamente, de forma que pudesse apontar para o assistente o que caracterizava aquele som como uma saudação. Maurício podia entender isso; o que não conseguia era saber de onde o doutor tirava suas conclusões inusitadas, como aquela de que o cachalote não só tinha ouvido as sondas como também entendido que elas pertenciam a pessoas para quem pudesse mandar um olá. Ele nunca conseguia alcançar as estranhas voltas que dava o raciocínio do doutor, mas parecia acostumado com aquilo.

Maurício sabia que Martin era um homem de ideias controversas, que defendia pensamentos e metodologias nada convencionais. Foi justamente isso que o atraiu para perto do doutor, porque acreditava que a ciência precisava ser ousada, até ridícula, se quisesse revolucionar alguma coisa. Em algum momento, chegou a ler o livro de capa azul, talvez por curiosidade, talvez alertado por alguém – *esse Davenport é um charlatão*. Medo e admiração se confundiram, porque suas teorias eram fascinantes, mas então predominou o medo de que o nome de Martin como seu orientador pudesse sujar seu currículo, sua reputação no meio científico. *Boatos corriam.* Maurício odiava os boatos, a forma com que se espalhavam tão rapidamente, a predisposição das pessoas para ouvir uma boa fofoca dita por trás das cortinas, o prazer que sentiam em especular, em sempre passar adiante as histórias com potencial para arruinar a vida de alguém. Elas não percebiam que aquilo, sim, era uma perversão? Ele odiava os boatos sobretudo porque teve uma vida baseada em fugir deles, em ter que fazer escolhas pensando no que os outros diriam. Mesmo assim, escolheu se candidatar como assistente para aquela missão – e não se surpreendeu quando descobriu que não havia muitos candidatos – porque compartilhava com o doutor justamente a vontade de provar alguma coisa. A vontade de ser levado a sério. Ou talvez um impulso de mergulhar mais fundo no universo de Martin, de tentar entendê-lo, decifrá-lo; mas como, se o raciocínio do doutor era algo tão difícil de alcançar quanto a imagem de um cachalote distante demais para ser vista?

"Ela pode ter dito olá para outra coisa que não fosse a sonda", questionou Maurício, até porque sentia que fazia parte de seu papel naquela pesquisa manter o doutor com os pés no chão, nas bases sólidas do método científico, das diretrizes da pesquisa, dos cronogramas e dos roteiros de trabalho, todos coordenados por ele para garantir que o doutor não se esquecesse de nada – e frequentemente ele se esquecia, ou ignorava, ou contrariava deliberadamente, forçando Maurício a arrumar toda a bagunça que ele deixava ao longo do percurso.

"Você está certo", concordou o doutor. "Ele pode ter encontrado pelo caminho coisa mais inteligente para conversar."

Aquele cenário era familiar demais para Martin. Um cachalote descendo para a caça, a dois mil e tantos metros de profundidade, o encontro com um som incomum. Se ele estava ali, em Auris, foi porque no início houve um cachalote. Sua pesquisa, na época, tinha outro foco, embora também tivesse a ver com sons, sempre os sons. Martin pensava neles como uma dimensão diferente, à parte, onde era possível enxergar o mundo sem precisar de luz – como faziam as próprias criaturas das profundezas –, ou ainda como um veículo, como algo que se movia no espaço, quase físico, trazendo informações de lugares longínquos que ainda não podia alcançar – porque, ainda que o corpo humano fosse tão limitado, a voz era a parte dele que conseguia chegar mais longe, ecoar no espaço a milhões de anos-luz, enquanto os pés, bem presos ao chão, ficavam para trás, aspirando um dia alcançar tamanha distância. Mas não era para cima que Martin mirava, e sim abaixo das ondas; e antes mesmo de saber da existência de trajes que pudessem explorar as profundezas abissais, ele já havia pensado em outra forma de escutar o que havia lá embaixo. *Cachalote*. Entre os cetáceos, o que mergulhava mais fundo, o que ia buscar seu almoço em profundidades aonde pessoas não eram capazes de chegar, a não ser embrulhadas em submarinos ou representadas por robôs. Talvez por falta de recursos, talvez movido pela curiosidade, pela vontade de experimentar um percurso diferente para chegar a um resultado, foi que Martin havia encontrado um modo melhor de captar informações para a pesquisa que fazia na época: acoplar os equipamentos de escuta nos gigantes cachalotes, esperar alguns dias, deixar que elas afundassem muitas vezes para se alimentar, e depois recolher os aparelhos, extraindo deles os sons que cruzaram o caminho da baleia, desde a superfície até mais de mil metros abaixo do nível do mar. Era como pegar uma carona, viajar junto com o cachalote e entrar em lugares restritos feito um espião, ou, como também gostava de imaginar, assumir o lugar do animal, vestir sua pele e sentir por meio de seus ouvidos o mundo que se desenhava nas profundezas. *Era preciso ir mais fundo*. A cada informação recolhida, adicionava uma peça a mais à imagem acústica que ele tentava formar do fundo do mar – até encontrar um som, um único som, que ele não sabia onde encaixar. Uma conversa? Martin escutou tantas vezes e em cada uma delas estremeceu, seu lado cientista tentando classificar e encontrar um sentido para aquela informação, enquanto algo muito profundo nele parecia despertar, entregue à sensação de que aquilo era grande, importante, maior que a sua pesquisa. Na época, foi um cachalote que o levou até o som; e agora um cachalote passava por eles, como que dizendo olá, mandando lembranças, ou, ele esperava que fosse, indicando que estavam no caminho certo.

Susana apareceu na porta do laboratório para avisar que os pilotos estavam prontos, e Maurício organizou alguns papéis para levar à área comum, carregando um laptop debaixo do outro braço e sendo seguido por Martin ao sair da sala, embora a cabeça do doutor ainda estivesse lá atrás, em algum lugar naqueles monitores.

A reunião não se prolongou muito, mas tudo foi muito bem planejado para que nenhuma outra ação improvisada precisasse acontecer, especialmente aquelas que pudessem colocar os pilotos em risco – momento em que os olhares apontaram para Corina, que apenas acenou com a cabeça, com tanta convicção quanto se dissesse "podem contar com isso". Martin já olhava a mergulhadora com um pouco mais de crédito porque ela insistira em continuar na missão, ainda que voltar para a superfície tivesse sido a primeira opção que lhe ofereceram e o caminho mais apropriado, até esperado, tendo em vista sua situação depois do incidente. Também sentia admiração por não ter sido questionado por ela, em nenhum momento, sobre o que havia escrito ou sobre as críticas que ela pudesse ter ouvido a seu respeito; ou era um extremo profissionalismo da sua parte ou ela não se importava o suficiente com reputação científica para constrangê-lo com perguntas sobre isso, o que de qualquer forma o deixava agradecido.

Martin, no entanto, sentiu algo de errado entre Corina e Arraia, enquanto observava os pilotos vestindo os trajes do outro lado do vidro – e tanta complicação para se vestir certamente era algo que a fabricante deveria tratar de aperfeiçoar. Maurício colocava os fones e ajustava os monitores da área comum, aqueles que mostrariam as imagens captadas pelos trajes quando descessem para a missão do dia; não via mais os pilotos, somente o que mostravam as câmeras dos capacetes que agora usavam: o rosto de Susana, no monitor referente à visão de Corina, aparecia distorcido pela câmera e com cores engraçadas, enquanto ela ajudava a mergulhadora a se fechar dentro do traje. Martin parecia uma estátua erguida atrás de Maurício, olhando com atenção e de braços cruzados para o preparo dos equipamentos, e aproveitou o momento em que o sistema de áudio ainda não estava ligado para fazer um comentário, que saiu com a mesma banalidade que se usava para comentar o clima.

"Não acho que os dois tenham trocado uma palavra hoje."

"Quem?" Maurício se virou para o doutor e estreitou bem os olhos para tentar entender o que ele estava querendo dizer, o tipo de reação facial que mais expressou desde que começou a trabalhar com Martin.

"Eles trabalharam juntos ontem, sim, mas não sei se sequer chegaram a jantar na mesma hora", continuou o doutor, sem se deter na pergunta do assistente.

Maurício então compreendeu que ele falava de Corina e Arraia, mas seu entendimento parou por aí. Pensou em perguntar que importância podia ter se os mergulhadores da equipe não tivessem conversado durante a refeição, ou por que o tipo de relação que havia entre os dois pudesse ser da conta do doutor, por mais difícil que fosse manterem-se isentos e profissionais convivendo por tanto tempo em um lugar tão pequeno. Voltou-se novamente aos monitores e continuou apertando botões quando resolveu perguntar: "Você acha que eles estão com algum problema?"

"Eles já se conheciam antes daqui. Deviam ter uma boa relação, porque o entrosamento deles ficou evidente, até uma vantagem para a missão. Mas, agora, está estranho." Martin forçou a memória, tentou se lembrar de algum momento que justificasse aquele comportamento, mas não encontrou nada. "Pode ser impressão minha, mas—" Ele não tinha certeza, apenas uma intuição, a sensação de que talvez devesse se preocupar com aquilo.

"Com o que você está preocupado?" Maurício então se deu conta de que um problema entre os dois pilotos poderia prejudicar o bom andamento da missão, afinal, era um trabalho que exigia confiança para funcionar minimamente. Mas, novamente, percebeu que sua conclusão não estava alinhada com a do doutor:

"Só um mau pressentimento", respondeu Martin, que percebeu assim que deixou as palavras saírem o quanto elas não combinavam com a figura de um cientista, alguém que devia se guiar pela razão. "Acho que estão escondendo alguma coisa."

"Não seriam os únicos", Maurício deteve o olhar por um instante no doutor, que pareceu entender o que aquilo significava, ainda que nenhum músculo de seu rosto tivesse se mexido.

Uma luz verde se acendeu ao mesmo tempo que um sinal sonoro apitou e a porta da área comum abriu passagem para Susana. Ela deixou os pilotos no compartimento de saída só depois de verificar e então repetir a verificação de cada detalhe dos trajes e, especialmente, das cordas de emergência que os mantinha presos à Estação; temia que elas precisassem ser usadas novamente. Quando entrou, viu Martin muito atento e Maurício ativando os sistemas de áudio.

"Tudo pronto", eles ouviram a voz de Arraia saindo pelas caixas de som da ilha de monitores que seria, a partir de agora, o único ponto de contato entre a equipe que ficava e os pilotos dos trajes, que acionavam a descida.

Havia tensão e maravilhamento tanto de um lado quanto de outro; o escuro que dominava os monitores durante o trajeto cuidava de manter em Auris o suspense e a preocupação quanto àqueles corpos tão frágeis soltos no abismo, vez ou outra rompido pela aparição de alguma criatura brilhante ou que passasse perto demais para seu vulto ser captado pelas câmeras. Em Auris não se ouvia nada humano, apenas o ruído das máquinas, o estalo do metal, as vozes do oceano que vinham pelas caixas de som. Interrompiam o silêncio poucas vezes, apenas para as formalidades técnicas e eventuais "ok, confirmado, prosseguir", e então assistiram praticamente mudos à instalação da nova sonda, num lugar pouco habitado, mas ao menos seguro.

Duas horas e quinze minutos de exploração e os pilotos já estavam na metade do caminho de volta para dentro da Estação, o mesmo tempo que Martin levou para enfim respirar – ou se lembrar de respirar, mais preocupado em manter a cabeça do lado de fora, com Corina e Arraia, que dentro da Estação. Tudo tinha dado certo e foi respirando que ele comemorou, inspirando longamente, afastando a tensão que esteve sobre seus ombros nas últimas horas. *Isso é que significa ter o vento a seu favor.* Martin, apesar de possuir conhecimentos náuticos bastante rudimentares, imaginava que ali também estava, a seu próprio modo, conduzindo um navio e uma tripulação, o que significava uma imensa responsabilidade, especialmente quando lembrava que navegar era, sobretudo, depender da vontade do mar para seguir viagem. A missão bem-sucedida do dia podia ser um sinal de que o vento estava soprando a seu favor novamente, mas, de certa forma, aquilo também o deixava desconfortável: até que ponto poderia contar com a sorte?

∙∙∙

Antes mesmo do habitual bom-dia que chegava pelos alto-falantes de Auris, Martin já estava desperto e de pé, arrastando seus passos pela Estação enquanto podia ter a ilusão de que estava sozinho ali, num lugar onde já não podia evitar por muito tempo dar de cara com outras pessoas. Ainda sonolento, entrou na sua estação de trabalho, olhou para os monitores que não dormiam e percebeu algo inusitado, improvável, ou mesmo difícil de entender se ainda não podia ter certeza de que todos os seus sentidos estavam tão acordados quanto ele. Podia muito bem estar sonhando, mas não estava: ficou um longo tempo parado na frente dos monitores, segurando sua caneca, com a incômoda sensação de que aquilo não fazia sentido, de que alguém poderia ter trocado os canais dos monitores – mas por que alguém faria isso?

Foi acordar Maurício, que o seguiu até o laboratório com passos de sonâmbulo, a cara muito amassada por baixo da barba, achando que era muito cedo para o mundo fazer sentido e o doutor já perguntava a ele o que havia de errado, que imagens malucas eram aquelas e onde estava o áudio. Maurício teve que despertar forçosamente ao digitar comandos em seu teclado, tentar ver de onde vinham aqueles números que nem estavam ali até o dia anterior e agora piscavam com a força de mil e-mails não lidos, uma notificação praticamente implorando para não ser ignorada.

"Você não vai acreditar." Ele começou a rir e estendeu o fone de ouvido ao doutor. "Essas imagens estão vindo da sonda perdida."

Não dava para entender nada. Diferente das outras telas, que mostravam os cenários submersos com o máximo de definição que uma ultrassonografia era capaz de oferecer, aquilo não era nada que pudessem entender, definir, ou reconhecer de qualquer outra experiência prévia, por mais extenso que fosse o conhecimento oceanográfico de Martin. Estava de cabeça pra baixo? Talvez do avesso, porque tanta confusão não podia ser só a inversão de uma imagem.

"O que significa tudo isso?"

"Significa que consegui acionar o negócio daqui, mesmo estando longe pra burro." Essa era a única medida de distância que Maurício podia utilizar para falar de um lugar que, mesmo depois de todos aqueles dias, ainda não tinham conseguido identificar. Havia também um tom de triunfo em sua fala, a sensação de que havia conseguido algo muito difícil, e era muito bom sentir de vez em quando que ele sabia o que estava fazendo, que era competente, mesmo que dissessem o contrário. Isso não calava as vozes na sua cabeça, aquelas na superfície que ainda colocavam sua reputação em dúvida, mas servia para se sentir motivado.

Maurício só não podia afirmar com certeza que tinham conseguido muito mais do que acionar a sonda perdida; mais alguns minutos mexendo no computador e seu palpite era de que aquelas imagens eram sinal de defeito. De fato, Martin estranhou quando colocou os fones e ouviu um ruído limpo, bastante linear, parecido com as frequências de alguém sem batimentos cardíacos. Um chiado baixo, constante, muito diferente da sujeira e da confusão marcante captadas pelas outras sondas, capazes de formar imagens bem-definidas. Puro *white noise*.

"Parece estar quebrada", concluiu Maurício, fazendo menção de desligar a tela, decepcionado em ter tido todo aquele trabalho para nada, mas Martin segurou seu braço antes de completar o movimento e falou que esperasse, algo ainda poderia surgir dali – ampliaria a frequência. Maurício ficou quieto, olhou para a tela, desejou um café ou mais vinte minutos de sono, porque, se normalmente não conseguia entender as conclusões do doutor, não era naquele estado de sonolência que teria algum progresso.

"Pode ser desperdício de esforços", questionou ele, pensando que já havia tantas telas para olhar e ter mais uma que não mostrava nada os ajudaria menos ainda no trabalho.

"Vamos esperar", pediu Martin novamente. Esperar e observar era o seu trabalho havia décadas assim como o seu trabalho naquela Estação. O rumo de toda uma carreira alterado por um sinal transmitido por um cachalote, exatamente o tipo de coisa inesperada e improvável que ele esperava que pudesse acontecer outra vez. Por isso tinha tanto cuidado em não deixar nada passar e por isso confiava naquele instinto profundo em seu interior que dizia para esperar. Não era exatamente científico esperar pela sorte, seguir impulsos, guiar-se por intuição, mas Martin não ligava. Que discordassem de seus métodos e desprezassem suas teorias, mas não tinham sido os grandes gênios também ridicularizados e desacreditados? Deixaria a sonda ligada por mais alguns dias, Martin decidiu por fim, na espera de que o monitor pudesse lhe dar alguma resposta.

Nesse dia Martin praticamente não saiu do laboratório e foi visto muito pouco pela equipe de Auris, exceto por Maurício, que tinha muito a fazer ali. Os outros também se isolaram, cada um à sua maneira, separados por um campo invisível que devia ter propriedades magnéticas ao mantê-los tão diametralmente afastados. Depois de mais um dia de expedição às profundezas sem nenhum problema, Corina e Arraia fizeram seus relatórios e suas refeições no mesmo horário, mas sozinhos, cada um em seu canto, envoltos por uma espessa armadura que não eram os trajes que usavam para trabalhar, mas o silêncio que escolheram vestir para conviver.

Era noite quando Susana parou na área comum, muito vidrada nos monitores que mostravam as imagens das câmeras internas, esperando alguma merda acontecer ou apenas mantendo sua vigilância costumeira, para saber se estava tudo em ordem no habitat que era sua função administrar. Cada tela mostrava um personagem muito solitário e não dava para saber qual deles detinha a atenção de Susana naquele momento: Maurício estava na cozinha, esperando o micro-ondas aquecer uma refeição, enquanto se apoiava na pia, olhando para o ralo, para lugar nenhum; Martin estava no laboratório, sozinho, novamente com seus fones de ouvido, isolado em um mundo só dele; Corina estava no dormitório, organizando suas coisas, com a mochila aberta sobre a cama; Arraia também podia ser visto no monitor, embora estivesse logo atrás de Susana, sentado à mesa usando um computador. Susana mordia a pele da ponta dos dedos enquanto pensava, e seus olhos apertados não desgrudavam da imagem do doutor. O que poderia haver nas profundezas que merecesse tanta atenção? Ela olhou para os próprios dedos, a marca dos seus dentes deixando sulcos profundos na carne, e decidiu que era hora de parar.

"A audiência dessa novela anda meio baixa", brincou Arraia, mas Susana apenas olhou para ele parecendo constrangida por ter sido pega olhando tão obsessivamente para os monitores. "Deve ser chato ter só esses personagens pra observar, não? Se você quiser, tenho uns filmes no meu HD. Pra passar o tempo."

Susana agradeceu, mas recusou. Disse que não gostava muito de ver filmes, mas não disse que o que não lhe agradava era a seleção de filmes de ação e suspense que Arraia mostrou na sua pasta de arquivos. Perseguição, tiros, assassinatos, lutas, um tentando dominar o outro, Susana não conseguia entender a graça de tudo aquilo; na verdade, filmes com qualquer tipo de violência faziam com que se sentisse mal, exposta, e quanto mais evitava cenas violentas, mais ficava difícil banalizá-las, vê-las como um entretenimento possível. Quanto aos filmes de suspense, Susana dispensava. Achava que não precisava mais disso numa expedição que já estava cheia de tensão, de coisas não ditas, da sensação de esmagamento que se fazia presente o tempo inteiro dentro daquela Estação. Antes que ela pudesse dizer que pessoas reais já eram interessantes o suficiente, que os personagens que apareciam naqueles monitores não eram chatos e tediosos, mas com histórias tão complexas de sondar quanto as formas de vida das profundezas, Maurício passou pelos dois, sentou-se à mesa com um prato de macarrão e deu continuidade a algum papo que tivera mais cedo com Arraia – e ela se esqueceu do que ia falar.

Quando Susana entrou no dormitório, a mergulhadora se despia, trocando o uniforme que usava para transitar pela Estação por uma roupa mais confortável que usava para dormir; não que tivessem muitas opções de vestuário, mas pelo menos Corina tinha uma peça a mais: um traje de metal.

"Desculpe, já vou tirar isso daqui." Corina havia colocado suas roupas e sua mochila na cama de baixo, onde seria mais fácil se organizar em um quarto com tão pouco espaço, embora soubesse quanto Susana prezava pela organização. Mas a colega não havia falado nada, nem um gesto de protesto, nem uma respiração mais irritada; apenas se aproximou e sentou-se em um canto da sua cama onde ainda havia espaço.

"Preocupada com algo?", perguntou Corina de uma vez, assim que chegou perto o suficiente para que a conversa não precisasse ser num tom que os outros pudessem ouvir. O quarto era pequeno demais para duas pessoas trocarem de roupa ao mesmo tempo, mas Susana simplesmente deslizou para fora do seu macacão, revelando por baixo a roupa com a qual se deitaria. Deu tempo de Corina juntar suas coisas novamente na mochila e de Susana pensar numa resposta.

"Martin. Tem algo nele que não me cai bem", respondeu ela por fim, dobrando o macacão com o mesmo cuidado que eram feitos origamis.

Corina já havia percebido o jeito como Susana olhava para ele, uma desconfiança, uma distância sempre calculada.

"Pode me contar?", perguntou ela, mais querendo saber se ainda podia ser da confiança de alguém do que pelo conteúdo da resposta que poderia vir. Não se mergulhava sozinho por um motivo: pessoas dependiam umas das outras, mesmo que a dependência se limitasse a ser validada por outro olhar. Mais do que a curiosidade, Corina carregou sua pergunta com a necessidade dessa conexão; era um apelo a Susana.

"Acho que ele está mentindo sobre a pesquisa." A voz de Susana saiu baixa, como deviam soar as boas conspirações. Era uma confidência, uma suspeita ou um desabafo, mas Corina ficou imóvel como se tivesse recebido uma acusação; não se sentiu em posição de dizer nada a respeito de alguém que, supostamente, estivesse mentindo.

"Que tipo de mentira?"

"Registro acústico de ecossistema hidrotermal", Susana lembrou o objetivo da pesquisa, mas as sondas que levavam para o fundo, os dados que filtravam nos monitores do laboratório, tudo era bastante real para Corina e ela parecia não entender. "Não, já estou aqui por tempo bastante para não comprar mais essa conversa."

"Como ele poderia mentir justamente sobre o que está pesquisando, se as sondas estão lá?"

"O que me incomoda não é o que ele está pesquisando. Mas o por quê."

Ocorreu a Corina o seu porquê e fazia todo o sentido ter mentido a respeito disso. "Olá, estou irremediavelmente doente e lutando contra o tempo até o momento em que não terei controle suficiente sobre o meu corpo para mergulhar, mas adoraria aceitar este trabalho, apesar de não poder garantir que não terei uma das minhas crises durante a pesquisa." Imaginava que essa não seria uma resposta aceitável a qualquer tipo de proposta de emprego – ainda mais se tratando de um com tantos riscos. Então as mentiras. Não se surpreenderia se outros precisassem ter feito o mesmo para estar ali. Uma fachada, pensou Corina, e deixou-se sentar na cama da colega, ao lado dela.

"Não tenho certeza", continuou Susana, "mas depois que a sonda perdida entrou de novo no radar, achei suspeito." Ela lembrou que o doutor pareceu bastante interessado em descobrir que lugar era aquele, mas era longe demais das chaminés para continuar sendo de interesse para sua pesquisa. "Ele está procurando alguma coisa. O tempo todo olhando para um lugar, tentando buscar algo que não está lá."

"Ciência é isso, Susana. O trabalho dele é encontrar coisas novas onde os outros só veem o banal", a voz de Corina saiu em defesa do doutor mesmo ele a subestimando – *você leu o meu livro? Você conhece o meu trabalho?*

Corina subiu em sua cama e acomodou as costas no colchão, enquanto calculava mentalmente quantos anos o doutor havia dedicado àquelas ideias; não duvidava de que ele teve tempo para montar cuidadosamente todas as peças, montar o cenário daquela farsa para que parecesse bastante convincente. Não foi nada disso que disse para Susana, no entanto, depois de alguns instantes pensando, sua voz muito tranquila tentando desprezar o clima de conspiração que a colega tinha criado.

"Não teria por que mentir. Pensa bem, não ia fazer diferença se ele estivesse fazendo pesquisas com sonar ou tentando encontrar um hipopótamo submarino. O que importa aqui é colocar os trajes para trabalhar." Corina sentiu uma certa satisfação em esmigalhar entre os dedos qualquer importância que pudesse ter o trabalho de Martin – era o dela, no final das contas, que realmente fazia aquela expedição acontecer.

Susana não precisava, mesmo assim resolveu se justificar:

"Não sabemos o que ele está procurando. Pode ser algo que arrisque suas vidas. Nossas vidas."

Corina, deitada de barriga para cima, respirou fundo para reunir dentro de si toda a confiança que ainda pudesse ter, e não era muita, antes de responder que Susana não precisava se preocupar:

"Depois do acidente do outro dia, nada pode dar tão errado."

"Espero mesmo que eu esteja me preocupando à toa", respondeu Susana, talvez aliviada por ter compartilhado sua angústia com alguém. Diminuiu a iluminação do cômodo com um controle remoto pequeno ao lado da cama antes de dizer: "Não deixe de tomar seus remédios."

Corina ficou chocada, sem conseguir fechar os olhos por um bom tempo, tentando entender o que ela queria dizer com aquilo. Nem metade do tempo de confinamento e já sabiam tanto uns dos outros.

CAPÍTULO 7
EREMITAS

Nunca antes tinham visto algo como aquilo. Os longos bigodes, tentáculos estendidos a tatear vibrações na água, de repente se viraram para a mesma direção, onde uma turbulência incomum chamava atenção, anunciando a chegada de um corpo volumoso — e não receberam aquela informação de muito bom grado. Aquilo perturbava o descanso quase ininterrupto das eremitas que escolheram um lugar tão fundo para viver, não por acaso: a falta de visitantes que alcançassem aquela fossa era um dos principais atrativos do lugar.

Tiveram problemas com lulas colossais no último inverno, o que significou que muitas eremitas encontraram nos bicos afiados daqueles animais o fim de existências tão longas; afinal, não conseguiriam se regenerar se diláceradas no estômago de alguma lula. A morte era para aquelas criaturas uma ideia desagradável, o que explicava o profundo horror que passaram a nutrir pelas lulas colossais ou por qualquer coisa que tivesse tentáculos maiores do que elas próprias; com seus quatro metros e meio de comprimento, podiam até ser ameaçadoras em mares menos profundos, mas calharam de povoar regiões onde pareciam anãs diante de concorrentes de dimensões tão mais exageradas. Quanto mais fundo se descia, mais espaço as criaturas encontravam para crescer.

Então foi com preocupação que tentaram entender que corpo era aquele que afundava tão perto de seus domínios. Apesar da forma cilíndrica sugerir a aproximação de algo parecido com uma lula colossal, sua principal inimiga, o peso e a rigidez daquele corpo não combinavam com nada que conhecessem. Os bigodes tremulavam e tocavam uns aos outros em confusão, apenas as cabeças estavam para fora da fenda na rocha onde se protegiam. Eram quatro ou cinco seres independentes, mas não tinham essa noção porque viviam como um só, a atenção voltada para a mesma direção e compartilhando a mesma apreensão em relação àquele estranho objeto.

Eremitas sempre preferiam o papel de observadoras ao de participantes. Era certo que tinham seu papel na cadeia alimentar, já que se alimentavam de bactérias comedoras de calor e pequenos organismos abundantes em áreas próximas a vulcões, de forma que não fazia sentido para elas tal sensação como fome; mas, por não terem um comportamento predatório, podiam exercer o papel de vigias, guardiãs, o que também explicava por que precisavam de tão menos energia em comparação com outras espécies. Fixavam raízes em algum canto que julgassem seguro e ali ficavam até que antecipassem a chegada de alguma ameaça e resolvessem se mudar para sítios menos perigosos – absolutamente qualquer lugar servia, nem a hostilidade dos lugares mais fundos era capaz de intimidá-las – e, durante sua estadia, vigiavam.

Eram até bastante cautelosas para criaturas com vidas tão longevas. Eremitas podiam viver por dois ou três séculos tranquilamente, graças à sua incrível capacidade de regeneração. Possuíam organismos pouco elegantes, com cauda e bigodes desproporcionalmente oblongos, mas, em compensação, tinham a capacidade de reverter o envelhecimento que se impunha sobre todas as células vivas, numa trapaça biológica bastante engenhosa que outras criaturas também possuíam, como uma água-viva que, à medida que envelhecia, regredia para sua fase inicial e assim podia viver praticamente pela eternidade ou até que seu corpo fosse completamente destroçado. Essa vantagem desenvolvida pelas eremitas as tornaria uma ameaça bastante duradoura para outros animais; sorte deles que elas não eram suas predadoras.

Mas nem tanta cautela e tanto tempo de vida as ensinaram a ser menos estúpidas: qualquer coisa que brilhasse fascinava aqueles seres, porque ali tão fundo a luz era um fenômeno difícil de ignorar. E elas tinham tão poucas oportunidades de usar os olhos que era uma surpresa que a evolução tivesse permitido que ficassem com eles. Ficavam quase eufóricas com qualquer luz que surgisse, mesmo que na ponta de tentáculos – e não era difícil entender por que foram massacradas pelas lulas colossais, as pobres que não foram espertas o suficiente para se esconder. Talvez por isso tivessem olhos e fossem atraídas pela luz, ou de outra forma quase nada seria capaz de lhes abreviar a existência.

Aquela luz, no entanto, era muito mais forte e constante do que a que trouxera tragédia da última vez. Completamente imóveis, trataram de esperar e observar de uma distância segura o que já consideravam um assunto muito importante para um dia que julgavam, até então, ordinário.

Vinha de outro mundo: era um objeto pesado, de movimentos lentos. Calcularam que fosse *coisa*, não lula. Coisas apareciam de vez em quando e as eremitas conseguiam saber que não eram vivas, embora se movessem com independência e parecessem vasculhar a fossa. Tratavam sempre de ficar longe do alcance delas e ficava tudo bem, era só fingir que não tinha ninguém em casa. O interesse pelas pequenas luzes limitava-se à observação e, de qualquer forma, aquelas coisas não tinham capacidade de saber que elas estavam ali, diferente das malditas lulas colossais, porque, afinal, o difícil era escapar de algo com a sensibilidade e percepção de coisas vivas. Já as coisas não vivas não as sentiam, mas mesmo assim as eremitas não se arriscavam; contentavam-se em apenas vigiá-las e transformá-las em assunto, que era o máximo de aventura que experimentavam – e elas dispunham de umas boas centenas de anos para serem espectadoras de acontecimentos um tanto interessantes.

Decidiram que aquela luz não era coisa nem lula, mas algo novo, porque perceberam ser a casca de algo vivo, que respirava, falava e se mexia lá dentro. Entraram em pânico quando perceberam que – *como definir aquilo?* – se aproximava perigosamente do fundo e da fenda onde moravam, o que as fez se moverem com ligeireza para longe do alcance da luz.

Apenas pelos boatos repassados por suas antepassadas, elas se lembravam de que não era a primeira vez que aquele tipo de criatura chegava ao ponto mais fundo do planeta – *um lugar que deveria ser seguro, à prova de bisbilhoteiros!*, protestariam as mais velhas –, mas aquelas eremitas eram jovens demais para saber, não tinham nem trinta anos, eram nada mais que crianças que sobreviveram tão somente pelo aprendizado de que nem toda luz que piscasse no abismo era amiga. Agora viam-se ao mesmo tempo maravilhadas e assustadas por testemunharem pela primeira vez, apesar de não terem muita certeza, o que poderia ser considerado a aparição de um humano.

Viam, mas não eram vistas. Era a condição perfeita para brincarem de esconde-esconde, porque de algum modo era divertida a ideia de terem descoberto algo tão pobre de sensibilidade, que olhava para um lado enquanto elas estavam do outro, prevendo com os bigodes os movimentos atrapalhados daquela coisa. Entenderam que a criatura, por precisar da luz, tinha uma percepção muito fraca, insuficiente para saber onde estava e o que estava fazendo. A fragilidade daquele homem também lhes chamou atenção, se precisava de uma casca espessa como aquela para transitar no lugar que elas entendiam como lar.

Poderiam ter dado oi, o que transformaria uma já prodigiosa visita à fossa das Marianas num evento revolucionário, a descoberta de uma nova espécie – e como ficariam espantados os outros quando recebessem as imagens de animais daquele tamanho, que seriam tão difíceis de classificar, aquelas barbatanas quase tão compridas quanto tentáculos que as jogavam numa área cinzenta de indefinição, nem peixes nem moluscos, moles demais para serem lagostas gigantes, um feixe de antenas compridas na frente da cara e dois pares de bolotas opacas que muito remotamente se pareciam com olhos.

"Cineasta desce a onze mil metros no ponto mais profundo do Oceano Pacífico e descobre nova espécie", diriam as manchetes, e as eremitas ficariam famosas, ganhariam nome e sobrenome complicados de se pronunciar, suas imagens circulariam pela superfície impressionando alguns e assustando outros, e quem sabe ganhariam papel de protagonistas em algum filme daquele homem. Em vez disso, preferiram observar, limitando-se a ficarem ocultas, porque durante suas existências não tinham ouvido muitas coisas positivas a respeito daquela espécie tão esquisita com braços, um monte de dedos e vozes barulhentas.

O homem não ficou tempo suficiente para que as eremitas o estudassem e chegassem a alguma conclusão sobre o que fazia na fossa – procurava algo? Era justo que suas intenções tivessem ficado ocultas, se as eremitas também não deram as caras, de forma que cada uma das partes teve algo a esconder. A luz foi diminuindo e seu sumiço foi acompanhado por bigodes que se esticavam progressivamente para cima, na tentativa de alcançar os últimos vestígios daquela visita. Voltaram para casa com tranquilidade, com a certeza de não estarem sendo observadas, mas não abandonaram aquele assunto por meses, sempre na expectativa de que uma luz descesse e não fosse apenas uma lula usando truques baratos.

Esperaram pelo homem por tanto e tanto tempo que bastaram alguns anos para aquele contato se perder na não tão desenvolvida capacidade cognitiva das eremitas. Já não passava de uma vaga impressão, um conhecimento que estava lá, mas tanto fazia se adquirido por experiência ou por instinto. Elas sabiam que existiam homens, mas eram boatos das antepassadas? Foi algo que elas presenciaram? Elas precisavam daquela informação? Como era mesmo a luz? Que luz?

Luz. Dançava, azul, pelo espaço vazio.

Era tão bonita que as eremitas tiveram que olhar, os olhos acinzentados faiscando com desconfiança, mas também com o fascínio estúpido que foi acionado pela sensação de que estavam esperando aquilo havia tanto tempo. Eram cautelosas, mas não tinham certeza de nada e agora estavam confusas: havia nelas a lembrança de que uma luz viria lá de cima, anunciando a vinda de um visitante de outro mundo, e alguma coisa em seus sentidos tão apurados dizia que era seu dever descobrir o que ele procurava ali, justo no lugar que protegiam. Ficaram bastante paradas, considerando até que ponto era seguro deixar aquela luz se aproximar antes de se esconderem.

Fosse o homem, seria como descobri-lo pela primeira vez, porque a memória não era exatamente a maior qualidade das eremitas – tão sensivelmente captavam as informações que esperar que registrassem tudo era exigir demais. O homem desceria em seu artefato metálico, tiraria fotos, e elas mais uma vez se esgueirariam pelos cantos escuros que a luz não conseguisse alcançar, tentariam tirar dali alguma informação sobre aquela espécie que pudessem repassar para a próxima geração. Era uma expedição perigosa, elas sabiam, mas não tinham consciência suficiente para avaliar se os riscos compensavam o conhecimento – e a luz estava cada vez mais próxima.

Se, num dia no passado, aquele homem não tivesse descido num batiscafo para filmar o fundo daquela fenda submersa, as eremitas não se distrairiam por um segundo sequer quando vissem uma luz. Se ele não tivesse visitado aquele lugar, sua luz invadindo uma morada para a qual não tinha sido convidado, nem ele nem qualquer outro exemplar da humanidade, aquelas eremitas não teriam esperado as luzes dançarinas se aproximarem tanto, só para perceberem, infelizmente tarde demais, que não escapariam com vida dos tentáculos daquela lula.

CAPÍTULO 8
SOM

Os dias não eram todos iguais em Auris, embora fossem acordados no mesmo horário, pela mesma voz, recebessem os mesmos tipos de alimentos e tivessem que olhar para as mesmas caras, sem internet, sem conexão com o mundo exterior, exceto por pacotes de gravações que eventualmente vinham com orientações ou mensagens. A quantidade de trabalho e de tédio estava uniformemente distribuída, mas parecia dividir espaço frequentemente com os imprevistos, com as ideias e com a inevitável vontade da equipe de fazer coisas e se mover de um lado para o outro.

Corina despertou para um desses dias, uma manhã em que a superfície mandou pelos alto-falantes uma música do Secos & Molhados – alguém lá em cima não devia ter resistido ao trocadilho, o que a fez rir – e, ao som de *jurei mentiras e sigo sozinho, assumo os pecados*, ela foi tomar seu café da manhã. Colocou um sanduíche no micro-ondas, pensando em quanto a escolha da música caía bem para o momento, mesmo que fosse quase acidental. *Minha vida, meus mortos, meus caminhos tortos*. Seu caminho era pavimentado por escolhas erradas e mal pensadas, mas tudo o que ela mais queria era saber onde ia dar; porque enquanto estivesse inteira ela continuaria avançando, teimando com a vida e explorando seus limites até – o micro-ondas apitou.

Martin apareceu pouco depois, sentando ao seu lado e chamando Arraia para sentar-se também. O parceiro a cumprimentou, ou ela pensou que cumprimentou, porque foi tão baixo o "bom-dia" e tão rápido o contato visual que ela não teve certeza. Podia ser um sinal de que Arraia finalmente começava a compreendê-la, mas Corina acreditou mais na hipótese de que ele não queria atrair suspeitas e deixar os outros perceberem que havia algo de errado entre eles. Não deixava de ser uma proteção, ela pensou.

O que Martin queria era explicar que, antes da expedição costumeira com os trajes, ele precisaria fazer uma saída de campo – e quanto antes melhor, frisou ele. Era apenas para fazer uma coleta de dados nos arredores de Auris, que depois seriam usados como base para comparar com os sons que vinham da zona hidrotermal, muito mais abaixo. Que padrões se repetiriam? Que sons vindos lá de baixo estavam ecoando ali perto de Auris? Por algum motivo, ele precisava filtrar esses dados, mas não explicou com detalhes. Era algo simples, mas ainda assim significava um mergulho a mais de trezentos metros de profundidade e não era algo que se podia fazer sem algum planejamento, embora todos da equipe fossem habilitados e estivessem preparados para mergulhar àquela profundidade quando necessário.

"Deverá ser rápido, e nem precisam ir os dois. Mas gostaria de saber qual de vocês vai poder me acompanhar. Precisamos montar o trajeto." Ele olhou de um para o outro, mas foi Arraia quem falou primeiro.

"Posso fazer isso."

Corina olhou de volta para Arraia com naturalidade, como se tivesse sido uma decisão tomada em conjunto, mas não foi. Mesmo assim, o doutor lançou a ela um olhar de confirmação, querendo saber se tudo bem que fosse assim, completamente alheio ao arranjo silencioso que parecia se estabelecer ali.

"Eu fico para preparar os trajes. Para mais tarde." Por mais que lhe atraísse a ideia de mergulhar ali nos arredores, numa profundidade em que estaria livre do traje, ela achou melhor seguir a sugestão de Arraia, pensando que talvez isso o fizesse voltar a cooperar com ela.

E Corina realmente o sentiu mais maleável, quando puderam trabalhar juntos para preparar o equipamento e o trajeto de um mergulho que a remetia à época da plataforma de petróleo. Era o tipo de planejamento de rotina no trabalho anterior dos dois, e a reunião fluiu tão naturalmente, como nos velhos tempos, que Corina até sentiu que se dissolviam, aos poucos, a raiva, insegurança ou desconfiança que Arraia estivesse sentindo desde que conversaram, embora ela não tivesse a menor ideia de que sentimento era esse que o mantinha distante. *Longe demais para sondar.* Preferiu não perguntar e falaram apenas de mapas, de tempo, de roteiro de mergulho, enquanto Martin se vestia e Maurício preparava um hidrofone na mesa da área comum.

Quando Arraia e o doutor saíram pelo poço, Corina ficou olhando a água que espirrou para dentro da Estação. Que engraçado era ter passado todo aquele tempo morando debaixo das ondas e ainda não ter se molhado com aquela água salgada. Passou seu pé descalço pela poça de água que se formou, mas ficou olhando para o pedaço de oceano que aparecia recortado pela entrada do poço, cerca de meio metro abaixo da altura do piso da Estação, onde seus pés não alcançavam. Despediu-se silenciosamente da sua imagem refletida na água escura e voltou para a área comum.

Susana e Maurício monitoravam os dois pelas imagens da câmera que Arraia carregava, e que mostravam apenas Martin, mais à frente, levando um equipamento de gravação. Corina preferiu parar diante de uma das janelas da Estação, embora não desse para ver muita coisa, apenas dois feixes de luz flutuando e dois corpos meio indefinidos os seguindo. Ela viu dois pares de pernas se movendo na água, e achou curioso sentir as pernas bem firmes no chão da área comum enquanto dois homens levitavam do lado de fora. Imaginava que no espaço isso não aconteceria, já que os astronautas não voltariam molhados para a nave; aquele era um mundo que sempre deixava sua marca naqueles que o visitassem, embora cobrasse um preço tão alto quanto o espaço para quem desejasse estar lá.

Corina poderia ficar observando, mas tinha trabalho a fazer. Foi em direção ao dormitório, onde trocaria de roupa, mas parou na entrada do laboratório. Todas aquelas luzes ali dentro funcionavam como um atrativo, um chamado, e pequenos animais não eram os únicos atraídos pelas luzes que apareciam nas profundezas, o que explicava o mecanismo de bioluminescência produzido por seus predadores; ela própria as seguiu, aproximando-se dos monitores que piscavam em números e imagens confusas, agora muito mais completas, tridimensionais, depois da instalação da última sonda. *Sons formam imagens.* Quando ela chegou perto, viu na mesa um pequeno *player* que reconheceu como sendo do doutor, um aparelho que sempre andava com ele e com o qual ele podia ser visto em qualquer momento de folga, plugado àquele mesmo fone que estava diante dela, pousado em cima da mesa na posição que ficavam as coisas esquecidas. Nunca lhe ocorreu perguntar que tipo de música ele tanto ouvia ali, mas imaginava que era algo que o acalmava, ou o ajudava a pensar; cada um se apegava ao que podia, e Corina poderia entender perfeitamente bem se fosse isso.

Quando ela puxou os fones e os colocou no ouvido, não pensou no que estava fazendo e que isso poderia ser considerado uma invasão de privacidade – cruzar uma barreira e atravessar um espaço para o qual não havia sido convidada. Ela apenas fez, o que resumia também boa parte de sua vida. Que músicas ele tanto ouvia? Que músicas poderiam ser assim tão importantes? Movida apenas por essa curiosidade, ela apertou o play.

No começo, não teve certeza do que estava ouvindo. Aumentou o volume, posicionou os fones mais fundo em seus ouvidos, até fechou os olhos, lembrando-se da conversa que teve ali mesmo, no laboratório, dias antes. *Os ouvidos humanos não são tão bons.* Mas conseguiu ouvir, embora aquela fosse uma reprodução pobre, desbotada, distante, do que aqueles sons realmente foram quando emitidos por sua fonte original. Era sim uma música – *uma conversa?* –, mas nenhum instrumento humano poderia ter criado aquilo, uma certeza que foi solidificando à medida que ela escutava mais. Parecia com o som de violinos, se o instrumento tivesse pelo menos vinte cordas, e se pudesse ser tocado debaixo d'água, interagindo com o borbulhar da água e com o movimento intenso das correntes marítimas; uma canção que parecia ter vindo de um lugar muito anterior a qualquer outra canção, ou até vindo de outro planeta. Não se parecia com nada que ela já tivesse ouvido: nem as mais sofisticadas sinfonias, nem as elaboradas canções das baleias, nem mesmo o som, adormecido em seu inconsciente, da voz de sua mãe ecoando dentro do útero, através da placenta que um dia a envolveu. Corina não conseguia reconhecer ou entender, mas intuiu um mundo de significados contido ali, da mesma forma que uma conversa em outro idioma, com todos os seus altos e baixos, suas ênfases e seu vocabulário variado sugeria que algo estava sendo dito.

De olhos fechados, ela pairou nesse lugar desconhecido de vozes e sons misteriosos. *Sons formam imagens.* O doutor sabia de algo, as baleias sabiam mais que ele, e Corina, que preferia não saber de nada, acabou enxergando. Na escuridão sob suas pálpebras, seu ouvido a conduziu para a imagem de algo chamando, um borrão prateado, tentáculos, uma angústia. Era aquilo que cantava? Havia certa dor e urgência naqueles sons, sentimentos que Corina só reconheceu porque também eram dela, e talvez fosse apenas sua angústia – *uma doença irreversível, imprevisível, um prazo a vencer* – que ela estava projetando em uma sopa sonora que o fone de ouvido do doutor despejava para dentro de seus ouvidos. Mas podia ser mais. E foi esse pensamento que fez com que ela, abruptamente, puxasse os fones do seu ouvido e desligasse o *player*.

Ela se lembrou do livro. E, agora, ele fazia todo o sentido do mundo.

Quando eu era novo demais para imaginar o que faria da minha vida, eram as estrelas e planetas que me atraíam. Olhar para o espaço por meio de um telescópio, todos aqueles trabalhos e Feiras de Ciências que me deixavam fascinado pelo que existia lá fora, pelo tamanho descomunal de nosso Universo, pela conexão que havia entre todas as coisas, tudo isso teria me guiado para uma carreira na astronomia; mas, por motivos práticos, como, por exemplo, o fato de os trabalhos ligados ao mar serem um caminho mais esperado considerando a cidade onde nasci e cresci, Southampton, acabei me interessando pela oceanografia. Ali me encontrei, sobretudo, porque olhava para o mar e também via algo de tamanho descomunal, um mundo em grande parte desconhecido, um lugar onde também era possível observar conexões fascinantes acontecendo. Alguns anos após ter entrado nessa área é que eu perceberia, para minha surpresa, quanto a minha carreira atual e a minha aspiração juvenil a uma carreira ligada às estrelas estavam intimamente ligadas.

Em um congresso na Alemanha conheci o trabalho de um grupo de cientistas que me chamou a atenção pelo fato de estudarem supernovas, mas buscarem as evidências para suas teses no meu campo de estudos: o oceano. O que poderiam ter concluído sobre algo tão distante, tão fora de nosso planeta, mergulhando nas profundezas? É sabido que os sedimentos no fundo do oceano carregam muita informação e história — fósseis submersos que preenchem as lacunas de nosso ralo conhecimento e que fornecem pistas do que já viveu e de como já foi nosso planeta há milhões ou bilhões de anos, até seus registros fatalmente acabarem perdidos quando o solo oceânico é remexido e perfurado em nossa busca incansável por combustível para alimentar nossos sedentos e poluentes carros. Porém, mais do que combustível ou histórias em forma de fóssil, o oceano também guarda vestígios do nascimento e da morte das estrelas, de substâncias que viajam pelo espaço, da história da nossa galáxia.

A pista para isso foi a descoberta, em uma amostra de pedra retirada do fundo do mar, de uma substância que não se forma na Terra, mas que é originada da explosão de estrelas. O isótopo Ferro 60, substância radioativa e de meia-vida estimada em 2,6 milhões de anos, saiu do sopro agonizante de uma estrela prestes a morrer, viajou o espaço e atingiu nosso planeta, onde se assentou suavemente debaixo d'água, até o momento *em que foi encontrado pelos cientistas. Aquilo era uma descoberta bastante significativa para o campo da astronomia, mas igualmente relevante para a oceanografia, o que me levou – e à minha equipe da Universidade na época – a colaborar por alguns meses com o trabalho de uma equipe de astrônomos e físicos na busca de outras substâncias irradiadas pelo espaço e que o oceano fez um bom trabalho em preservar.*

É possível dizer que o oceano conserva a memória do espaço. Que receber aqueles fragmentos, de certa forma alienígenas, era receber uma mensagem: uma estrela, em algum lugar numa galáxia próxima, deu seus últimos suspiros. E se um pedaço de pedra, inorgânico, imóvel, esquecido no fundo do oceano por tanto tempo, pudesse ter uma informação tão poderosa guardada, o que criaturas vivas, de linguagens sofisticadas, que se moviam e evoluíam debaixo d'água, teriam a dizer?

Pense no oceano como um sistema nervoso, em que a vida desempenha o papel de células nervosas; cada uma delas transmitindo impulsos, embora sonoros em vez de elétricos, contendo informações e mensagens, quem sabe até comandos e ações. Sabemos que esses impulsos circulam nos oceanos como as ondas de rádio ecoam na atmosfera e no espaço; é certo também que nem todas as criaturas possuem a mesma capacidade de emitir ou decodificar tais sinais, mas em algum nível estão todas conectadas nessa cadeia, e a alimentar não seria a única nem a mais importante. Não é preciso muito conhecimento científico para entender que as coisas vivas se conectam em delicado equilíbrio, mas talvez seja preciso um pouco mais do que alta formação acadêmica para entender a que estão ligadas.

Em outras épocas, a possibilidade de que baleias contassem histórias poderia parecer ridícula, mas hoje já possuímos dados suficientes para concluir que sua linguagem é tão complexa que, sim, é possível que esses seres carreguem significados e estruturas que os tornariam aptos a escrever artigos para publicações científicas ou matérias de revista, se mostrassem algum interesse nisso. Em mais de dez anos que dediquei ao estudo das frequências da comunicação entre cetáceos, a princípio movido pelo interesse na dinâmica de sonar que tantos avanços ofereceram ao meu próprio campo de estudos, o que mais me intrigava era qual o fator, no ambiente oceânico, o tornou tão propício ao desenvolvimento da inteligência e do talento único para a comunicação possuídos pelos cetáceos. Sua evolução teria sido influenciada pelo contato com alguma coisa especial que só poderia ser encontrada no mar?

É uma pena que a capacidade humana de compreender os idiomas das coisas vivas que nos cercam seja tão limitada, pobre e rudimentar. Ouvimos os cantos das baleias fascinados, no máximo associando algumas frequências e padrões a determinados comportamentos, mas nesse ponto somos como analfabetos olhando para um poema em russo; podemos identificar um 'a' ou um 'k' aqui e ali, deduzir que um agrupamento de letras contenha um significado, mas estamos muito longe de alcançar seu verdadeiro sentido e toda a complexidade de sua mensagem. Estive em contato com baleias por tempo suficiente para entender que a inteligência que possuem permitiu que usassem a linguagem para muito mais do que encontrar comida ou buscar parceiros para reprodução. Os humanos mais primitivos tinham na oralidade uma forma de transmitir suas histórias; por que as baleias não seriam capazes do mesmo? E se pudessem carregar um registro histórico, que tipo de história contariam sobre as coisas que descobriram em dezenas de milhões de anos vivendo no oceano?

Foi uma baleia que me trouxe das profundezas um material tão importante para a ciência quanto uma pedra contendo Ferro 60 retirada do assoalho oceânico; um sinal estranho e complexo, que não poderia vir de nenhuma criatura ou fenômeno conhecidos, que tinha tudo para figurar na internet em um daqueles sites sensacionalistas como 'som misterioso encontrado no fundo do mar', mas que chamava a atenção para o que pode existir embaixo d'água e para a necessidade de empreendermos mais esforços para começar, se tanto, a arranhar a superfície do conhecimento que o oceano esconde em suas águas escuras. Com tão pouco conhecimento acerca do que vive sob a água e de como as coisas funcionam neste ambiente, não me espantaria se a qualquer dia chegasse até nós alguma pista com a comprovação de que mesmo a inteligência espantosa das baleias seria apenas a ponta do iceberg, com o perdão do trocadilho, e de que uma consciência ainda mais poderosa habita as profundezas do oceano. Temos instrumentos capazes de identificar isótopos originados da morte de estrelas distantes e rastrear sua origem no espaço e no tempo, mas ainda não podemos nem decifrar completamente o canto das baleias, quanto mais identificar e rastrear a origem de um som que elas possam ter ouvido. Mas o nível de sofisticação e profundidade da mensagem contida na gravação captada por um cachalote que usei em meu estudo indicam que as baleias, nessa grande teia de comunicação invisível que se estabelece no oceano, não estariam no centro, o lugar destinado às formas de vida mais inteligentes e evoluídas, mas sim em algum lugar periférico. As conclusões a que me conduziram as pesquisas e análises sobre o som 'misterioso', e que demonstro nos capítulos seguintes, colocariam a criatura que o emitiu no núcleo dessa teia, que, se fosse um sistema nervoso, teria o seu ponto central, ou seja, seu cérebro, muito provavelmente representado por esta suposta forma de vida. Quando a humanidade estiver em condições de afirmar que conhece o mar e nada resta para descobrir a seu respeito, poderá chegar à conclusão de que algo como uma forma de vida ainda mais inteligente e complexa que as baleias de fato existe; neste caso, um determinado homem já teria antecipado, em um livro despretensioso, descoberta de tamanha relevância. Por essa razão, continuarei a perseguir, ainda que com pistas menos convencionais, quem ou o que é capaz de emitir aquele misterioso sinal encontrado entre dois mil e quinhentos e três mil metros de profundidade. Onde se localiza e com o que se parece? Seria uma nova forma de vida? Conseguiremos entrar em contato com ela? São respostas que, mesmo se vierem negativas, valem uma investigação.

•••

Quando Corina desceu novamente ao abismo, em mais um dia de trabalho dentro de seu traje, não deixou para trás a incômoda lembrança do que ouvira mais cedo na Estação. As conclusões de Martin, gravadas em sua cabeça na forma das letras impressas de um livro, pulsavam em um canto da sua memória à medida que as profundezas foram abraçando e aceitando a presença daquelas duas formas humanas que tinham, como missão do dia, permissão para se aproximar de uma chaminé. Brincando de quente e frio, estavam chegando perto. *Quente.*

A voz vinda de Auris pediu o status da estabilidade do motor. Corina pensou em responder que estava tudo certo, apesar de ser uma área com um pouco mais de movimento, mas não teve certeza se chegou a falar, porque a voz que saiu era de uma Corina que estava longe, uma Corina concentrada no trabalho, em colher os dados, em se aproximar vagarosamente de uma zona que borbulhava em vida, enquanto ela ainda pairava nas ondas de um som desconhecido, numa especulação que ela não conseguia abandonar. *E se aquilo fosse real?* O fato de Martin ter perdido tanto de sua credibilidade científica a ponto de ter que juntar remendos de investimento e se oferecer como cobaia para aqueles testes era sinal de que tudo o que ela leu podia não passar de loucuras da cabeça dele, hipóteses equivocadas, conclusões muito pretensiosas, mas — *e se ele estivesse certo?*

Era o máximo que eles podiam alcançar; as luzes direcionadas para a frente revelavam uma torre rochosa expelindo gases, fazendo a água tremular, ferver, um barulho que fazia o revestimento em metal dos trajes vibrar como um gongo. Em Auris, pareciam comemorar as imagens pitorescas que as câmeras dos trajes enviavam, um quadro visualizado de perto por tão poucos, e eles se sentiam privilegiados, até com sorte, porque os trajes continuavam funcionais mesmo em uma área considerada instável. Mas só sentia isso quem estava longe. Dentro da firmeza de sua armadura, Corina apenas estremeceu. Era a vibração de um som muito alto que a cercava, mas também a vibração de uma lembrança, de um som que encontrou morada em sua mente, que ela não compreendia justamente por ser tão alto.

Olhando para o vulcão submerso, uma coluna preta subindo pela água iluminada pelas luzes dos visores, Corina teve a gratificante sensação de estar em casa, embora seu lugar não fosse com as anêmonas, nem com os vermes tubulares gigantes, as lagostas e outras pequenas criaturas que viviam ali perto. Não era ela que estava em casa, mas algo assentado em sua mente, uma memória profunda que, reconhecendo aquele lugar, uma chaminé cercada de vida, começou a sussurrar em seu ouvido um chamado que, se traduzido em palavras, soaria como *mais fundo, mais fundo*.

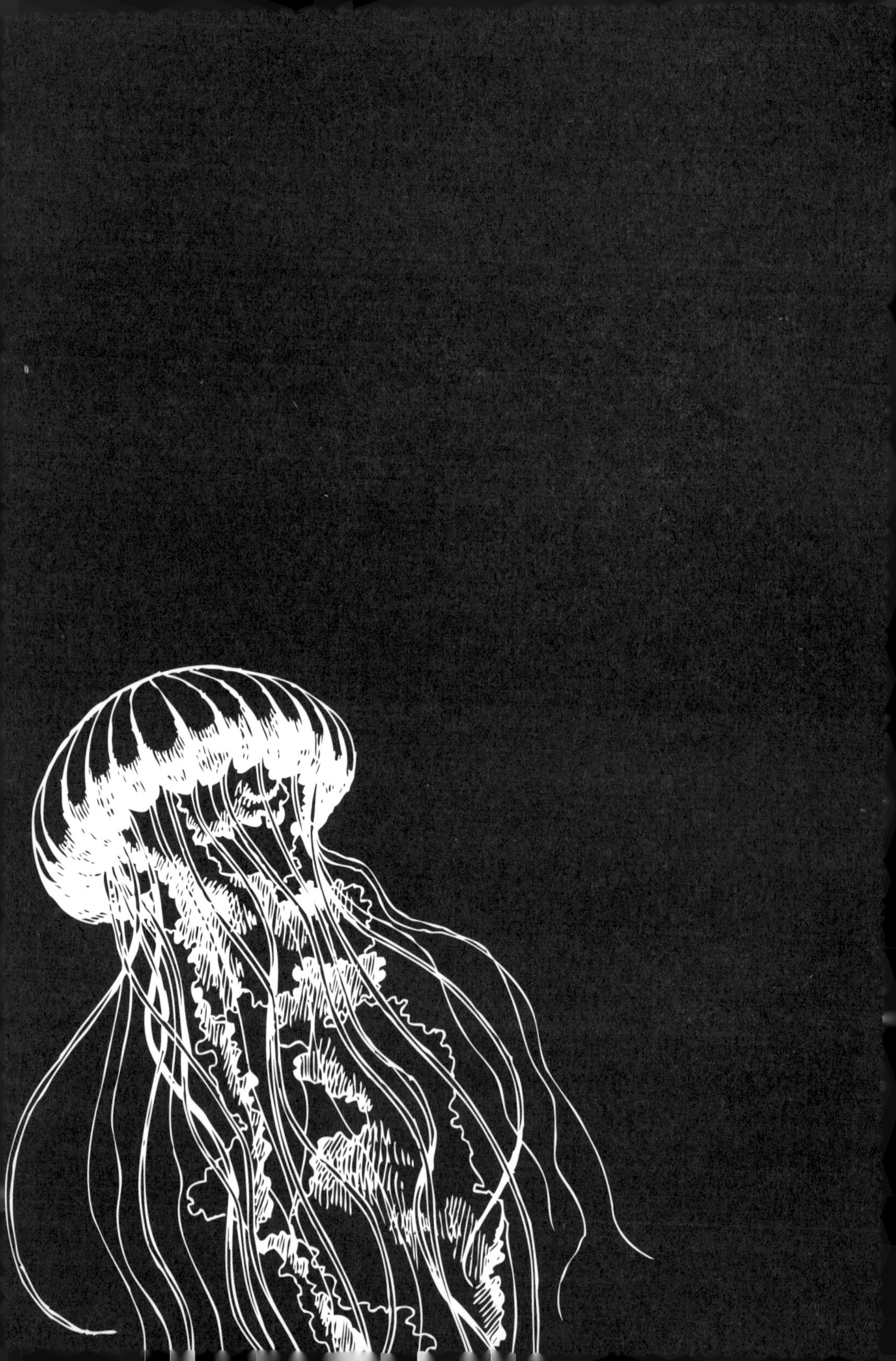

PARTE II
ABISMO

CAPÍTULO 9
AZÚLIS

No início havia a água e dela surgiu a vida. Não seria menos verdadeiro dizer que a vida foi cuspida para fora de uma chaleira gigante de água fervente, mas aí a história não começaria de forma tão solene. De qualquer modo, tudo era muito confuso antes da colisão com o meteorito, um entre tantos meteoros que naquela época invadiam a atmosfera do caos, explodindo contra a crosta terrestre e deixando cicatrizes profundas que, em vez de machucar, serviam para *criar*. Veio o meteorito, e a partir daí houve um despertar doloroso, muito lento, e não há quase nada a se lembrar antes disso.

Que emocionante o nascimento das primeiras criaturas, apesar de não ser possível dizer que foi tudo planejado ou se eram fruto de um acidente, como todas as coisas grandiosas que valiam a pena narrar pareciam ser. Não havia nenhum outro ser vivo para testemunhar o fenômeno, o planeta absolutamente vazio de qualquer coisa que depois pudesse ser considerada vida, um ambiente tóxico e hostil; um mundo adormecido, preso em um pesadelo atordoado por trovões, vulcões e preenchido por uma sopa quente carregada de metais pesados. Nem oceano, nem terra, nem céu como as pessoas conheceriam alguns bilhões de anos mais tarde – o planeta era o forno de Hades, o retrato bem pouco fotogênico de uma infância atribulada.

Elas nasceram bem no fundo, no calor, e possuíam uma forma bem simples e um tamanho tão desprezível que ninguém diria que seriam um dia responsáveis pela transformação daquele mundo: tudo o que fizeram então foi devorar substâncias tóxicas até que a água fosse apenas água. Era um banquete, mas também uma faxina. Vida e oceano nascendo juntos, sem um não haveria o outro, numa relação simbiótica que conduzia à mais difícil pergunta: quem nasceu primeiro?

Eram micróbios que por algum tempo puderam dizer que eram os únicos habitantes do planeta, sensação que nenhuma outra espécie teve a chance de experimentar, embora eles não tivessem exatamente aproveitado o longo tempo de solidão, desprovidos de consciência – caso contrário, poderiam até reivindicar para si o posto de raça dominante.

Das primeiras surgiu todo o resto; as arqueias, porque até seu nome dizia que eram as mais antigas, foram as antepassadas de todas as coisas que já viveram e morreram sobre o planeta. Cada organismo que sucedeu na evolução continha em si uma cópia delas para reproduzir, ainda que em diferentes níveis e formas, o modo de vida mais primitivo: nascer, consumir, multiplicar-se, morrer. Evoluíram, mudaram, tornaram-se complexas, mas nas descendentes dessas células ficou gravada uma mensagem, a revelação primordial que apenas quem tenha vivido sozinha por eras seria capaz de saber – a solidão também levava as criaturas aos entendimentos mais profundos da existência.

As primeiras arqueias eram tão pequenas que a mensagem se tornou ilegível e o idioma na qual estava escrita se perdeu com o tempo; continuou ali, gravada, porém debaixo de camadas e camadas de informações que possibilitaram aos seres tornarem-se progressivamente mais complexos e, com tantos assuntos novos para tratar, acabaram se esquecendo. A vários deles a mensagem se reduziu a um impulso, um instinto; algo que se sentia, uma vaga impressão, mas que não podia ser compreendida de forma consciente. Somente espécies capazes de desenvolver inteligência fora do comum poderiam resgatar tal mensagem, chegar perto de entender o que falavam.

O que seria tão importante para as primeiras arqueias, as que viveram sozinhas no planeta, a ponto de fazerem de seus corpos o disco para gravar esse recado para quem viesse depois delas? A mensagem foi enrolada, colocada dentro de uma pequena garrafa e lançada ao mar; sua remetente não tinha pressa, esperava que um dia alguém pudesse recuperá-la, entendê-la e ir à sua procura. Teria tempo – mas não todo o do mundo.

Somente azúlis chegaram perto disso.

•••

Eles viviam muito fundo, porque a vida deu seu jeito de evoluir tanto para cima, a diversidade vegetal e animal explodindo na superfície, quanto para baixo; era uma época diferente, um planeta diferente, e não havia lugar mais propício para crescer e viver do que debaixo d'água, um mundo oceânico que cercava uma porção de terra que já começava a se despedaçar. E, quanto mais fundo, menos chances de se arriscar com concorrentes e predadores que ficavam cada vez maiores e lutavam entre si pelo seu naco de sobrevivência.

Azúlis nem pareciam pertencer à mesma era e ao mesmo habitat que outros animais de aparência grotesca, de tubarões de maxilar espiralado a escorpiões marinhos gigantes. A truculência, definitivamente, estava na moda. No entanto, azúlis desenvolveram corpos graciosos, de forma gelatinosa, quase totalmente translúcidos e dotados de uma luminescência azul que era marcante em um lugar tão escuro e frio quanto o fundo do abismo. Essas formas, no entanto, não eram exclusividade de uma espécie tão evoluída quanto à deles, já que outras criaturas parecidas, moles e fluidas como lençóis já podiam ser vistas flutuando na água naquela época; em vez disso, o que os tornava tão especiais era, acima de tudo, sua notável inteligência.

Se ficavam muito tempo parados, como aquele azúli que movia apenas as pontas de seus tentáculos, encarando um pedaço de rocha qualquer, não era por serem animais autômatos, que desligavam na falta de estímulos, mas porque tinham o hábito de refletir longamente sobre as informações que os cercavam antes de chegar a conclusões. Um deles levantou seu braço, o maior, e o enrolou em um pedaço de coral que despontava naquela formação rochosa, arrancando-o com firmeza e precisão, quase com insensibilidade, se já não soubesse que aquele coral estava morto. *Os tempos estavam mudando.* Talvez já fosse hora de partir novamente, o que não via com tristeza, urgência nem medo do desconhecido, porque essa era a forma de vida que conhecia, desde que nascera: quando voltava a esfriar, eles procuravam por outra fonte de calor. Era preciso enfrentar uma longa viagem, seguir os boatos que as outras espécies iam espalhando sobre a localização de uma chaminé ativa, fugir dos predadores grandes e sempre famintos que encontravam pelo caminho; mas, quando chegavam, não precisavam disputar o território, reclamar a posse do terreno, nem matar ou morrer para se firmar ali. Não havia fronteiras, a não ser aquelas impostas pelo próprio planeta: uma fenda que se abria, uma cordilheira que se levantava, uma chaminé que se apagava.

Os outros não estavam muito longe, quase todos agrupados, formando o que era visto a distância como uma floresta sacolejante de enormes cabeças moles, seus corpos eretos presos aos solo por tentáculos firmes. Havia silêncio, mas conversavam. A posição dos pequenos pontos luminosos em seus corpos e cabeças ia se alternando, formando desenhos que riscavam a escuridão com o que estavam sentindo, e eram tão diversos seus sentimentos quanto as combinações de luzes que seus corpos eram capazes de expressar: desde um possível mau humor até uma agressividade iminente; desde a maior das carências até a satisfação em estar em boa companhia. Outros se espalhavam pela planície, debruçados sobre rochas e vestígios de material vulcânico dos quais se alimentavam, em um estado letárgico, praticamente meditativo. *Alimentar-se era conectar-se.*

O azúli que vinha das regiões mais abaixo do vulcão se aproximou deste último grupo, trazendo consigo um pedaço de coral morto, que lançou no espaço vazio entre dois deles. O coral flutuou, quicou na rocha e ficaria à deriva se não fosse rapidamente segurado pelas pinças flexíveis dos tentáculos de um dos azúlis, que o examinou com curiosidade, por um tempo longo demais. Essa era a forma como pensavam, prestando muita atenção. Parecia parado, mas seus sentidos se estendiam como tentáculos invisíveis ao seu redor, coletando informações sobre frio, calor, acidez, movimento, tudo o que lhe permitia entender a água, o mundo e o que mais houvesse para analisar. Aquele era um sinal de que a chaminé começava a se extinguir aos poucos, embora ainda expelisse calor e enxofre em quantidade suficiente para eles continuarem se alimentando ali por um bom tempo. Mas se retirariam pela enorme compaixão que os movia: do que adiantava existirem sozinhos em um lugar que não servia para nenhuma outra forma de vida? Os outros animais, vegetais e microsseres não eram nem seus alimentos nem seus predadores, mas eram vida. Vida era companhia, era o sentimento de *pertencerem*.

O azúli pousou o coral morto com uma delicadeza ritualística, um respeito ou um lamento, ficou de repente na vertical e com o corpo tão rígido quanto os dos vertebrados que nadavam muito acima deles, e, da mesma boca que poucos minutos antes usara para sugar seu alimento inorgânico de rocha pura, desenrolou um feixe de cordas que se moviam individualmente como dedos, com a mesma sensibilidade de seus tentáculos. Ele continuou parado, mas começou a mexer aquelas cordas tão rápido e tão intensamente que a água ao seu redor vibrou, carregando uma onda sonora até os receptores de seus companheiros, que eram também sua família, sua pequena comunidade. As cabeças se viraram quase todas de uma vez, entendendo e concordando que era hora de se preparar para partir.

Então os azúlis partiam para longas viagens, deslocando-se em caravanas sem época certa para serem vistas, cruzando grandes distâncias na água, sempre em busca de novos vulcões, novos pontos de calor, novos oásis nas profundezas do mar. Seus corpos eram versáteis e podiam se mover de várias formas, mas viajavam sempre na horizontal, mantendo a cabeça à frente, e a cauda, a que tinham abaixo de seus tentáculos, serpenteava com velocidade atrás de seus corpos, em um movimento sincronizado com todos os outros azúlis de um mesmo grupo. A duração das caravanas, no entanto, ao decorrer do tempo, foi ficando mais escassa, em uma mudança que levou alguns milhões de anos para acontecer e nem foi percebida por outras espécies que antes as observavam com medo, curiosidade ou desejo de atacá-las. As caravanas, as longas viagens, as despedidas, a necessidade de partir aos poucos foram substituídas pelo apego ao lugar em que nasciam, pela vontade de construir e melhorar o ambiente, em vez de simplesmente abandoná-lo para procurar outro mais conveniente.

Tornaram-se construtores; acumularam tanta informação sobre o mar e seu relevo que aprenderam a manipulá-lo, a escavar para construir as próprias torres vulcânicas e os labirintos de rocha que se tornaram suas cidades. Cavavam fissuras que permitiam a entrada da água, para depois ser expelida em forma de um bafo quente, abrindo cadeias de vulcões submersos nos arredores de suas construções, que acabavam estruturando todo um ecossistema periférico àqueles vulcões artificialmente construídos por tentáculos. Azúlis moravam em cidades vivas. Era um condomínio complexo, aquele que eles criavam para si, especialmente porque não era um lugar pensado apenas para eles, mas para toda uma diversidade de criaturas que eles passaram a cultivar como forma de arte, como banco de dados e como meio de comunicação, tudo ao mesmo tempo.

Um azúli dessa época já não precisava passar um longo tempo estudando um pedaço de coral morto para descobrir que precisava migrar depressa; em vez disso, ocupava-se em prestar atenção no dedilhar de pequenos náutilos na água para saber se era preciso aumentar ou diminuir a potência de alguma de suas chaminés, ou analisar o movimento dos lírios-do-mar de cores berrantes pregados às suas paredes para descobrir se havia algum desequilíbrio na cadeia alimentar daquela região. Passaram a entender os sinais das outras espécies como idiomas próprios e assim tornaram-se poliglotas. Escutavam. Passaram a entender a rede de mensagens que circulava no mar e que trazia para eles notícias das águas mais rasas, o que era muito útil, considerando que essas eram regiões hostis e intransitáveis que não conseguiam alcançar devido à própria constituição frágil de seus corpos – mas tinham ouvidos e olhos por lá.

A relação que os azúlis estabeleceram com as outras espécies era algo inédito: pela primeira vez, uma espécie se enxergava como superior às outras; nem pela força, nem pelas imposições hierárquicas de uma cadeia alimentar, mas pela profunda consciência de que, por possuírem mais recursos e mais inteligência, deveriam ser responsáveis pelas outras formas de vida ao redor. Era uma época em que superioridade significava ter a responsabilidade de cuidar e proteger – o que não seria fácil de ver novamente.

Quando manuseava a colônia de anêmonas que cultivava em um paredão rochoso no fundo da cidade azulina, aquele azúli não deixava de pensar na fragilidade daquela criatura, no tempo que custava para que se recuperasse quando sofria algum dano ou quando uma alteração no ambiente a deixava doente. Por isso, sua criação era tão admirável – a vitalidade e as cores saudáveis daquela colônia eram como tinta fresca sobre a superfície de pedras, uma criação que levou anos para se desenvolver e se reproduzir até cobrir um espaço grande o suficiente para caber dentro do comprimento que tinham os tentáculos do azúli quando esticados. Ele flutuou por um bom tempo, completamente imóvel, apenas concentrado em reparar nos detalhes daquela formação viva com a qual se sentia, de alguma forma, conectado. Era sua forma de arte; e se havia uma mensagem que buscava transmitir com aquela obra viva, era a sensação de maravilhamento por compartilhar o mundo com algo que surgira tão rapidamente e que com a mesma velocidade poderia desaparecer.

Sua reflexão foi interrompida por um canto, uma vibração na água, o som familiar de cordas emitindo ondas. Era um aviso peculiar, que talvez nunca tivesse ouvido, embora soubesse o que significava: estavam recebendo visitas. O azúli eriçou o corpo, balançou os tentáculos e deu um impulso para chegar à fonte do sinal o mais rápido possível. Depois de atravessar a cidade, ainda teve que nadar por cima da aglomeração de azúlis que se formou para conseguir enxergar o visitante: outro azúli, como eles, vindo de outra cidade azulina, de um lugar muito longe dali.

Era um azúli diferente, e souberam disso de imediato por serem muito sensíveis a diferenças entre os indivíduos de cada comunidade. Era bastante menor do que se esperava, e os que estavam em volta consideravam que talvez não estivesse se alimentando bem no lugar de onde veio.

O azúli visitante, por outro lado, fazia piscar em seu corpo as luzes do alívio. Foram o quê? Cento e dois dias até encontrar outra comunidade? Não pensava que fosse resistir à jornada; já não eram mais dias tão seguros para fazer a travessia, com tantos animais esquisitos aparecendo pelo caminho. Seus sentidos se estenderam para a cidade logo atrás da comitiva que veio recebê-lo, concentraram-se nas esculturas e paredes que demoraram gerações para serem erguidas e formadas, e ele soube que estava novamente num lugar familiar, seguro, junto aos seus.

Não mais calor, o azúli forasteiro sinalizou, e os outros se alarmaram, compreendendo então o que ele estava fazendo ali. O que houve com os outros, onde estavam seus familiares, sua comunidade? Perguntaram se estavam para chegar, mas as luzes do corpo do visitante expressaram o mais triste dos sentimentos para uma espécie que dependia tanto da conexão com outros seres: *solidão*.

Frio e solidão, para os azúlis, era a morte. Eram péssimas notícias aquelas que o visitante trazia, e um dos azúlis foi o primeiro a vibrar as cordas de sua boca em uma canção de lamento e dor, uma forma de dizer ao mar que sentia a morte daqueles azúlis como se fosse a própria. A canção, que começou solo, logo foi acompanhada pela vibração de outras cordas, e uma sinfonia que lamentava o peso da solidão preencheu os labirintos e as cavernas da cidade azulina, podendo ser sentida na água a um raio de milhares de quilômetros e milhares de metros oceano acima.

...

Quando chegavam os primeiros sinais de que algo não corria bem para algumas espécies, elas costumavam demorar muito para reagir, isso quando pelo menos percebiam que algo estava errado; a maioria delas foi varrida do mapa antes de entender o que foi que as atropelou. Para os azúlis, as mudanças que identificaram no oceano, chaminés que se apagavam deixando cidades fantasmas, eram sinal de que algo estava se movendo embaixo deles – e quase podiam sentir. Apesar de serem inteligentes demais para não deixar que outras criaturas ficassem acima deles na cadeia alimentar, não tinham como escapar da outra força que empurrava suas comunidades para uma situação crítica. Podiam fazer o possível, podiam ter a capacidade de criar cidades, arte e chaminés, de entender os idiomas que circulavam no mar, de controlar o ambiente em que viviam, mas, por mais sofisticada que fosse uma espécie, a força do planeta seria sempre superior.

Depois de algumas centenas de milhares de anos no auge de sua civilização, os azúlis assistiram ao próprio declínio. Aquela cidade azulina acabou se tornando uma fortaleza e um centro movimentado de cultivo de chaminés. O calor ininterrupto garantiu a sobrevivência daquela comunidade por bastante tempo e fez daquela cidade um dos últimos focos de resistência, porque com o passar do tempo a geografia dos domínios azulinos foi encolhendo e se concentrando. Não sabiam onde estavam os outros, quais seriam as ameaças, o que estava mudando, porque as mensagens que recebiam de outros lugares foram ficando escassas até deixarem de existir; da mesma forma, sua rede de notícias sobre o mar já não era tão mais fácil de acessar, porque algumas espécies que usavam para ler o que acontecia em determinada região começaram a sumir. Essa súbita ausência de alguns seres deixava uma lacuna que não significava uma perda apenas para o ecossistema local, mas para a própria capacidade de leitura e entendimento dos azúlis, que dependiam das outras criaturas como uma extensão de sua própria inteligência. Ver tantas espécies perecerem era perder parte de sua memória, de seus olhos e ouvidos, era perder uma parte deles que se movia e vivia fora de seus corpos. Nunca antes na história da espécie se ouviram tantas canções de lamento e solidão;

eles sabiam que cada coisa viva que deixava de existir os deixava, um pouco de cada vez, mais sozinhos.

As conexões com outras comunidades azulinas e com outras espécies iam se desfazendo como continentes se partindo. *Agora somos um pouco ilha*. Esse alienamento causou nos azúlis um efeito curioso, quando se esqueceram de que um dia já fizeram parte de uma espécie, quando a lembrança de que havia outros como eles foi soterrada por gerações de isolamento. Sem a capacidade de sondar a amplitude do oceano, restou a percepção de que só existiam eles, o agora e as canções de solidão, uma canção que também repetia a dor que era perder o contato com o mundo, enquanto o sabiam, enorme. Havia uma ansiedade, um senso de urgência, um incômodo que não eram capazes de definir, mesmo sendo tão inteligentes e possuindo um vocabulário tão rico, um sentimento que começou a se apoderar deles e fazer com que perdessem o controle de si mesmos.

Quando os primeiros azúlis começaram a se matar, os outros ficaram preocupados, mas assistiram à tragédia como espectadores – os mais fracos morriam, a vida não durava para sempre, as coisas eram assim mesmo. As canções de despedida se tornaram mais frequentes, e com cada vez menos vozes para acompanhar. Mas as coisas não foram feitas para terminar daquele jeito: um azúli mergulhando de cabeça para dentro de uma chaminé, sumindo em meio a enxofre e metano, em um ato desesperado que até então a espécie não conhecia, aquilo não era natural. Acabar com a própria vida era novidade, se o instinto de autopreservação os levava para o lado oposto – mas o que havia do outro lado?

Mexendo em pedras espalhadas pelo chão, fazendo-as rolar de um lado para outro sem nenhum objetivo específico, o azúli meditava sobre essas questões. *O último a sair, apague as luzes.* Mas suas luzes continuavam acesas, sinalizando um sentimento indefinido, e piscavam mais por força do hábito do que por ter alguém com quem compartilhar seus pensamentos. Com os tentáculos enrolando em rocha e corais mortos, escalou um paredão e nadou até os limites de sua cidade, onde a solidão se adensava à medida que o frio aumentava. Lá de cima, pairou sobre um cemitério: eram carcaças de animais marinhos em decomposição, mortos muito acima e carregados até ali pela força das correntes marítimas. O azúli mergulhou e com cuidado tocou aqueles restos, que, se existiam, é porque aquela morte não foi causada por predadores que teriam engolido e digerido todos aqueles pedaços. Não, aquelas mortes não foram causadas por dentes, embora a quantidade de corpos servisse como um banquete para os seres decompositores que começavam a corroer, inclusive, as estruturas que os azúlis levaram tanto tempo para erguer.

Ele revirou o amontoado de conchas, corpos e esqueletos e encontrou a cabeça de um peixe, seca e com um vazio onde antes havia olhos. A mandíbula ainda estava inteira, embora faltassem alguns dentes, e estava aberta na posição de um grito eterno; preso para sempre naquele último momento em que gritava silenciosamente contra a extinção. Lentamente, o azúli levou aquele crânio até a altura de sua cabeça, até que seu rosto fosse o rosto do peixe morto. Por trás daquela máscara, se viu no lugar do peixe e tentou sentir o que era morrer. Não precisou de muito esforço; aquele peixe e todas aquelas carcaças já eram uma parte dele que estava morta, que o havia abandonado para uma existência solitária, e todos que ele conhecia já não estavam ali para acompanhar a vibração de suas cordas quando começou a cantar a solidão.

Não era mais estranha a ideia de nadar para dentro dos vulcões, deixar que o calor consumisse seu corpo. Aquele comportamento, que já havia levado tantos azúlis para a destruição, era a pista de que entendiam que algo catastrófico estava para acontecer e deviam buscar um novo refúgio, como faziam no início, quando saíam em grandes caravanas procurando novos pontos de calor. *Sempre em direção aos vulcões.* Mas não havia mais para onde ir, havia? Não importavam quantas chaminés acendessem, não havia lugar para fugir, a não ser que tentassem se mudar para o centro do planeta, mergulhar para o lugar de onde vinha todo o calor, serem abraçados pelo vapor que rapidamente dissolveria seus corpos moles. Quem poderia culpá-los por medidas tão drásticas se os corpos de peixes, moluscos e cascas de outras criaturas continuavam a se acumular no solo oceânico?

Ele ficou muito tempo cantando sozinho, tempo demais. Agora entendia que a linguagem que realmente importava não era aquela desenhada por suas luzes, nem as histórias e conversas transmitidas por vibrações na água, mas aquele senso primordial que só conseguiu ouvir de fato quando o mar ficou silencioso o suficiente para escutar, um chamado que era possível ouvir apenas quando a extinção se aproximava. *Mais fundo, mais fundo*, ele ouviu os fantasmas dos outros azúlis cantando, e no canto havia um apelo de voltar às origens, um sinal para que se aproximasse e ele estava quase lá. *Faltava tão pouco.* O azúli sentiu o impulso de atender àquele chamado antigo, de seguir o caminho que ele indicava, e nem percebeu quando se aproximou da borda da chaminé, as bolhas de vapor lambendo sua cabeça, fazendo seus tentáculos dançarem. Pela última vez cantou sobre a solidão, com força suficiente para deixar sua última canção impressa na água, antes de virar de cabeça para baixo e se dissolver aos poucos, à medida que descia pelo gargalo de um vulcão.

Os últimos azúlis atravessaram as bocas das chaminés muito antes de quase toda a vida marinha morrer asfixiada, na tragédia que o planeta sempre se lembraria como a Grande Morte. Mais uma vez o mundo se reiniciava e quase ninguém ficou para ver o que ele se tornaria. Outra vez a mensagem teria que esperar ser encontrada, se a vida conseguisse se reerguer dos escombros deixados por uma catástrofe há mais de duzentos e cinquenta milhões de anos.

Os azúlis chegaram perto de descobrir o conteúdo da mensagem. Mas, se o fizeram, não tiveram tempo suficiente para registrá-la e transmiti-la para quem viesse depois.

CAPÍTULO 10
ISOPOR

Poucas coisas orgulhavam tanto Corina quanto a sua pequena coleção. As vozes se exaltavam do outro lado da Estação, mas ela parecia não ouvir de tão ocupada com seu copinho de isopor, aquele que levou para a expedição. Não trazia consigo os outros, os mais de vinte que deixara em seu apartamento, mas todos eles já haviam passado por águas profundas, ou não seriam tão significativas as suas lembranças.

Miniaturas de isopor. Copos de tamanho normal na superfície; tamanho confortável o suficiente para que escrevesse neles letras de músicas – *"that's what the water gave me"* – ou fizesse alguns desenhos, e Corina imaginava que, se fosse melhor desenhista, o resultado seria mais impressionante, porque aqueles não passavam de rabiscos. Copos ordinários, que qualquer pessoa poderia possuir e, depois de usá-los, transformar em lixo. O que os tornava tão especiais era o que Corina fazia ao afundar: levava os copos com ela, amarrados ao pulso com um barbante, sempre que ia a profundidades maiores ou quando estava de folga em seus mergulhos de apneia, deixando que a água fizesse o restante do trabalho. A uma centena de metros de profundidade, a pressão já era suficiente para deformar o isopor que, por ser um material cheio de ar, era comprimido impiedosamente pela água e transformado assim em miniatura – um lembrete da força das profundezas contra espaços ocos; pulmões, ouvidos. Os copos se encolhiam assim como seus desenhos, o que fazia Corina rir, imaginando que aqueles desenhos haviam sido feitos por mãos tão pequenas quanto as de duendes.

Pessoas normais usavam fotografias para guardar os momentos que valiam a pena lembrar, enquanto Corina usava copos de isopor – eles eram o retrato de cada um dos seus mergulhos, um vestígio físico de suas visitas ao mar, uma forma de capturar esses momentos e transformá-los em algo colecionável. Fotografias eram convencionais demais para o que ela fazia, e ela sempre tinha que dar um passinho onde ninguém se atrevia. "Isso é incomum", já lhe disseram sobre sua coleção, muitos não entendendo por que ela os achava tão incríveis. Quando isso acontecia, ela desistia de explicar sobre os copinhos e resolvia mostrar as fotos que tirou com golfinhos, ou passando por algum recife de corais, ou ainda com algum numeroso cardume ao fundo. As reações eram sempre unânimes: as pessoas gostavam, admiravam e entendiam. Para Corina, os copos não eram tão diferentes das imagens que tinha de seus mergulhos, mas certamente eram mais difíceis para os outros entenderem, como ela mesma às vezes era. Pensou que talvez com a idade, depois de tanto tempo vivendo sua vida, fosse normal ficar cansada de algumas coisas, mas estava exausta de ser incompreendida pelos outros, de ser vista como alguém sempre difícil de alcançar, quase como alguém que fosse irreal demais para existir. "Eu não entendo você", Corina escutou tantas vezes, mas era ela que não entendia como podia ser uma pessoa tão difícil. Era uma pessoa, uma pessoa que mergulhava, que tinha um trabalho perigoso, que tinha rotinas diferentes, que colecionava copos de isopor, que ficava doente e tinha limitações, que fazia as coisas quando dava vontade, e tudo isso junto até a transformava em uma pessoa incomum, mas e daí? *Não sou menos pessoa por isso.*

O copo de isopor que segurava naquele momento encolheu durante a viagem até a Estação, já que a pressão ali dentro era diferente daquela a que estavam acostumados em uma atmosfera livre, e bastavam apenas dois dedos para segurá-lo. Era tão pequeno que seria fácil destruí-lo, ela pensou, imaginando que precisaria apenas colocar um pouco mais de pressão nos dedos, ou colocá-lo na palma de sua mão e fazer o movimento para fechá-la, até o final. Ao mesmo tempo que representavam algo poderoso e pelo qual nutria grande estima, os copinhos lembravam Corina das próprias limitações. Copos de isopor e corpos humanos, que diferença fazia, se seriam espremidos com a mesma força pelo abismo? Eram finitos, frágeis, quebradiços, e, depois que deixassem de existir, o mundo continuaria lá e nada mudaria.

Guardou o copinho de volta na mochila, bastante irritada por causa das vozes; que tipo de assunto poderia causar uma discussão tão acalorada? Resolveu descer da cama e sair de seu dormitório para tentar entender qual era a questão; no momento, era a voz de Susana que dominava a área comum e, quando Corina chegou, os três homens a escutavam de braços cruzados, quase como se tentassem se proteger.

"Muda tudo", dizia ela. "Porque se não for isso o que você estiver fazendo aqui, não contar significa que você não se importa com o restante da equipe. E não se importar, onde estamos, é algo próximo demais de colocar nossas vidas em risco."

"Eu já disse", respondeu Martin em um tom mais baixo e mais pausado do que o habitual, "não tem nada a ver com essa outra pesquisa. Foi outra época. Outro estudo."

"Mas o que ela diz faz sentido." Era a vez de Arraia, de braços cruzados, encostado em uma parede, com o recorte da janela redonda bem acima de seus ombros. "Esses papéis mostram que não é bem um estudo, mas uma busca. E se for esse o verdadeiro plano, bem, eu gostaria de saber."

"Do que vocês estão falando?" Corina entrou na área comum e notou que Susana, em pé ao lado de sua mesa de comando, prendia com a mão uma pasta de papel, imobilizando-a como se temesse que ela saísse voando e escapasse pela *moon pool* para não ter que dar maiores explicações.

"Outra pesquisa, você diz", continuou Susana, voltando-se para o doutor e atropelando a pergunta de Corina. "Mas os números nessas tabelas correspondem exatamente às coordenadas da zona hidrotermal, o mesmo lugar onde instalamos todas aquelas sondas."

Corina se aproximou e tirou das mãos de Susana a pasta que ela abria e apontava como se fosse uma assistente de mágico querendo mostrar que o objeto a ser usado no truque era real, estava ali, não era efeito especial. Parte da plateia parecia constrangida com a aparição daquele objeto, porque Martin e Maurício balançavam a cabeça, desconcertados, tropeçavam nas palavras e respondiam quase ao mesmo tempo, mas as vozes se abafaram enquanto Corina dava uma olhada naqueles papéis. Aliás, desde que entrara ali, ela se perguntava por que cientistas com acesso à tecnologia, numa expedição para treinar trajes tão avançados quanto qualquer equipamento de filme de ficção científica, numa estação de trabalho cheia de computadores tão potentes, pudessem ser tão apegados ao papel, que existiam aos montes, espalhados pelo laboratório. Aquela pasta era mais um monte de papel que ela apenas ignoraria, acharia fora de lugar, algo desnecessário se era possível manejar as mesmas planilhas num computador; mas assim que começou a entender aqueles números, entendeu também por que eles estavam impressos num papel, e não numa tela, num HD, num banco de dados que pudesse ser acessado até remotamente por quem estivesse na superfície.

"Por que vocês não dizem de uma vez?", perguntou Susana aos dois, sobre um amontoado de vozes discutindo, o que chamou a atenção de Corina. "Apenas digam de uma vez o que vocês estão procurando."

"Que diferença faz?" Martin tirou os óculos do rosto e começou a limpar as lentes com a barra da blusa, num movimento lento e cansado, porque não aguentava mais aquela conversa. "Que diferença pode fazer, se independentemente do que eu estiver buscando, cada um de vocês vai continuar fazendo exatamente o mesmo trabalho?" Ele então ergueu a mão como um pedido de espera, antes que Susana repetisse aquela história sobre colocar os outros em risco, porque ele quase podia ver as palavras escapando da boca da engenheira novamente. "Eu sei sobre os riscos. Mas, se vocês estão aqui, é porque também sabem. O objeto da minha pesquisa de forma alguma interfere no tamanho dos riscos que nos cercam agora, neste exato momento, mesmo em meio a uma agradável conversa dentro da Estação e não mergulhando lá fora."

"O que me preocupa", continuou Susana, "não é tanto o que você está buscando, mas o que vai fazer quando encontrar. Imagino que alguém vai ter que sair pra buscar seja lá o que for, e não vai ser você."

Arraia estava mudo, mas o seu desconforto quando Susana terminou de falar foi praticamente um grito; impossível não perceber o mergulhador mudando de posição e atravessando a sala para se aproximar da discussão.

"Vamos manter a cabeça fria e tentar conversar, certo?" Mas Corina entendeu que o colega estava pedindo calma, acima de tudo, para si mesmo. "Ninguém aqui está dizendo que não vamos continuar o trabalho. Estamos aqui para isso. Mas se existir a possibilidade de os planos mudarem de repente, de você encontrar o que está buscando e isso exigir um—", ele tropeçou na palavra, engoliu saliva e olhou para os outros colegas antes de continuar, "se isso exigir um esforço do tipo *missão impossível*, já não posso garantir que concordo. A não ser que eu saiba exatamente no que estou entrando."

"Vocês são mesmo impressionantes. Impressionantes", Maurício rompeu a conversa, calando o resto da sala. "Isso não é um escritório, é uma expedição científica no meio do oceano, caramba. Vocês *aceitaram* esse trabalho, e já é loucura suficiente estarmos a trezentos metros de uma boa respirada de ar de verdade, aí de repente vocês ficam com medo? Medo?" Ele olhou do rosto de Susana para o de Arraia, de Arraia para Corina, que permanecia tão quieta e calma que parecia estar prendendo a respiração, como num mergulho em apneia, desde o início daquela conversa. "Quer tanto saber o que estamos buscando, Susana? Estamos a dois passos de descobrir uma nova espécie, muito provavelmente tão inteligente quanto qualquer um nesta sala, vivendo em algum lugar deste oceano. É algo muito maior do que fazer o nosso trabalho, é a descoberta de uma vida inteira, e o seu medo é quase uma ofensa diante de tudo o que tivemos que abandonar para estar aqui!"

Maurício estava ofegante quando terminou de falar, os braços abertos, gesticulando com tanta força como se estivesse se afogando e pedindo por ajuda. Percebendo que os outros o olhavam em choque, ele recolheu os braços, meio constrangido, e colocou as mãos atrás da cabeça. Olhou para Martin e viu o retrato da decepção, o que o fez se arrepender instantaneamente de todo o seu discurso inflamado, sentindo-se ridículo e pequeno; mas alguém precisava dizer a verdade e fazer a expedição caminhar para a frente. Era preciso coragem para fazer aquela revelação, a mesma coragem que ele precisou ter para estar ali, para mostrar que estavam errados sobre ele, para mostrar que ele tinha um trabalho e que a sua vida pessoal não tinha nada a ver com aquilo tudo. Maurício precisava provar seu ponto, mas pra quem? Para ninguém que estivesse ali, ele sabia, e então sentiu que talvez tivesse passado um pouco dos limites.

"Espécie inteligente", repetiu Arraia, mas as palavras saíram da sua boca com um gosto absurdo demais para ele achar que era aquilo mesmo que ele tinha ouvido.

"Obrigado, Maurício", disse Martin, passando os dedos por debaixo dos óculos e respirando fundo.

"Vocês não me levam a sério mesmo, né?" Susana soltou os braços ao lado do corpo, em um gesto de cansaço que estava ali havia muito tempo, desde antes de Auris, desde antes de seus outros trabalhos, talvez um cansaço que vinha desde os tempos de faculdade, dos olhares de zombaria, de perguntarem "você, engenheira?" e ela se armando cada vez mais com aquela pose séria para não deixar que a desacreditassem outra vez.

"Não acho que eles estejam brincando", resolveu dizer Corina e, antes de sair da sala em direção à cozinha, olhou para Susana. "Ele tem um livro sobre isso, sabia? Bem interessante, por sinal."

Quando Susana olhou de volta para Corina, ela já não estava mais lá, enchia um copo de água na cozinha. Apesar da sede, bebeu em goles lentos, olhando através de uma pequena janela redonda para o mar pressionando-os ali dentro, enquanto as vozes continuavam alteradas no outro cômodo. Vez ou outra ela conseguia ver coisas se mexendo do outro lado, nem sempre conseguindo distinguir do que se tratava. Quem estava comentando sobre ter visto uma arraia dia desses? Ela não tinha pensado mais nisso, porque nunca tinha visto a tal arraia nadando ao redor da Estação, mas agora considerava que a forma que passou flutuando do outro lado do vidro fosse uma delas, embora tivesse acontecido rápido demais para ter certeza. Encheu novamente o copo de água e voltou para a área comum, onde encontrou Susana com uma expressão completamente diferente, uma palidez muda que sugeria que agora todos estavam na mesma página.

"Quem sabe disso?", perguntou a engenheira.

Martin apontou com os olhos para cada um presente na área comum e nem foi preciso dizer mais nada para Susana levar a mão à boca, o que não impediu que as palavras "minha nossa!" fossem pronunciadas repetidas vezes. Nem a empresa fabricante dos trajes, nem os poucos investidores de Martin, nem a universidade onde ele trabalhava no Brasil, ninguém sabia o que o doutor realmente buscava naquela missão, o que finalmente fez algum sentido para Susana, que imaginava que ninguém com bom senso incentivaria nem acreditaria em uma hipótese tão absurda quanto aquela. Para todos os efeitos, era uma pesquisa inofensiva sobre zonas hidrotermais que servia como pretexto para testar uma nova tecnologia. Susana já não conseguia decidir se todo aquele embuste fazia de Martin Davenport um sujeito extremamente inteligente e estratégico ou nada mais do que um louco desonesto.

"Como o doutor disse, isso não vai mudar o que já estamos fazendo", disse Maurício sem jeito, procurando meios de encerrar o conflito.

"Você não vai dizer nada?" Susana olhava para Corina, sentindo-se uma grande e completa idiota; ela havia compartilhado sua desconfiança apenas para Corina lhe revelar, dias depois, sobre o que tratava o livro de Martin e, consequentemente, sua real pesquisa. Era desgosto demais para assimilar.

"Quando nos deparamos com um tubarão-cobra, e vocês viram pelos monitores, voltamos e trabalhamos como se não fosse nada." A resposta desconectada de Corina fez os outros apertarem os olhos, tentando entender o que aquilo tinha a ver com a discussão, exceto por Arraia, que já estava acostumado com conversas que repentinamente mudavam de direção quando Corina assumia o volante do assunto. Ele até se sentou, procurou uma posição confortável e esperou ela continuar. "Um tubarão-cobra, quem se importa? Não é espécie nova, é só um bicho meio assustador, desses que a gente que trabalha no mar está acostumado a ver. Mas vê-lo ali, tão perto, um ser que parece ter vindo da época dos dinossauros, não sei vocês, mas é fantástico demais para acreditar. Até agora me pergunto se vi aquilo mesmo. O doutor diz que está buscando essa espécie, esse ser inteligente, que seja, e de repente é como se fosse loucura. Talvez seja mesmo. Mas a gente já vai encontrar tanta coisa absurda lá embaixo que eu não sei, sinceramente, se vai fazer alguma diferença."

O silêncio e as caras de surpresa e estranhamento que se sucederam foram interrompidos pela gargalhada de Martin, uma risada tão sincera que ele até teve que se recompor quando percebeu que ria e que os outros olhavam para ele. "Eu não entendo você", disse ele, e ouvir aquilo não era nenhuma novidade para Corina; o que a deixou surpresa foi o que ele disse depois. "Mas tenho que admitir: isso faz sentido."

•••

Se não estivessem presos em condições tão específicas, Susana teria sido a primeira a sair pela porta sem olhar para trás, mas dez dias de descompressão para voltar à superfície deixavam qualquer despedida menos dramática. Depois de toda aquela discussão, vozes alteradas e trocas de acusações, veio o silêncio e a sensação de que não havia mais nada a fazer. *Terminamos? Preciso mijar.* Cada um foi para um lado, e a rotina continuou normalmente, mais um dia em Auris, e esse artifício de normalidade se tornou uma segunda camada de confinamento sufocando Susana.

Pensou em mandar um pacote para a superfície contando que a expedição era uma mentira, que o doutor era uma ameaça, que ele acabaria colocando alguém em perigo com essa ideia de vida inteligente ali embaixo, e de fato quase chegou a gravar a mensagem, mas do que adiantaria? Imaginava que aquela explicação soaria tão sem sentido para eles quanto soou para ela, e que bastava Martin se fazer de sonso para ninguém lá em cima acreditar nessa história. Refletiu sobre isso enquanto balançava a caneta em um movimento automático, fazendo a tampa bater contra a quina da mesa, o que criava um *tec tec tec tec* ininterrupto que Corina e Arraia, que comiam sentados à mesa, tentavam ignorar da melhor forma que podiam.

"Não pode ser que exista algo assim", disse Arraia, ainda mastigando. "Quer dizer, como pode haver outra espécie inteligente vivendo neste mesmo planeta e até hoje nunca ter dado as caras?"

"Me parece exatamente o que uma espécie inteligente faria", respondeu Corina, e sacudiu os ombros quando Arraia indagou se ela achava que o doutor buscava algo possível; ele só queria ouvir, pelo menos uma vez naquele dia, algo que soasse razoável. Corina não respondeu, mas sua tranquilidade o levou a pensar que ela não acreditava realmente naquela ideia. Qualquer um que acreditasse, Arraia pensou, não conseguiria dormir à noite, muito menos mergulhar no dia seguinte.

Das histórias fantásticas sobre o mar, inclusive as que ele mesmo contava, aquela era, de longe, a mais absurda. Um cientista que buscava a sério uma civilização no fundo do mar era praticamente uma figura fictícia, um personagem, algo difícil de aceitar. Ele achava que, ao se esconder na água, pegando distância da superfície e de todas as loucuras que o aguardavam lá em cima, estaria a salvo, teria uma chance de encontrar lucidez; mas, desde o início, viu que estava errado. Entrar num traje que quebrou um homem, ser parceiro de uma mulher que podia perder o controle do corpo a qualquer momento, trabalhar para um cara que buscava vida inteligente nas profundezas do oceano, ficar todo aquele tempo confinado com pessoas que pareciam esconder tantos problemas quanto ele – era tudo louco demais para achar que estava lúcido. *Havia algo ali embaixo?* A pergunta não abandonava sua mente, era como o cheiro da água salgada, ventando em algum lugar muito acima de sua cabeça. A água do mar lhe dava sede. Uma sede maior do que a vontade de molhar a boca, uma necessidade de preencher seus vazios, uma sede que também era a vontade de passar pela maior quantidade de água possível, fosse com um cilindro nas costas ou com um leme nas mãos. Sentiu falta do seu barco, das inofensivas histórias sobre sereias, de estar em um lugar onde seria fácil escapar caso alguma dessas criaturas resolvesse agarrar sua perna e tragá-lo para as profundezas. Mas estava preso, e, se houvesse sereias, ele não teria como se defender; já estava no fundo.

Não conversaram sobre isso, não queriam prolongar o drama ou alimentar as especulações, mas continuaram refletindo sobre o assunto. Arraia, nas sereias ou algo parecido, cuja existência agora parecia ser suportada pelas evidências misteriosas que motivavam Martin. Em sua cabeça, um ser inteligente que morasse no mar seria parecido com eles, inclusive na hostilidade, em não aprovar que estivessem invadindo sua casa e chegando tão perto, e arrumaria meios de não deixar que eles voltassem para a superfície com a informação de onde estavam e quem eram. *Devem saber da violência.* Sentiu que Auris era o que estava sendo estudado, observado, e teve a impressão de que alguém já havia comentado sobre essa sensação ali dentro, mas não lembrava quem.

Corina diria que era uma bobagem, que aquela busca não daria em nada, que sereias não existiam. Mas, em sua cabeça, as expectativas já ganhavam forma, algo parecido com nada que ela já tivesse visto. Não sabia como eram, mas imaginava que seriam criaturas que esperavam ser encontradas, ou não estariam chamando, deixando sinais na água para um cientista desesperado por reconhecimento encontrá-las. *Ela leu o livro, ela ouviu o som.* Seria algo tão incrível de se descobrir quanto qualquer outro ser vivo, algo que seria tão especial de encontrar quanto qualquer coisa que se mexesse no caminho deles, desde um pequeno pepino-do-mar transparente até as maiores lulas; mas, se o encontro fosse com algo inteligente, havia uma chance de que pudessem se *entender*. Mergulhar tão fundo e correr tantos riscos para encontrar um pouco de entendimento, não importava de que criatura viesse, era uma busca na qual Corina acreditava que valeria a pena apostar.

Susana se consumia em outro tipo de especulação. Não via sentido em pensar em uma criatura hipotética, por mais inteligente que fosse, se sua mente sempre se ocupava dos sentimentos e das intenções de pessoas reais. Era com elas que se preocupava, eram suas histórias que a tocavam, era por suas vidas que ela se sentia responsável. O que importava na busca de Martin não era o fato de existir ou não vida inteligente no mar, não eram os meios que ele empreenderia para encontrá-la, mas o que revelava sobre aquele homem: alguém apaixonado demais por uma ideia a ponto de defendê-la mesmo debaixo de ridicularizações, a ponto de mentir para poder persegui-la. Susana tinha medo do que podia acontecer; acreditava que era imprevisível demais quem se deixava guiar por paixões – pensava em Martin e Corina como bons exemplares dessa espécie – e que pessoas imprevisíveis tinham uma tendência muito maior a se machucarem. E talvez fosse exatamente por isso que não podia abandonar aquela missão; era *sua* missão cuidar deles e impedir que algo desse muito errado, porque ela não podia suportar a ideia de que acontecesse de novo, não no seu turno, não outra vez. Frequentemente as lembranças assaltavam Susana, e ela se via correndo no submarino, esbarrando nos outros, tentando chegar mais rápido aos painéis e fazer algo contra o fato de que era tarde demais. *Ela nem conseguiu gritar.*

"Está tarde." Corina tocou o ombro de Susana, e foi somente assim que reparou que todos já estavam em seus dormitórios, que as horas correram rápido como Susana não conseguiu daquela vez. Era por isso que ela estava ali? Porque somente alguém manchado com um erro desses se encaixaria naquela missão irresponsável?

A engenheira olhou para Corina com um repentino ar de compreensão, como se tivesse feito todas essas perguntas em voz alta, mas a forma como sua colega ficou parada esperando uma resposta sugeriu que Susana não dissera nada, apesar da boca aberta. Ela apenas balançou a cabeça, desistindo de verbalizar suas preocupações, e foi embora – para lugar nenhum, porque aquela Estação estava ficando cada vez menor.

Martin achava desagradável revisitar a sensação de ser desacreditado, mas, avaliando bem, as coisas não podiam estar melhores depois do confronto com a equipe. Mentir exigia esforço, e ele agradecia por finalmente se livrar daquele peso e poder se concentrar no que realmente importava, antes que acabassem suas opções, antes que o tempo escorresse para longe do seu alcance. Todos aqueles dias e nenhum sinal nem remotamente parecido com o que procurava, apesar da vigilância constante, de todos aqueles aparelhos, de toda a preparação para encontrar qualquer frequência incomum. Estava procurando no lugar errado? O que ele estava deixando passar? O que estava faltando?

Sua cadeira girava de um lado para o outro, as mãos apoiadas no queixo, e ele fazia tanta força para pensar que não viu Maurício se aproximar com uma caneca de café. Ele agradeceu, olhou para o assistente e reparou quanto havia mudado em sua fisionomia desde que se conheceram, alguns anos antes. Maurício havia sido seu orientando, tinha um projeto muito promissor, e Martin se lembrava de que ele não usava barba na época. Sempre muito preocupado com a opinião dos outros, o garoto. Ele dizia para não dar ouvidos, para mandar os outros à merda, para responder futricas com trabalho sério. Mas quem era ele para dar aquele tipo de conselho, se teve que sair do país por ser rechaçado por colegas acadêmicos? Ele e Maurício estavam no mesmo barco, aquele que naufragava quando alguém os criticava e os punha em dúvida.

"Lembra-se da história de quando recebi o e-mail do editor interessado no meu livro?", perguntou Martin, de repente se lembrando de algo muito importante, ou eram suas conexões mentais de novo levando-o para um caminho inusitado.

"Você quase não acreditou." Maurício nem desviou a atenção do seu computador para responder; ele havia ouvido aquela história uma porção de vezes.

As hipóteses de Martin já haviam sido rejeitadas pelo meio acadêmico, sua reputação já estava desmoronando, o que o levou a acreditar que aquela proposta era um tipo de trote, alguém tentando fazê-lo de bobo. Quem publicaria um livro de um cientista desacreditado? *Um sinal incomum.*

"O editor quis marcar uma reunião com você", continuou Maurício, "mas você queria primeiro confirmar se era verdade. Resolveu mandar uma mensagem, só para saber se ele era realmente quem dizia ser", Maurício resumiu a história, apenas para mostrar que a conhecia bem, tão bem quanto os anos de convivência o permitiam conhecer o doutor. Como não obteve resposta, Maurício parou de olhar para a tela, virou-se para Martin e pareceu confuso, não sabendo onde terminaria aquela conversa. "Por quê?"

Martin apoiou a caneca de qualquer jeito sobre a mesa de trabalho. Alguns respingos de café mancharam a ponta de uma tabela, o que apenas Maurício percebeu, e Martin começou a procurar algo em seu computador com pressa, tomado por uma daquelas conclusões que ele sempre se culpava por não ter tido antes.

"Bom você lembrar", disse Martin, apontando para o assistente um arquivo antigo, da época em que ainda estudava baleias e trabalhava com cachalotes, "porque é isso o que vou fazer de novo."

CAPÍTULO 11
ESPECTRO

Já couberam muitos planetas aqui. Um planeta de gases e erupções, outro com plantas e insetos gigantescos dominando a superfície, outro de um eterno inverno com boa parte das águas aprisionada em forma de gelo. Ainda houve um planeta onde a inteligência brotou sob as ondas, e outro onde ela se desenvolveu olhando para elas. Não foi gentil a transição entre cada um desses planetas. Mudanças sempre carregam uma dose de sofrimento, de doloroso rompimento, até de tragédia. Para um novo planeta nascer, o anterior precisou morrer. Extinções em massa, cataclismos e fenômenos altamente destrutivos, como um meteoro aterrissando na superfície, fizeram esse trabalho.

A vida, claro, sempre arrumou uma forma de continuar. Coisa teimosa, ela. Porque, por maior que fosse a destruição, uma ou outra espécie sobrevivia, dava continuidade à história, ficava para ver o que viria depois.

Mas, naquele momento, ainda não era tempo de reconstrução. Era uma época em que o mundo ficava cada dia mais vazio, a água lentamente sufocando os que viviam nela, fazendo carcaças sem vida afundarem e se acumularem no solo em que descansariam para sempre. Viver em uma época de extinção significava ter que lidar com a solidão; algumas espécies não conseguiram, outras simplesmente não se importaram. Como o esvaziamento do mundo podia ser um sinal de que algo estava errado, de que era preciso se preocupar, se aquele ser encontrava nos corpos em decomposição a fonte de seu alimento? Não, não podia ter percebido o tom trágico da época em que existia, também porque não passava de uma membrana movida por reações automáticas. Não fazia ideia do que acontecia com o mundo ao seu redor. Apenas existia.

O cenário, quieto como um cemitério abandonado, era o palco ideal para se prestar atenção naquela forma que rastejava – ou flutuava – no chão, suas bordas tocando com leveza as carapaças vazias de lagostas achatadas, buscando os espólios de um lugar abandonado que ninguém mais reivindicaria, pelo menos não naquele instante ou nos próximos milhares de anos. Parecia um fantasma pairando sobre cadáveres de corais, náutilos, peixes acantódios, derramando sobre eles um pouco de sua própria luz.

A criatura, que se chamaria espectro, se houvesse alguém ali que pudesse vê-la e nomeá-la, possuía pequenos pontos brilhantes espalhados pelo seu corpo translúcido, veias iluminadas em um tênue azul neon, que era o máximo de definição que se podia exigir daquele organismo; movia-se como um lençol, embolando-se e esticando-se, de forma que um observador comum não conseguiria distinguir o que era cabeça, o que eram membros, o que era cauda; não que a criatura possuísse qualquer uma dessas coisas. Formas para quê, se conseguia ser perfeitamente funcional sem elas?

O espectro era a única coisa que se movia nos arredores; não era de andar em bandos, e sua própria evolução o levou a preferir lugares isolados, sem movimentação e, portanto, sem ameaças e com mais fontes de alimento. Frequentava os lugares onde havia o silêncio e a quietude da morte – que era exatamente no que o planeta se tornava, ainda que o espectro fosse totalmente alheio a isso.

O ponto que o espectro explorava tão timidamente foi, até pouco tempo antes de ele chegar ali, uma comunidade ativa, cheia de sons, movimentos e seres muito atentos – o que sempre o manteve a uma cautelosa distância. Agora deslizava despreocupado sobre a parede do que fora uma escultura viva, e as protuberâncias de corais ressecados raspavam a superfície de sua membrana, uma estrutura frágil que foi poucas vezes observada pelos habitantes daquela cidade; espectros eram no máximo um vulto que um ou outro azúli conseguia avistar, e alguns até duvidavam de que fossem reais. Mas o espectro ignorava as especulações que faziam a respeito de sua existência, assim como não deu a devida importância para o que representaria a iminente extinção das sociedades azulinas.

Tudo o que interessava ao espectro era manter-se distante de outros seres vivos e aproximar-se dos mortos, o que era facilitado pela sua aguçada sensibilidade. Sem cérebro, não se ocupava de pensar, mas cada célula de seu corpo buscava respostas para as perguntas: estava sozinho? Quão longe estava de algo que se movesse? O espectro absorvia cada gota de informação diluída na água, estendendo-se feito rede para captar o máximo de dados possíveis, cada movimento, cada pequena vibração que pudesse lhe dizer o que estava acontecendo a um raio de quilômetros. A criatura era antena pura.

Foi assim que captou uma presença no interior daquelas ruínas. Moveu-se com cautela para mais perto, onde sentiu tentáculos e um corpo mole, muito parado, mas ainda vivo. Se tivesse qualquer lapso de consciência, talvez o espectro tivesse se entristecido com o que testemunhou quando se deparou com um dos últimos azúlis, sozinho, vagando pela cidade fantasma. Não tinha, no entanto, a capacidade de saber o que era tristeza ou mesmo de empatizar com a angústia expressa pelos movimentos do azúli; em vez disso, apenas se esticou em seu característico estado de alerta, porque era sempre movido por reações automáticas, e limitou-se a interpretar as informações da água para decidir se aquilo representava ou não uma ameaça.

Percebeu o azúli aproximar-se da borda de uma chaminé e ouviu quando ele fez a água vibrar numa canção de despedida e solidão e desespero. Sua membrana fina estremeceu ao receber o formato daquele som, que não significava nada em particular a não ser uma sequência de vibrações muito densas, que acabou ficando gravada em cada célula do seu corpo – ou já estava lá o tempo inteiro? Uma história antiga, um refrão que cada ser vivo cantava mesmo que nunca o tivesse ouvido antes, algo tão invisível e tão fácil de reconhecer quanto a água.

O espectro percebeu que seu corpo conseguia vibrar de forma parecida e imitou aquele som algumas vezes antes de encontrar o próprio fim, afundando sem vida para bem longe dali. Mas outro de sua espécie escutou os murmúrios, porque era uma época muito silenciosa e não havia muito para se escutar e para transmitir. E assim passou adiante uma mensagem que foi se desgastando com o tempo, perdendo camadas, descascando nas bordas, ficando envelhecida como uma fotografia em sépia, encolhida como um copo de isopor, mas uma canção de solidão que era, no final das contas, o som mais adequado para aqueles tempos de extinção.

• • •

Um punhado de milhares de anos e novos sons preencheram a água. Novas espécies ou sobreviventes, todas fazendo barulhos que espectros continuaram a ouvir e a imitar, a reconhecer e a evitar. Milhares, milhões de anos, uma infinidade de vozes e uma em especial que eles não desaprenderam. Se soubessem seu significado, continuariam cantando?

Vieram as baleias, os golfinhos, as frequências poderosas dos cachalotes. Esses mamíferos também começaram a ouvir, pescando a canção antiga, que entenderam como um sinal para ir mais fundo, para chegar perto, para se aproximar – tudo o que os espectros não queriam, mas como eles poderiam saber? Não se lembravam dos azúlis, não podiam nem mesmo imaginar que algo assim já tivesse existido, continuavam a repetir o som apenas por força do hábito, como o movimento de pegar propulsão e nadar.

O espectro escalava as formas protuberantes de rocha e detritos em torno de duas grandes torres, um dia responsáveis por expelir gases quentes em grande quantidade. Agora não passavam de monumentos frios erguidos na escuridão. Mas, mesmo inativos, os vulcões submarinos ainda atraíam alguma atividade em seus arredores. Eram as ruínas do que até semanas antes era uma comunidade cheia de vida e comidas. Agora viam-se apenas esqueletos de anêmonas e grandes colunas secas que já foram complexas cadeias de vermes e bactérias. O espectro se debruçou com delicadeza sobre as cascas cadavéricas, ricas em nitrogênio, fósforo e quitina que, mesmo tendo o gosto de pura matéria inorgânica, lhe pareciam tão saborosos.

Não ficou nessa posição tranquila por muito tempo, porque seus sentidos, capazes de antecipar em horas a chegada de qualquer ser vivo, pressentiram tentáculos, massas volumosas se deslocando em grande velocidade através da água. O movimento e a distância indicavam que o espectro teria uma margem de tempo confortável para encontrar um lugar seguro antes que a lula colossal se aproximasse demais.

Em seguida, chegou outro sinal que indicava ao espectro uma mudança de planos: vinha também um enorme cachalote – definitivamente era o som de um cachalote, porque mais de duzentos decibéis de potência, não importava que a baleia estivesse a horas de distância, não passariam despercebidos pelos seus sensores – e não demoraria para que a gigante fosse ao encontro das lulas, o que daria ao espectro um tempo maior para explorar aquele cemitério. Com sorte, não sobraria lula que chegasse até ali.

O instinto da autopreservação pulsava tão forte na criatura quanto as pálidas luzes azuis que piscavam e corriam por seu corpo. Era frágil, afinal. Uma membrana fina, sem nenhuma arma de defesa além da própria percepção. Se escutava de forma tão aguçada, era apenas para fugir mais rápido, afastar-se, esconder-se.

Feito assombração, o espectro se fazia invisível, fugindo antes de ser percebido ou não emitindo qualquer sinal ou frequência que denunciasse sua presença. Era assim, na solidão, uma solidão escolhida e cuidadosamente mantida, que cuidava de sua vida, esbarrando ocasionalmente com outros de sua espécie porque era inevitável fugir um do outro se eram tão indetectáveis. E o que teriam para conversar se tão estranha era a convivência e a comunicação para seres tão sozinhos? Sequer possuíam um idioma que pudessem chamar de seu, porque, numa existência tão solitária, a habilidade de se comunicar acabava perdendo o uso, algo totalmente dispensável.

Na última vez que aquele espectro esbarrou com outro, algumas correntes marítimas atrás, só houve o silêncio, e até poderiam ficar constrangidos com aquele encontro se fossem criaturas mais evoluídas e não simplesmente membranas flutuantes. Não havia muito o que dizer, não tinham interesse um no outro, não havia atração ou necessidade de se conectar com um igual. Cada um seguiu o seu rumo, com a mesma quantidade de silêncio que havia quando se encontraram.

Mas nem sempre era assim. Daquela vez, o espectro, já convencido de que as maiores criaturas dentro do raio do seu radar estavam resolvendo seus assuntos alimentares longe dali, foi surpreendido quando as marteladas do cachalote chegaram perto demais, aparecendo de repente ao seu lado, logo ali na frente, onde ele julgava que não havia nada. O sinal fez com que seu tecido se endurecesse em uma reação involuntária de alerta, com a sensação de que havia algo errado, mas era completamente incapaz de raciocinar e ver que um cachalote não teria muito o que fazer ali.

Fosse mais corajoso ou racional, o espectro teria ficado tempo suficiente para perceber que não era um cachalote, mas sim outro de sua espécie bruxuleando em azul sobre uma protuberância próxima à chaminé extinta, reproduzindo as poderosas frequências da baleia. Apenas um espectro manifestando a habilidade de devolver ao ambiente os sinais que absorvia durante sua jornada, com exatidão e precisão, como se fosse ele o próprio dono daqueles sons. Tinham um idioma, afinal, o da imitação. Um mecanismo de defesa, uma ferramenta para enganar, afastar e proteger a solidão tão prezada por aquela espécie.

O espectro que chegou primeiro não tinha nenhum motivo para ficar ali e descobrir que era apenas outro como ele, fazendo o que ele próprio era capaz de fazer, e que não havia cachalote, que a ameaça era falsa, tanto para ele quanto para a lula que continuaria a se aproximar perigosamente dali, sem baleia que a devorasse no meio do caminho. Não era de sua natureza tentar entender; em vez disso, simplesmente se embolou novamente em uma massa disforme e sumiu de vista com um impulso ligeiro, deixando para trás o cemitério vulcânico e os sons falsos de um cachalote inexistente.

...

A coisa estava solta, abandonada, sem dono, aparentemente inofensiva. De onde vinha? De quem tinha se soltado? Mas sua forma, seu tamanho e sua origem não despertavam tanto interesse quanto suas possibilidades. Ainda vivia, foi o que deu a entender quando as primeiras luzes começaram a piscar, meio fracas, assim que pousou de mau jeito no chão.

Por um tempo, apenas o silêncio percebeu a queda, nada que se movesse ao redor, até que um espectro veio se arrastando e se agarrando às pedras, de repente alarmado por aquela presença.

Uma antena. O objeto era parecido com outros que já tinham sido vistos por ali, e o espectro tentou resgatar em seu instinto de onde reconhecia aquele tipo de coisa. Mas nunca foram vistas tão fundo, não ali, não tão perto. O que estaria procurando? O que faria?

As formas moles do espectro se debruçaram sobre o objeto sólido, analisando-o lentamente, com cuidado. O objeto foi girado e manuseado por um tato muito sensível, a membrana transparente esticava-se e apertava-se ao seu redor, como dedos feitos de gelatina. Depois de uma rápida análise, o espectro chegou à conclusão de que era uma coisa capaz de emitir e captar sinais sonoros, algo que, se não fosse tão duro e com formas tão definidas – o exato oposto de si –, seria como um parente muito próximo. Era quase alguém que não se via havia muito tempo, pois o espectro o abraçou, tomado por uma inexplicável sensação de apego, ou pela curiosidade de saber que gosto tinha.

Depois de alguns toques, um feixe invisível saiu de um orifício no topo da caixa — embora bastante palpável para tão sensível observador — que varreu sua superfície sem a pretensão de entendê-la, até porque era a primeira vez que aquelas formas chegavam ao alcance do aparelho. O espectro sobressaltou-se e ficou bem esticado, tenso, sentindo aqueles sinais passarem por seu corpo, sem imaginar a dificuldade que teriam os humanos para visualizar aquelas imagens, para entender do que se tratava. *Um dia entenderiam? Um dia ouviriam?*

Por algum motivo, não fugiu. O jato de som que com alguma frequência saía do aparelho havia fisgado seu interesse, sua atenção, possivelmente até seu próprio corpo, incapaz de se afastar daquela caixa. Seu mundo agora se resumia a vigiar a caixa e, enquanto aqueles sons continuassem, estaria tudo bem.

Os dias se passaram até que o aparelho fez a água vibrar com um som novo, que deixou os sentidos do espectro em alerta. Era o som de um cachalote, mas aquilo o confundiu, porque não havia cachalote por perto, não ali. *De onde estava vindo?* Foi quando a criatura resolveu devolver algum sinal, um ruído qualquer, que habitasse a memória de suas células nervosas. Repetiu uma história antiga — *uma conversa* — e, embora não pudesse entender quem fossem os personagens e o que queriam dizer, reproduziu com precisão cada palavra, cada pausa. Nos sussurros captados pela minúscula sonda, havia uma mensagem cuidadosamente elaborada num idioma que soaria alienígena para a limitada compreensão humana e que poderia ser interpretada tanto como a mais solene ameaça quanto as mais simples boas-vindas, ou ainda como complexas instruções que mudariam a visão e os conceitos daquelas pessoas sobre a vida no planeta, dependendo tão somente de quanto estivessem maduros para receber tal mensagem.

Mas em algo os humanos conseguiram avançar.

Finalmente uma oferenda chegava ao endereço certo.

CAPÍTULO 12
NARCOSE

Dessa vez, foram os três. Nem precisaram alcançar o túnel acústico para terem suas presenças percebidas ou para que as bolhas de suas respirações fossem ouvidas de perto. Bateram as pernas, as mãos carregadas de equipamentos, indiferentes ao fato de que estavam sendo observados com atenção, mesmo ali onde tudo era tão escuro e vazio.

O doutor precisou calcular o melhor ponto para ativar aquele emissor; Maurício tinha dito que sim, era possível enviar um sinal para a sonda perdida, mas estimou que, por estarem muito longe, precisariam de ajuda da água. Martin sabia o que ele queria dizer com aquilo: precisaria achar o canal que usaria para transmitir aquela mensagem, pelo qual todas as mensagens lançadas na água poderiam navegar mais longe e mais depressa.

Sua área de estudos e todo o trabalho que desenvolvera ao longo de sua carreira só existiam porque aquele era um mundo sonoro, e Martin sabia que teria muito a ouvir debaixo do mar, uma vez que na água o som viajava pelo menos quatro vezes e meia mais rápido do que no ar. Por isso ele voltava sua atenção para todos aqueles sons, tantas mensagens viajando e carregando as pistas que poderiam ajudar as pessoas a conhecer o que ainda permanecia oculto sob aquele mundo. Depois de conversar com o assistente, o doutor mergulhou nos cálculos e nos dados térmicos para encontrar o lugar certo, a altura na qual a variação brusca de temperatura fazia as ondas sonoras desviarem para cima e para baixo, ficando presas em uma coluna horizontal – um *túnel* invisível – em que sua mensagem ganharia impulso para atravessar quilômetros antes de se dispersar completamente e se dissolver no silêncio salgado ao redor.

Agora se dirigiam ao lugar onde os cálculos de Martin apontavam para a existência do túnel, e seus corpos flutuavam com leveza contra a pressão esmagadora ao redor. Arraia levava a câmera que permitia que Susana e Maurício acompanhassem a operação de longe, mas seus braços estavam ali também como suporte, como garantia caso qualquer coisa fugisse ao controle. Era Corina quem carregava o aparelho que transmitiria o sinal, e ela esperou instruções de Auris para saber se já havia alcançado a altura certa, pois as coordenadas que podia ver piscando na pequena tela presa em seu pulso mostravam que estavam bem perto. Por trás do visor do mergulho, seus olhos buscaram sinal de alguma jubarte que pudesse estar de passagem, buscando o canal para fazer uma chamada de longa distância, mas Corina achou que não teria a sorte de ver algo parecido novamente; sua máscara liberou uma nova fileira de bolhas, e ela esperou Martin se aproximar, os braços estendidos como que procurando por um abraço.

Ele segurou com firmeza a alça esquerda do equipamento, ficando assim do lado oposto de Corina, que conseguiu ver uma sombra de ansiedade no rosto do doutor. Seus movimentos estavam duros, nervosos, porque queria ter a certeza de que fazia tudo certo, de que apontava o aparelho de emissão para a direção em que a sonda perdida os aguardava, muito longe dali. "A pior coisa que você pode fazer ao mergulhar é entrar em pânico", ela se lembrou de um dia dizer para seus alunos, quando foi instrutora, e achava que transmitir a técnica não era tão difícil quanto ensinar o estado emocional mais adequado para mergulhar: a calma, o respeito, a prudência, todas as coisas que por muitas vezes também escapavam dela. Por um momento, quase deixou sua recomendação escapar, até se lembrar de que Martin não era nenhum novato, que o doutor tinha muitas horas de mergulho, mas que nem toda a experiência que alguém pudesse ter impedia que se sentissem tão pequenos ali.

Corina não tremeu quando o doutor largou a alça para ocupar suas mãos na função de ativar o aparelho. Era uma espécie de caixa de som com um gravador em seu interior, e Martin sempre achava difícil apertar botões através daqueles invólucros à prova d'água. Mas a mira estava certa, a posição conforme os cálculos. Agora bastava dar play e esperar.

Frequências de cachalote. Longas marteladas e uma sequência de cliques ecoaram pela água quando a luz do aparelho piscou em verde. Martin acreditou que esse seria o sinal correto para enviar à sonda perdida se quisesse receber alguma resposta. Quando teve a ideia, ponderou por um tempo se deveria enviar a própria voz, ou alguma música, ou ainda batidas ou sinais em código morse; mas precisava se certificar de usar uma linguagem que pudesse ser facilmente lida, que pudesse recriar as mesmas condições de quando encontrou o som que guiou sua carreira até aquele momento. O idioma das baleias, pelo menos, era o nativo da região – e não seria difícil ter acesso àquele som se os arquivos de Martin estavam repletos das mais variadas gravações de vozes de cachalotes, jubartes, baleias-azuis e golfinhos.

Era um sinal morto, guardado e emitido através de aparelhos eletrônicos e que, portanto, perdia um pouco a riqueza de detalhes se não saía diretamente da garganta úmida de um animal. Mas ainda era melhor que nada. Uma tentativa, ao menos.

Voltaram para a Estação pingando, com pressa para tirar os cilindros, as máscaras, vestir roupas secas e conferir se o tempo de deslocamento até ali havia sido o suficiente para os monitores do laboratório mostrarem alguma resposta, qualquer resposta. Maurício comia um pacote de salgadinhos na área comum, o que era um bom indicativo de que nada de novo havia aparecido.

Continuavam sem visual da região. Pelos monitores viam somente imagens disformes desenhadas por aquela frequência – bastante linear, quase silêncio, e havia algo nisso que fazia Martin nutrir algumas esperanças, porque aquele não deixava de ser um sinal incomum. Maurício continuava sustentando que era provável que a sonda estivesse quebrada, enviando sinais incompletos e defeituosos, mas o doutor acreditava que, se estavam chegando perto de algo inteligente, era lógico que não se deixaria detectar tão facilmente. O trabalho de ficar tanto tempo àquela profundidade tinha que compensar.

Que tipo de resposta podiam esperar? Talvez um alô amigável, algum gesto que mostrasse que estavam falando de igual para igual, qualquer prova de que tinham finalmente descoberto alguma coisa significativa – uma nova espécie, uma explicação, uma peça nova de um quebra-cabeça que estavam tão longe de completar.

Auris ouvia; e ouviu atentamente por cinco horas – apenas o silêncio como resposta. Martin estava com o rosto quase colado aos monitores, não sairia dali enquanto não obtivesse uma resposta, por mais simples que fosse, por mais que viesse na forma do fim de sua carreira.

Por isso o susto quando algo na tela mudou.

Martin não entendeu, seu cérebro estava muito mais preocupado em sinalizar para que os outros viessem rápido:

"Chegou um sinal!", gritou ele.

A imagem que se formou era borrada e confusa, uma forma que se mexia como a chama de uma vela bem fraca, prestes a se apagar. Martin desplugou os fones de ouvido, deixando que o som saísse em aberto, para que alcançasse todos os ouvidos ao mesmo tempo. Nenhum deles podia imaginar o que era aquilo, mas aqueles movimentos pareciam responsáveis por criar um som, que chegou baixo e incerto, mas ganhou corpo e volume até ficar do tamanho do laboratório, do tamanho de Auris, muito maior do que os cinco juntos. Não foram capazes de perguntar uns aos outros se era isso mesmo que estavam ouvindo – uma música com tantas camadas que até parecia humana –, porque um fio de assombro imobilizava cada um dos seus membros, e a tensão no pescoço de Corina saltava como se esperasse fugir daquela experiência, do reconhecimento de um som que agora ela sabia ser real. Era um chamado tão profundo que ela temia ser consumida por ele, pela sensação de que estava sendo observada, pela lembrança de uma advertência, quase um pedido de cautela – *se você olha para o abismo, o abismo olha de volta para você*.

Não tiveram tempo de dizer nada antes que a tela sofresse uma interferência, a imagem tremesse e enfim se apagasse. Em seguida, foi Auris que oscilou; as luzes baixaram e um sinal de alerta ecoou na Estação e nos instintos de cada um. O gerador gemeu antes de se calar definitivamente – e não viram mais nada.

Esse navio nunca vai afundar, um dia disseram, mas afundou – quem poderia imaginar o *iceberg*? É mais fácil Auris ser engolida pelo chão do que ficar sem energia, também disseram, e encarar essa possibilidade como algo tão absolutamente improvável ou demonstrava uma excessiva confiança em procedimentos de emergência e mecanismos que sempre podiam falhar, ou significava que, se acontecesse alguma falha, seria como num acidente de avião: improvável de acontecer, mas inútil se preocupar, já que todos teriam uma morte rápida.

De fato, tudo aconteceu em outra velocidade, tão acelerada quanto a adrenalina subindo pelo cérebro quando o som do inevitável fim se aproximava. Soava como a voz de Susana gritando "meu deus, as máscaras", embora ela soubesse que o máximo que dariam era uma sobrevida, uma extensão do último fôlego, porque a Estação sem energia não teria condições de soprar oxigênio ou manter a pressão por muito tempo. Ela correu, mas chegar tão rápido onde pretendia só lhe serviu para adiantar o desespero: a porta que dava para a *moon pool* – o equipamento de mergulho do outro lado – estava emperrada. *Uma porta travada que deveria estar aberta.* Susana gritou, jogou seu corpo em um esforço inútil para abri-la, não acreditando que pudesse de novo protagonizar uma tragédia. Sentiu as mãos de Corina a empurrarem, enquanto ela dizia "os painéis, corra para os painéis", tentando lembrar Susana de que havia algo mais importante para fazer, de que seu papel não era tentar abrir uma porta, de que, quando as máquinas falhavam, eles só podiam confiar em mãos humanas, as de Susana, para tirá-los dali.

Com os dois pés apoiados na lateral da porta, Corina era um alicate vivo, enfiando os dedos pela estreita fresta que dava para o outro lado, tentando empurrar e puxar, escancarar à força uma porta que parecia ter esquecido que estava programada para abrir em situações de emergência, mas a única coisa que conseguia com seu esforço era consumir o oxigênio que lhes restava dentro da Estação. Aquela experiência era familiar demais para ela não pensar que aquele era seu corpo em uma crise, mas agora não eram suas pernas e sua vista que falhavam, mas uma porta que se recusava a abrir. Eram as máquinas que de repente desistiam de funcionar, e ela ali dentro não podia fazer nada além de observar impotente a situação fugir do controle. *Eu ainda posso fazer isso, ainda posso.* Tentava dizer a si mesma que era a hora errada para desistir, que se estava em Auris naquele momento foi porque não desistiu de mergulhar mesmo quando lhe disseram que não podia mais. Se Corina afrouxou os braços e soltou a porta não foi por desistência, mas por uma repentina compreensão de que aquela era a forma errada de lutar.

Corina não havia percebido o momento em que Arraia juntou suas forças para ajudar a pressionar a porta, por cima do corpo dela, e talvez só tenha notado porque o suor dele pingou sobre sua pele. Ele estava encharcado, o rosto contraído em desespero, e ela olhou para a gota de suor que não era sua escorrendo pelo seu braço, percebendo que não conseguia prever qual era o caminho que aquele pingo tomaria em sua pele até encontrar o chão. A vida sempre tomava caminhos inesperados, como gotas de suor, e aquilo pareceu acalmar Corina de uma forma que os outros, se pudessem perceber sua tranquilidade, julgariam uma irresponsabilidade diante do estado de alerta que parecia o mais adequado para aquela situação.

De onde estava, Corina conseguia ver Susana mexer nos painéis, e supôs que ela tentava reativar o gerador por controle manual, ou jogava em uma máquina de *pin-ball*, o que dava no mesmo, pois estava escuro demais pra distinguir, e tudo ao seu redor começou a ficar embaçado. Sentiu uma pressão aumentar no peito, o tipo de tontura que tinha quando bebia dois ou três drinques, e seus olhos rolaram até o ponto iluminado pela lanterna erguida por Maurício, onde viu o ponteiro do barômetro tremer e subir devagar: era Auris cedendo para a pressão de fora.

Corina não sabia mais: estava encostada na parede ou ainda tentava forçar a porta da *moon pool*? Sim, tinha que buscar as máscaras, eles precisavam dos cilindros. Não, ela lembrou que não tinham conseguido, então o que estavam fazendo? Ninguém parecia saber o que estava fazendo. Era o nitrogênio se dissolvendo dentro de seu corpo à medida que se dissolvia a ilusão de um ambiente em que pudesse viver, porque trezentos metros de profundidade não era lugar agradável para alguém morar a não ser que tivesse brânquias e nadadeiras.

Talvez Susana tivesse conseguido algum progresso, porque os outros começaram a ver algumas luzes, e eram vermelhas, de perigo.

"Não é minha cor preferida", alguém disse numa voz pastosa, mas pelo menos enxergavam uns aos outros e perceberam como estavam pesados. Corina achou estranho que todos ali fossem tão sólidos a ponto de não terem corpos capazes de escorrer por frestas, o que seria tão útil e conveniente para o momento.

Não estavam mais presos apenas na Estação, mas numa estranha câmera lenta. Perceberam que seus corpos piscavam, como que iluminados por luzes estroboscópicas, com seus movimentos interrompidos por lacunas frequentes de escuridão, e Maurício, que já não se lembrava de estar segurando uma lanterna, imaginou que devia ser exatamente assim que os desenhos feitos num bloco de papel deviam se sentir quando alguém os folheava rápido o suficiente para formar uma imagem animada.

"Grite." Martin estava eufórico e segurou Corina pelos braços. "Grite e veja se consegue me enxergar." Ele acreditava que aquilo era a confirmação de que adquiriram a habilidade de enxergar por sonar, e em seu sorriso era possível ler a alegria de um sonho realizado, porque ele tinha certeza de que estava virando uma baleia – e talvez ele pudesse sair dali nadando sem problemas, talvez pudesse chegar à superfície, esguichar um pouco de água, pegar um longo fôlego e tudo ficaria bem.

Corina respondeu com um empurrão, seus braços em movimentos embaralhados tentando se desvencilhar do doutor, ou usando o corpo dele como apoio para se levantar.

"Você não percebe", ela começou a dizer, mas sua voz saiu ofegante e ela percebeu que precisava poupar ar. Prioridades, ela pensou, porque também precisava mostrar ao doutor que ele soava como um homem bêbado se arrastando na calçada depois do último bar fechar com o nascer do dia, e sacudiu-o pelos ombros, com medo de que ele se perdesse, pedindo para que ele voltasse, para que ele ficasse com ela, embora nem ela tivesse certeza se havia mesmo alguma luz acendendo e apagando ou se ela havia se transformado em um golfinho que enxergava por sonar. Segurava Martin pelos ombros, mas era a algum fiapo de consciência que se agarrava.

"É narcose", sussurrou Corina, ou eram os outros que estavam falando alto demais? Ela não sabia, mas ainda estava consciente o bastante para saber que todos estavam surtando por causa da narcose, que eram os gases em alta pressão tirando os neurônios para dançar, a pior coisa que podia acontecer quando precisavam manter a lucidez para sobreviver àquela situação. Se aquele tipo de surto num mergulho já era perigoso, não conseguia imaginar algo pior do que sofrerem embriaguez das profundezas enquanto presos em um caixote de metal.

"É narcose", disse ela novamente, dessa vez de olhos fechados, tentando bloquear a loucura de sons e o desespero que dançavam ciranda ao seu redor. Entregou-se a uma lembrança distante, numa das últimas vezes que mergulhou antes de entrar naquela missão desastrosa. Fechou os olhos por um segundo e sentiu o corpo molhado, o calor do sol de sábado dizendo a ela que não estava mais em Auris, estava solta no mar.

•••

Era libertadora a sensação de afundar sem cilindro, levando apenas no pulmão todo o ar de que precisava. As ondas estavam calmas naquele dia, e ela mergulhou nas águas mornas, sendo engolida pelo silêncio. A percepção de estar sozinha se engrandeceu aos poucos a ponto de esmagá-la – mas era só a pressão, ela lembrou. Era apenas ela, cercada de azul, um corpo limitado que mal servia para descer toda a profundidade do oceano e que em breve não serviria nem para se mover na superfície, mas quem, vendo-a prender a respiração daquela forma, poderia dizer que ela não era capaz?

Seu cérebro pedia por ar e dizia que não dava para descer mais, mas ela sabia que ainda dava. *Quarenta e cinco metros. É pouco.* Não cederia tão facilmente aos apelos do seu instinto, tão contrário àquilo tudo de água, de ficar sem respirar, de avançar de cabeça para baixo em um mundo quase sem gravidade. Corina dominava seu cérebro um pouco mais a cada segundo, só para saber quão fundo podia ir.

Tão imersa em seus pensamentos, ou na falta deles, não tinha mais certeza de quanto havia descido — *cinquenta, sessenta?* — e se o ar que ainda guardava seria o suficiente para subir. Era um descuido tão primário que ela sentiu raiva de si mesma, virando o corpo para cima e colocando força nas pernas para o impulso de subida, sabendo que não podia acelerar demais na reta final.

Os sentidos ficaram de repente confusos, mas ela não parou de subir. Precisava manter a calma e faltavam apenas alguns metros para chegar ao local onde a sua dupla estaria à sua espera, mas sentiu que já estava subindo por horas sem conseguir chegar à superfície. Seus dedos pararam de responder, e ela descobriu por que quando olhou para a mão e viu que se transformara em barbatanas. *Não, uma crise aqui não, por favor.* Ela desejou que não fosse uma crise logo ali, ou ela não saberia o que fazer. Sentiu o corpo inerte, mas calculou que era natural não se mexer porque o próprio tempo havia parado — curioso como era fácil se adaptar a situações em que até as leis básicas da física pareciam absurdas —, e foi assim, suspensa no vazio, que viu uma mulher se aproximar.

Por um breve momento até pensou que fosse sua dupla, até perceber que tinha uma cauda, muito lisa e azul, que seria bastante parecida com a dos golfinhos se não terminasse em uma enorme nadadeira caudal. A mulher chegou perto, os cabelos verdes de algas quase enrolando nos braços e no pescoço de Corina, e chegou tão perto que ela conseguiu ver que aqueles olhos tinham a mesma cor dos seus.

"Eu vou soprar em você." Foi isso que ela pensou que a sereia tinha dito? Não tinha certeza, a voz da sereia soava exatamente como a sua.

Naquele momento, ela soube que era narcose. Por mais ridículo que parecesse receber conselhos de uma alucinação, Corina começou a liberar o ar devagar, e as bolhas que soprava pelas narinas se agarravam a seu corpo na subida. Ela já podia ver a luz batendo nas ondas e preparou-se para sugar quanto ar fosse possível quando abriu os olhos e estava de volta à Estação, o oxigênio acabando, nem sinal de superfície a que pudesse subir para respirar.

•••

De vermelho, as luzes passaram para verde, o que deu um aspecto ainda mais incomum para a sereia que de novo apareceu para Corina, agora não numa memória, mas do outro lado das pequenas janelas circulares da Estação. Ela chegou perto, fez algo que lhe pareceu um aceno, e foi quando Corina percebeu que não era a mesma sereia, mas outra, que tinha exatamente o mesmo rosto de Susana, os olhos tão apertados quase sem pálpebras. O que Corina estranhou não foi nem a visão de Susana com cauda e membranas entre os dedos, mas o fato de que ela sorria – mexia os lábios e, embora Corina não conseguisse ouvir, entendeu perfeitamente o que ela dizia: "aproveitem o passeio".

Se não conseguiam parar em pé era porque se moviam com alguma velocidade, e Corina entendeu que Auris não estava mais fixa;

Auris era agora uma baleia, e eles estavam dentro dela. Claro, uma enorme baleia-azul; e a janela por onde viu a sereia passar era um de seus olhos, o que até fazia algum sentido, se pensasse que a sereia-Susana aproveitava o impulso gigante da baleia para pegar uma carona.

Auris os conduzia a algum lugar, ao mesmo lugar para onde se dirigiam tantas outras criaturas, e muitas delas nem existiam mais, enquanto outras só existiam na imaginação de marinheiros assustados. Cascos, barbatanas, tentáculos, Martin tentava contar todos e não encontrava nomes para categorizar todas aquelas criaturas. Bactérias primordiais, répteis pré-históricos e peixes ameaçados de extinção, Maurício os viu passar tão depressa que quase vomitou. Coloridos, transparentes, brilhantes, Susana via apenas os borrões enquanto se segurava com todas as forças a um painel de controle que parecia derreter. Arraias planando, lulas girando, tubarões descendo em círculos. Arraia se sentiu tonto com tanta diversidade de vida, especialmente quando percebeu que mergulhavam em uma espiral gigante, rodopiando em direção ao fundo.

"Quem puxou a tampa do ralo?", perguntou ele, ou pensou ter dito, entre risos nervosos, pensando que aquele era um fim cômico para uma expedição que se imaginava séria. Perfeito, ele pensou, mas o que queria mesmo era encontrar a mão de alguém para segurar.

A visão escureceu de vez, mas todos sentiram pulsações tão fortes que o eco começou a desenhar formas na escuridão – exatamente como se sentiriam dentro da cabeça de uma baleia. Com o corpo todo, ouviram um som muito parecido com o que a sonda perdida havia mandado para a Estação, mas tremiam tanto que tiveram medo de que suas células fossem dissolvidas no processo e nunca mais conseguissem montar de volta o que uma vez havia sido Corina, Martin, Susana, Maurício e Arraia.

"É perigoso dar ouvidos às sereias!", gritou Arraia, e os outros se lembraram das histórias sobre um canto sedutor que atraía as pessoas para as profundezas, onde encontravam a asfixia e o fim. O que aquele grupo ouvia era um chamado tão poderoso que, no final das contas, as lendas sobre sereias cantoras deviam ter algo de verdadeiro: era um som que não conseguiam deixar de ouvir, nem se tapassem os ouvidos, um som que os chamava para o fundo com a promessa de revelar um segredo, de mostrar algo que eles precisavam entender, mas com raiva todos se perguntavam por que precisavam chegar tão perto da destruição para entender qualquer coisa.

Morreriam; já estavam mortos; morreram havia muito tempo. Colocados diante das coisas naquela escala, não importava quanto tempo faltava para morrerem, se uma hora ou outra isso chegava para cada criatura existente. Tão próximos a essa realidade, aproveitaram a sensação boa que era voltar ao útero. Era água. Seus corpos eram água, exatamente a mesma proporção do planeta. Do útero, regrediram e passaram por suas reencarnações passadas, animais menores e menos inteligentes, até sentirem-se dentro das escamas do ancestral que todo bicho que já andou sobre a terra tinha em comum. Voltando mais ainda, sentiram-se tão pequenos, tão plasmáticos, que se tornaram apenas as células primordiais, as primeiras habitantes; não cabia em um organismo tão microscópico a imensa solidão de saber que tanta vida ainda passaria pelo planeta e não poderia conviver com nenhuma delas por alguns bons milhões de anos. Tanta coisa teriam a dizer. Ou pelo menos uma. Havia afinal uma mensagem ali, mas não entenderam as letras, nem o idioma, nem qual era o sentido de leitura. Não tiveram tempo de interpretar, porque a mensagem se embaralhava até se tornar outra coisa – uma luz piscou mais forte, o arranco de um gerador elétrico que voltava à vida e as máquinas voltaram a funcionar.

    Chegaram tão perto.

CAPÍTULO 13
SUBMARINO

Seis minutos. Foi rápido o cochilo que apagou Auris, mas durou tempo demais para quem estava ali dentro. Seis minutos, Susana percebeu no relógio, seu pulso tremendo; bastava um pouco mais do que isso para que não precisassem mais respirar.

Em sua cabeça, Susana já calculava o protocolo a seguir, os botões para apertar, o sinal que precisava enviar para algum lugar, um pedido de socorro, a mensagem de que estavam vivos, o atendimento paramédico para ver se os outros estavam bem, mas ela apenas se balançou, seu corpo inclinando para a frente e para trás na tentativa de reencontrar o eixo de equilíbrio, sentindo que havia acabado de ser nocauteada apesar de não conseguir cair.

Ela sentiu alguém a agarrar pelos braços e foi puxada aos tropeços pela área comum, quando começou a protestar e a pedir que a soltassem.

"Tenho que ver os níveis. O barômetro. Tenho que ver se está tudo bem. Me solta, eu preciso ver."

Só quando obrigaram-na a se sentar na cadeira mais próxima é que ela percebeu que eram as mãos de Corina, que era ela que abaixava seus braços relutantes e se aproximava do seu rosto para olhar bem de perto suas pupilas. Corina chiava ou dizia alguma coisa, mas Susana estava com a cabeça longe demais para entender as palavras, aqueles seis minutos do relógio piscando em sua mente.

"Você não tem que nada. Fica parada." Corina segurava a nuca de Susana com uma das mãos, enquanto com a outra batia de leve no rosto da engenheira numa tentativa de trazê-la de volta, da mesma forma que já precisou fazer com alunos e colegas quando acontecia de sofrerem uma narcose em algum mergulho. Considerou que sua resposta não ajudava em nada a conter o nervosismo da colega, talvez porque Susana não tivesse passado por aquela situação tantas vezes quanto ela; até onde Corina sabia, ela havia trabalhado em navios e submarinos, onde se afogar ou sofrer narcose não era possível, ou pelo menos não tão possível quanto no mergulho. Então resolveu acalmar Susana, explicando seu estado, que era como se tivesse tomado alguns martínis além da conta, e que era normal a desorientação. "Leva um tempo, mas vai passar."

Demorou para que juntassem os cacos de seus sentidos estilhaçados, para se certificarem de que a Estação não os deixaria no sufoco novamente, para checarem se todos estavam bem apesar de tudo. Pressões foram medidas, protocolos seguidos, a poça de vômito que alguém deixou no chão foi retirada. Pareciam fazer tudo no automático, em parte porque eram profissionais treinados para aquele tipo de situação, mas em parte porque o incidente havia sido tão confuso que não conseguiram nem pensar a seu respeito.

"Voltar à superfície?" Quando restaram só as duas na área comum, Corina sugeriu a Susana um provável próximo passo, depois de pousar uma xícara fumegante cheirando à camomila à sua frente.

Susana respirou fundo e soprou sua caneca porque não sabia a resposta. Era muito no que pensar, e sua cabeça ainda não havia desligado do trabalho desde o incidente; mesmo com os nervos alterados durante o apagão, havia conseguido ativar o controle manual e restabelecer a energia da Estação e depois continuou com os procedimentos de segurança, o que era exigir demais do cérebro e da disposição de qualquer um. O que ela mais queria era não ter que pensar mais. Estava exausta de fazer a coisa certa e tudo continuar dando errado. Precisava dormir, mas queria chorar.

"A culpa foi minha", disse ela por fim, e Corina negou balançando a cabeça, dizendo que havia sido um acidente, lembrando que ela havia feito o possível e conseguiu que aquilo não terminasse num desastre, mas Susana pensava na outra vez, no erro que voltava para persegui-la mesmo confinada a trezentos metros de profundidade. "Eu não fui rápida o suficiente, eu não pude tirá-la de lá."

O modo como Corina se deixou inclinar para trás foi a forma que encontrou de dizer que não fazia ideia do que a outra estava falando, e nem podia dizer "confia em mim, pode contar", porque de repente lembrou que não a conhecia, que eram completas estranhas. Ela percebeu a hesitação de Susana, as sílabas que começavam a se formar e morriam no ar, e reconheceu ali a própria angústia de ter algo difícil para revelar e ninguém por perto capaz de entender. Ela podia ver o peito de Susana tão apertado de culpa que praticamente espremeu as palavras para fora dela.

"Foi num submarino", ela começou a dizer, e se lembrou do metal esverdeado, das paredes abarrotadas de equipamento, dos monitores grandes e com imagens em alta definição, brilhando e iluminando o rosto dos outros engenheiros da missão tripulada. Tanta gente capacitada compartilhando responsabilidades e ninguém pôde impedir os imprevistos, afinal as máquinas tinham a tendência a aparecer com surpresas, embora fossem construídas com base em cálculos exatos que ela conhecia muito bem.

Quase se especializou em robótica, para projetar e controlar robôs que explorassem grandes profundidades, mas Susana tinha sempre que optar pelo trabalho mais difícil, escolhia sempre lidar com gente. Robôs autônomos até poderiam ser mais confiáveis: se falhassem ou quebrassem durante um trabalho, representariam no máximo perda de investimento e de tempo. Mas teimavam em colocar pessoas dentro de máquinas para visitar as profundezas, em atrelar vidas frágeis a submarinos, habitats, trajes – que precisavam funcionar exatamente como o planejado para não comprometerem a vida de ninguém. Agora era tarde para lamentar suas escolhas profissionais, a escolha de se especializar em máquinas que transportassem gente, mas Susana se importava demais com pessoas para trabalhar apenas com robôs – então voltou ao submarino, cheio de tripulantes, no que seria apenas um dia normal de trabalho, se não fossem traídos pelas mesmas máquinas que alguém, como eles, tanto havia se dedicado e estudado para desenvolver.

"Houve uma falha no sistema de incêndio", continuou, "e no princípio até achamos que realmente havia fogo, mas bastou uma olhada nos monitores para ver que não"; ela não sabia a ordem exata e a duração de cada momento: ouviu o sinal de fogo, viu nos monitores um dos compartimentos piscando em vermelho, ouviu alguém dizer que era falha mecânica, os colegas começaram a passar correndo, e o compartimento que piscava, ela sabia, não estava vazio. "Tinha uma tripulante presa no compartimento, eu gritei, avisei os outros, corri até lá para tentar destravar a porta. A porta não deveria estar travada, o sistema de incêndio não deveria estar ativo, não havia fogo e agora havia uma pessoa presa no compartimento isolado." Susana percebeu que embaralhava a narrativa, que precisava ter explicado primeiro como o sistema de incêndio funcionava, que a detecção de fogo no submarino levava o sistema a isolar o compartimento de forma automática – as portas eram travadas e o oxigênio do lugar era sugado para extinguir o fogo –, mas, ao perceber que Corina estava acompanhando, continuou. "Eu não corri rápido o suficiente, não conseguiram abrir a porta, só cheguei a tempo de vê-la asfixiar do outro lado da janela e, céus, ela nem conseguiu gritar. Era minha melhor amiga e não consegui salvá-la."

Susana esfregou o rosto com as duas mãos abertas e ficou um tempo olhando para a caneca que esfriava. Corina não quis quebrar o silêncio e apenas colocou a mão sobre a dela para dizer que sentia muito, mas Auris fazia barulho, como se tentasse acalmar Susana dizendo que agora estava tudo bem, que estava funcionando – e talvez engenheiros fossem capazes de falar a língua das máquinas para entender que era isso que Auris queria dizer com o metal estralando de leve e com o gerador zunindo num ritmo regular.

"Eu não sei como aceitaram me contratar para a missão em Auris." Susana sabia que ao olhar para o seu histórico os outros veriam apenas um acidente, uma fatalidade que ninguém podia conter nem prever, mas ela via um *erro*, via uma morte como sua responsabilidade, por sua incapacidade de ter apertado os devidos botões, na velocidade certa, na hora em que devia ter feito alguma coisa. Suspirou, deixando para trás a lembrança do submarino e voltando sua cabeça ao incidente de poucas horas antes. Seu rosto estava molhado. "Eu devo ter esquecido alguma coisa. Cometi algum descuido. Não sei, toda essa coisa da pesquisa falsa, eu fiquei com tanta raiva que—"

Ela deu um gole demorado no chá frio e nem precisou completar a frase, porque Corina já sabia que terminaria com algo que talvez não fosse verdade. Sempre a mania de procurar culpados, mesmo que depois da merda feita isso não adiantasse muito.

"A única coisa da qual você é culpada é o fato de que agora estamos vivos", Corina precisou lembrar, e agora via com clareza o que tinha em comum com Susana: estavam ali porque precisavam provar algo para si mesmas, provar que eram capazes, fazer de Auris uma missão pessoal para superar uma barreira – uma doença, a culpa – que as mantinha aprisionadas em uma condição mais sufocante do que uma estrutura de metal isolada da superfície.

Corina precisou lembrar, porque Susana parecia não ver que seu propósito estava mais perto de se dizer cumprido, já que havia conseguido evitar outra tragédia, que todos estavam bem, que ela era mais confiável que as máquinas que foram feitas para mantê-los vivos. Corina não falou nada disso, mas parecia pensar que, se a colega conseguiu provar que era capaz, talvez ela também pudesse.

"Mas não vai achando que você está aqui para salvar os outros. Ou você não lembra que o doutor não abriu vaga para super-herói?", disse Corina, rindo. Era impossível não fazer graça de um comentário que havia sido feito para atingi-la, e saiu da mesa levando duas canecas vazias consigo.

...

Só se ouvia Maurício e Susana naquela reunião. Um tentava convencer o outro ou de que o incidente era a prova de que a missão precisava continuar ou de que a Estação não era mais segura, praticamente se esquecendo dos outros três presentes na sala. Metade da equipe em pé, metade sentada, Martin andando de um lado para o outro, indo até o corredor e voltando em uma rota sem objetivo nenhum. Era uma divisão que resumia bem o que restou de Auris depois do incidente.

Receberam naquela manhã uma mensagem da superfície, e os membros da equipe lá de cima não sabiam explicar o que havia acontecido, apenas enviaram os relatórios que não indicavam nada de anormal no funcionamento da Estação, junto com um inconclusivo "Estamos investigando os motivos do lapso no sistema". Mas, se nem eles podiam dizer, isso significava que estavam todos no escuro e que a segurança era uma ilusão solúvel em água. O parecer técnico, no entanto, tentava assegurar que o habitat estava em condições de continuar sediando a missão, mas bastava um sinal de Auris para que a equipe fosse resgatada. A superfície estava no aguardo de uma decisão que, considerando a discussão daquele momento, estava longe de ser tomada.

"Não é possível que você esteja pensando a sério em fazer isso de novo." Susana riu, mas era de nervosismo puro, porque Maurício insistia na ideia de que precisavam repetir o envio de sinal para a sonda, de que precisavam captar de novo o som, de que foi o mais perto que conseguiram chegar daquilo – o que quer que fosse – em quatro anos de pesquisa. "Você esqueceu que nós quase morremos? Você esqueceu o que aconteceu depois que veio a resposta?"

"Então você *sabe* que o som teve alguma coisa a ver com o que aconteceu." Maurício já começava a soar como o doutor, mas só porque Martin estava calado havia horas, especialmente depois de gastar os últimos gritos de frustração quando descobriram, ainda na noite anterior, que o apagão impedira que o som e a imagem que haviam recebido fossem salvos. *Apagado, tudo apagado.* Martin não suportava a ironia de ter sobrevivido apenas para ver o resultado de uma busca de anos escapar por entre seus dedos, e talvez por isso agora segurasse uma caneta com tanta força que poderia até estilhaçar o plástico; toda aquela firmeza era também a raiva de que evidências concretas haviam escapado por tão pouco.

"Se aquilo causou o apagão, temos um bom motivo para ir embora", disse Arraia, mas não olhava para ninguém, e sim para fora, para a água que não achava mais tão amigável, porque aquela escuridão escondia coisas que ele preferia não entender.

"Precisamos de mais tempo, Susana." Maurício ignorou o comentário de Arraia e esperava que Susana também não desse ouvidos ao mergulhador. "Precisamos registrar o som, entender de onde vem, o que emite aquilo. Se formos embora agora, vamos perder essa chance."

"Aqui dentro, somos cinco vidas. Lá fora tem algo que nem vocês sabem o que é. Como você pode ser capaz de propor que cinco vidas valham menos do que uma ideia do doutor? Não podem nos obrigar a arriscar nossas vidas se vocês nem tiveram a dignidade de ser honestos sobre a maldita pesquisa."

"Há algo lá embaixo. Ninguém quer falar sobre isso, mas vocês ouviram o som, lembram do que aconteceu." Maurício relevou todas as vezes que questionou o doutor, que fez o papel de freio enquanto Martin tentava acreditar nas suas hipóteses mais do que era apropriado para um homem das ciências, mas agora era ele que se via defendendo uma busca que até pouco tempo duvidava de que fosse dar em algo. Não percebeu que falava mais alto, que sua voz não vacilava e que ele finalmente começava a ter confiança para se defender; precisou ir até o fundo para encontrar a segurança que nunca teve na superfície. "Se recebemos resposta a um sinal específico é porque estamos lidando com algo consciente, algo com inteligência, o que significa que o doutor esteve o tempo inteiro certo e que abandonar a missão é a coisa mais covarde, mais anticientífica e mais mesquinha que se pode fazer."

"Mesquinha?" Susana sentiu o sangue subir, deixando seu rosto quente a ponto de fazer água evaporar ao redor de seus olhos, que começaram a ficar úmidos. Raiva, frustração, não dava para saber o que estava por trás daquelas lágrimas, mas foi em palavras que ela acabou explodindo: "Vocês dois querem nos colocar em risco para perseguir uma obsessão sem nenhum fundamento e você vem me chamar de *mesquinha*? Impressionante. Você deve mesmo estar muito apaixonado pelo doutor para querer levar essa ideia até o fim."

Maurício estremeceu. Mal podia acreditar que as acusações que o perseguiam lá em cima finalmente o alcançavam na Estação. No seu tremor, o sinal de que sentimentos estavam para explodir.

Quando uma conversa ficava feia, era difícil retomar o rumo do bom senso, ainda mais quando esse caminho ficava escondido sob vozes sobrepostas: alguém pedindo calma, outro dizendo que não aguentava mais ser discriminado e resumido daquela forma, uma troca de acusações e um desfile de palavras que fazia pouco sentido, além de mostrar pessoas muito ressentidas umas com as outras. Por isso todos estranharam quando veio a sugestão em um tom calmo tão destoante do que havia sido a conversa até então.

"Vamos buscar a sonda." Corina esperou que eles a ouvissem, mas não esperava que o silêncio fosse demorar tanto. Pareciam surpresos, mas ela achava aquilo óbvio. "Vocês conseguiram a localização, certo? Vestimos os trajes, vamos atrás dela, vemos o que tem lá, voltamos, fim da expedição. A pesquisa não fica pela metade e assim podemos ir embora mais rápido."

Desde o início daquela reunião, Corina estava muito calada porque já havia escolhido um lado: o seu. Queria descer, acabar com aquela questão de uma vez por todas, dar um passo além do que era esperado porque só sabia fazer as coisas desse jeito, aparentemente — que essa fosse a alternativa que melhor satisfaria tanto um lado quanto o outro daquela equipe dividida era algo que parecia não passar de coincidência.

"Você faria isso? Pela pesquisa?" Os olhos de Martin faiscavam com a chance que se apresentava à sua frente.

"Que ótimo, realmente ótima ideia ir atrás do que ninguém sabe o que é." Susana não podia acreditar que Corina estava propondo aquilo. Quando ela achava que começava a entender a mergulhadora, percebia que de novo estava errada. Do que adiantava tentar ler a pessoa como um mapa quando ela era um caminho que no dia seguinte já não passava pelo mesmo lugar?

"Concordo com a Susana", interveio Martin, e Susana já não conseguia dizer quem a surpreendia mais. Martin concordar com ela, que tipo de novidade era essa? "Não posso esperar que nenhum de vocês se arrisque por uma busca que é minha e que muitos já tentaram me convencer de que é loucura. Mas se for algo que vocês concordem e estejam dispostos a fazer, seria o último fôlego dessa pesquisa."

Não adiantou Susana especular se os trajes seriam capazes de protegê-los quando chegassem perto da coisa ou criatura que o doutor acreditava que existia lá embaixo; acabou sendo vencida pelo argumento de que seria o último esforço, enquanto Corina dizia que provavelmente não haveria nada do lado de lá. Que não era nada, que ficariam tranquilos, encerrariam a missão e voltariam para casa. Mas e se? Martin e Maurício eram movidos por essa pergunta, enquanto Arraia apenas disse um hesitante "não sei". Essa foi a palavra final de uma reunião que não decidiu nada e ao mesmo tempo deixou todos pensando bastante.

•••

Não conseguia dormir. Corina podia imaginar o tamanho do cansaço que fez os colegas desmaiarem em suas camas tão rapidamente, mas estava com tanta energia – ou ansiedade? – que seus olhos apenas rolavam de um lado para outro, passeando por cada canto do dormitório, já acostumados com a escuridão.

Então captou um sussurro, palavras que ela não conseguiu entender. Algo parecido com um diálogo acontecendo em algum lugar na Estação – *mas não estavam todos dormindo?* Ela fez força para ouvir, o que só serviu para transformar as palavras em um som disforme, um zumbido, algo ainda mais incompreensível que começou a irritá-la mais do que o inquebrável silêncio numa noite de insônia.

Levantaria, decidiu. Só fez barulho quando desceu da cama, mas não um barulho tão grande que perturbasse a colega de quarto; Susana nem sequer se mexeu. Seus pés a levaram para um passeio pela Estação, e, se qualquer um a visse e perguntasse o que estava fazendo acordada, Corina diria que estava com sede, porque não podia dizer que saiu por causa de vozes se ainda não tinha certeza de que elas eram reais – ultimamente os fatos estavam seguindo essa incômoda tendência de oscilar entre a realidade e a dúvida.

Assim que chegou mais perto, percebeu que não era uma presença estranha, mas a voz do doutor. Reconheceu aqui e ali algumas palavras em inglês e foi guiada por elas até a porta do compartimento de saída, onde conseguiu vê-lo de costas pela janela da antecâmara. Talvez estivesse conversando com Maurício. Considerou que estivessem no meio de uma reunião privada, imaginou o que estariam conspirando àquela hora da noite. Aproximou o rosto da janela, viu o doutor falando ao lado da *moon pool*, então percebeu que ele estava sozinho.

Foi o ponto de partida para essa grande descoberta.

Ela começou a entender algumas frases, apesar de a porta da antecâmara funcionar como um isolante acústico, mas não entendeu para quem ele falava e por que gesticulava com tanta ênfase. Conversava com os trajes?

Sempre nos perguntamos se não estávamos sozinhos no Universo.

Por um momento, duvidou da sua compreensão do inglês, ou atribuiu à sua insônia o fato de estar achando aquela cena confusa e até absurda, mas continuou ouvindo.

A frequência do cachalote que enviamos.

Um discurso. Martin preparava um discurso, tendo os trajes abertos e desativados como plateia, embora não percebesse que estava cercado de outros ouvintes. Ela entendeu que ele ensaiava: as palavras ainda tomando forma enquanto ele procurava a melhor forma de dizê-las, variando a ênfase ou a postura, experimentando o sabor e o peso de cada uma.

Nada disso seria possível sem a ajuda.

Eles estavam a pelo menos um dia da data final da missão, mas o doutor já se imaginava depois disso, falando sobre uma descoberta que ainda nem tinha acontecido, e ela não deixou de achar aquilo curioso. Ele tinha certeza de que encontraria alguma coisa. Estava certo do sucesso da missão. Então Corina conseguiu imaginar o que ele via naquele momento: os trajes sumiram, a *moon pool* sumiu, a Estação já não existia; havia um palco, Martin vestia seu melhor terno, a plateia estava cheia de cientistas, de gente da mídia, de interesse. Talvez houvesse um prêmio à espera dele em algum lugar; talvez o prêmio fosse o reconhecimento no olhar de seus colegas. Ela podia ver os membros de Auris fazendo parte daquele momento e se perguntou se ela também estaria ali.

Por toda a perseverança e coragem.

Mas que tipo de pessoa ensaiava um discurso sobre algo que ainda não havia acontecido? A narcose, concluiu ela, talvez ainda estivesse fazendo efeito na cabeça de cada um ali dentro. Se não a narcose, o chamado que viera com ela. Corina tinha a sensação de que haviam sido tocados de forma irreversível por algo muito profundo, e isso provavelmente estava começando a afetar o juízo e o comportamento dos colegas. Ela sabia que, de algum modo, se incluía nisso.

Porque a resposta estava no oceano.

O doutor parecia ter encerrado, ficou calado, esperando por palmas imaginárias que não vieram; nem de Corina, que já voltava para a cama se perguntando o quão fundo na loucura aquela missão ainda os faria chegar.

CAPÍTULO 14
ARRAIA

Com o corpo suspenso daquele jeito não dava para saber onde era cima e onde era baixo e, para completar, nadava em espiral. As pernas quase não faziam força, bastante esticadas, enquanto apenas os braços moviam a água ao seu redor. Não respirava, por isso não tinha pressa nem um trajeto em mente, nenhum lugar para ir a não ser dentro da própria cabeça.

Vestia uma roupa que o deixava tão negro quanto o mar àquela altura e não carregava nenhuma luz. Equipou-se apenas com seu próprio corpo, nenhum truque que o levasse mais longe, que o fizesse respirar ou que o ajudasse a ver. Os pontilhados distantes de uma comitiva de águas-vivas teriam que servir como constelação naquele céu negro – e, se mais acima a água se confundia com o azul do céu, ali era possível viajar pelas estrelas em uma noite contínua, fria, que nem o sol conseguia transpor.

Como não carregava nenhuma luz ou qualquer cilindro, o que planejava fazer do lado de fora foi algo que não passou por sua cabeça nem mesmo antes de atravessar a *moon pool*, porque ninguém estava acordado para lhe dizer que não devia fazer aquilo.

Fugir daquele jeito era algo que já havia feito alguns anos antes, e essas escapadas nunca terminavam bem, mas ele não podia evitar. "É mais forte do que eu", ele dizia chorando quando voltava, sentindo apenas o arrependimento e uma fraqueza da qual se envergonhava, mas não conseguia se livrar. O olhar que vinha da mulher era de raiva, depois de pena, depois de cansaço e depois de nada. Logo não havia mais mulher, não havia para onde ir, ninguém para quem voltar – apenas aquele chamado insistente que ele atendia porque gostava de se enganar e acreditar que sabia o que estava fazendo, que podia parar na hora que quisesse, mas não podia.

"Só mais uma vez", ele dizia para o líquido na garrafa antes de mergulhar nela, e como era fácil enganar a si mesmo. Tudo em busca de experimentar só mais um pouco aquele estado de consciência que quase o havia destruído tantas vezes. Quando era a hora de parar? No segundo copo, no terceiro, quando terminasse a garrafa? Quando começava a falar bobagem, quando sentia que podia fazer tudo, quando caía no chão? Os limites sempre ficavam borrados já que era através do vidro de uma garrafa que ele tentava olhar para o mundo; então repetia a dose, mesmo sabendo que, da próxima vez, não conseguiria mais voltar.

"Será rápido", disse ele para a água antes de pular.

Não mais que seis minutos e conseguiria alcançar o que procurava; então voltaria, sem pressa e com muito cuidado, para a luz que – olhou para trás e certificou-se de que ainda estava lá – apontava a entrada da Estação. Parecia ter esquecido que quase morreram ali dentro e buscava repetir a mesma experiência do lado de fora, desta vez sozinho. Instinto de sobrevivência não parecia ser o forte de pessoas que resolviam trabalhar com aquilo, mas talvez ele estivesse passando um pouco dos limites.

Resolveu que era hora de parar de se mexer e de esperar: esticou pernas e braços, imitando uma estrela-do-mar, o rosto fazendo força para segurar o ar que havia guardado em cada um de seus espaços vazios. Flutuava, de barriga virada para o fundo, e quase podia sentir coisas rastejando abaixo de seu corpo pelo ruído baixo que o movimento da água fazia chegar aos seus ouvidos. Ele não imaginava que para as vizinhas de Auris sua presença ali era tão barulhenta que era difícil não prestar atenção naquele corpo inadequado, pairando bem acima. Se rastejavam, era porque ou queriam fugir do que consideravam uma ameaça ou queriam entender o que se pretendia com aquela visita — humanos eram tão raros que não podiam desperdiçar a chance de estudá-los.

Mesmo se estivesse com alguma lanterna, ele só veria crustáceos andando de um lado para outro, raspando detritos do chão; só perceberia que os pequenos caranguejos e lagostas pisavam em uma enorme arraia se ela resolvesse se mexer e quebrar o disfarce.

Estava escuro e ela estava completamente imóvel, apenas observando. Já os conhecia; andava bastante por aquelas bandas, a ponto de já ter sido capturada pelas câmeras de Auris — foi confundida com uma jamanta, mas talvez não se ofendesse com esse engano se não podia culpá-los por nunca terem visto uma arraia tão grande. Quatro metros da ponta do corpo até a cauda e mesmo assim conseguia se manter oculta com bastante facilidade.

Arraia sobre arraia, os dois corpos esperando por algo, e nenhum dos dois podia adivinhar as intenções do outro.

Arraia se intoxicava aos poucos. Sentiu as pernas ficarem leves, os comandos de seu cérebro chegarem com atraso aos dedos; era uma sensação boa, e ele sentia muita falta disso. Não imaginava que um acidente seria o gatilho que o faria desabar, ter uma recaída e sentir de novo a vontade de se perder, de perder o controle, de borrar sua percepção de realidade. A diferença é que dessa vez não era pelo puro prazer nem pela incapacidade de recusar, mas por acreditar que estava em busca de algo maior. Dessa vez, ele acreditava, não era pela embriaguez, mas pela mensagem contida nela.

Girou em direção à luz da Estação e se percebeu em câmera lenta, ou talvez os seus pensamentos estivessem rápidos demais. Alterar a consciência era a única forma que encontrava de ganhar superpoderes, e que herói ele se sentia quando bêbado: acreditava ser capaz de tudo, de quebrar narizes de marinheiros, de navegar em alta velocidade, de se transformar em uma arraia de verdade se quisesse – claro, depois viria a sensação de derrota, a criptonita, o gosto do chão na queda, mas ele nunca se lembrava disso quando estava no alto.

Ele era uma arraia. Movia suas bordas com leveza, sem medo de mergulhar naquele lugar que era a sua casa, o único mundo que conhecia. Mas não estava sozinho – nunca a solidão num mar sempre tão cheio –, e aquela nova presença o distraiu completamente da fome, porque arraias não tinham muita coisa a fazer além de procurar alimento. Era uma presença muito difícil de ignorar, soltando todas aquelas bolhas e se aproximando com tanta velocidade; não era peixe, mas algo que movia duas pernas terminadas em barbatanas de plástico, e as bolhas, muito grandes, pesadas, rasgando a água, eram um indicativo de que tinha pulmões. Àquela altura, ele estava sem respirar havia tanto tempo que não lembrava se ele mesmo os tinha.

Soube que o que vinha era um mergulhador e então sentiu medo; alguma lembrança mal resolvida, uma captura que deu errado, um arpão que havia tentado atravessar seu corpo. Precisava fugir.

De repente, sentiu seu corpo preso em uma lança, algo o puxava, e assim soube que o pescador conseguiu capturá-lo. Foi agarrado com força, mas reagiu balançando com toda a energia que tinha dentro de si e soube que, se não lutasse, morreria. Nada se comparava ao horror de se perceber na borda da inexistência, de entender que talvez os últimos momentos de sua vida seriam preenchidos apenas pela agonia e pelo desespero de uma morte violenta. Entendeu que assim se sentia cada animal fisgado, pescado e puxado para a superfície; o ferimento que atravessava sua carne mantinha sua consciência bem desperta para o momento em que morreria asfixiado. Assim também se sentiam os pequenos animais dilacerados pelos dentes dos maiores, mas eles sabiam que sucumbir era o preço do ingresso do show da cadeia alimentar.

Ele carregava uma arma pelo menos, um chicote e um ferrão que poderia usar para atingir o mergulhador, fazê-lo desistir e se afastar, mas não conseguia acertar. Não conseguia nem sentir sua cauda; foi quando veio a estranha constatação de que nunca teve uma.

Sentiu um cano entrando em sua boca e pelo tubo de plástico saiu ar; sugou com força e viu que as bolhas agora saíam dele. Parou de lutar e foi arrastado de volta para onde as luzes da Estação o esperavam. Somente quando atravessou a *moon pool*, a pressão do interior muito mais agradável, ele entendeu que era Gilberto, e não arraia.

De novo havia sido um fraco.

•••

"Qual é o seu problema?" Corina arfava e gritava, tirando os cilindros das costas depois de empurrar Arraia para dentro da Estação. Conseguira vestir a roupa de mergulho às pressas quando percebeu que precisaria fazer um resgate no meio da madrugada, e, se chegasse dois minutos atrasada, talvez tivesse puxado um corpo sem vida lá de baixo.

Susana erguia o queixo de Arraia e dizia para ele respirar devagar; era doloroso recuperar a consciência depois de tê-la enviado para tão longe. Havia também a vergonha de reconhecer que tinha agido como um idiota; que tipo de pessoa simplesmente se joga no mar profundo àquela hora da manhã somente à base de apneia? Agora que Corina vocalizava aquela questão, parecia algo muito estúpido, e ele começou a se fazer a mesma pergunta, porque não lembrava mais o que buscava quando o fizera. Restava apenas a impressão de que tinha chegado perto.

Percebeu que Corina estava brava pelo jeito como ela fazia perguntas e segurava seus ombros, sacudindo-o com força, embora tivesse vontade de enchê-lo de tapas. Ela cobrava as respostas e

Arraia se arrastava no chão molhado; não fez questão de resistir à força imposta sobre seu corpo, de forma que tombou para trás e deitado ficou, o peito subindo e descendo como se prestes a ter uma convulsão, um soluço vindo das suas profundezas sugerindo falta de ar. Só alguns segundos depois Corina percebeu que Arraia, na verdade, chorava.

"Eu não sei!", gritou ele, sacudindo a cabeça, tão desolado quanto um recém-nascido recebendo do mundo sensações que não sabia definir.

Os outros, que o rodeavam com preocupação, ficaram chocados ao ver aquele homem chorar com tanta força e perceberam que não tinham lugar ali. Saíram, sem que ninguém precisasse dizer nada, deixando os dois mergulhadores sozinhos no compartimento. Depois de um dia inteiro trabalhando no planejamento da próxima e última missão, ninguém podia imaginar que Arraia surtaria, embora já soubessem que ele não se sentia confortável com a ideia de descer para resgatar a sonda perdida. Mas tentar se matar? Ou fugir? Aquilo não fazia o menor sentido, mas os três teriam que esperar pelas respostas quando Corina voltasse, porque, pelo que podiam ver através do vidro, ele continuava abalado demais para explicar.

Corina se agachou e teve que fazer bastante força para mantê-lo sentado – estranhou precisar de tanta força para segurá-lo ali dentro se o havia puxado por no mínimo dez metros lá embaixo; sorte sua que a água tornava os corpos mais leves e dava a simples humanos a sensação de serem mais fortes. *Super-heróis*. Corina segurava o rosto do colega para tentar dar alguma firmeza à cabeça que, solta entre os ombros, balançava no ritmo do choro.

Aquela cena lhe pareceu familiar. Ela o olhou como a amiga que conhecia a sua fraqueza, que reconhecia naquele comportamento os sinais, mas parecia tão improvável que, mesmo sabendo que não podia ser uma recaída, ela teve que perguntar.

"Você tomou alguma coisa?" A pergunta saiu num volume bem baixo, mas Arraia balançou a cabeça, negando com bastante convicção: não, não era possível ter tomado nada se estava confinado.

Não havia em um raio de quilômetros qualquer gota de vodca, cerveja ou cachaça, mas a sensação que teve durante o apagão foi tão embriagante quanto três doses de uísque, e ele talvez só quisesse sentir aquilo mais uma vez.

"Precisava ter certeza", disse ele, embora aquilo não respondesse pergunta alguma, e Corina atribuiu a falta de coerência ao fato de que ele acabava de se recuperar de uma narcose, mais uma, e ela sabia como os sentidos ficavam embaralhados. "Precisava ter certeza do que ouvi no apagão", disse a voz ainda embriagada.

"E aí se meteu no mar? Sozinho? Sem cilindro?"

"Eu não sei o que deu em mim." No choro havia um pedido constrangido de desculpas. "Foi mais forte do que eu, não consegui parar. Parecia estar me chamando."

"Já ouvi isso antes." Ela sentiu a mesma decepção de tempos atrás, de quando descobriu que o parceiro precisava de ajuda, que era uma pessoa que não tinha condições de mergulhar.

Ele estava bêbado, mas dirigiu um barco e entrou na água mesmo assim, e Corina lembrou que sentiu raiva por não ter percebido antes que ele estava embriagado. Seria um mergulho a passeio, nos meses de intervalo que tinham entre seus períodos de trabalho na plataforma. Estavam a bordo do Barracuda e visitariam um naufrágio na costa do Recife, onde ele morava. Ela estranhou quando embaixo d'água ele não viu nem entendeu a sinalização que ela fazia, os braços e as pernas fazendo movimentos muito descoordenados, e precisou abreviar o mergulho para entender o que estava acontecendo. Assim que ele tirou a máscara na superfície, ela soube. Os olhos mudaram, a voz, o cheiro, ela quase podia adivinhar a marca da cachaça. *Eu não estou bêbado*. Mas quando voltaram para o barco, ela viu as garrafas, e então soube da história. Não podia mais confiar nele como parceiro, mas ele suplicou, implorou para que ela não contasse ou seria demitido, e nunca mais poderia mergulhar. Prometeu tanto que aquela seria a última vez que Corina acreditou, como tantas vezes acreditara a ex-mulher até desistir dele. Desde então, da época da plataforma até ali, ele cumpriu o prometido e não mais se descontrolou; mas o que era aquilo agora se não uma perda total do controle?

"Você disse que tinha parado", disse ela por fim.

Não esperava que ele fosse avançar sobre ela, segurar suas mãos com tanta firmeza, os olhos marejados olhando-a em tom de piedade. Ele implorou, sussurrou, jurou que tinha parado, que havia muito tempo não engolia uma gota – eram as gotas salgadas que o tinham atraído dessa vez, como ela não podia entender?

Corina de fato não entendia. Buscar na narcose uma substituta para o efeito do álcool era novidade, mas, se existisse tal coisa, o acidente de horas antes já teria sido suficiente para lançar o amigo em uma recaída. Ele jamais admitiria, continuaria insistindo que mergulhou para tentar ouvir novamente alguma coisa embaixo d'água, nada que fizesse muito sentido para Corina, e no seu silêncio havia uma tentativa de não julgar alguém em situação tão vulnerável.

Levantou-se e buscou uma manta que usou para cobrir e secar os ombros de Arraia. Nesse gesto, um meio abraço numa posição sem jeito, o suficiente para que ele entendesse que não estava sozinho – mas como, se Auris era uma cápsula de solidão cercada de água por todos os lados? Cada um, à sua forma, buscava contato. Era isso ou enlouquecer.

Maurício, do outro lado da antecâmara, avistou uma enorme arraia passando devagar pelos arredores da Estação.

Depois do acidente, não tinha mais certeza do que via, então correu para o laboratório e escaneou os monitores até achar uma das câmeras voltadas para o lado de fora da Estação – e lá estava ela, só podia ser a mesma – jamanta? Não, definitivamente era uma arraia, ele concluiu.

Seu dorso tinha uma crosta grossa, envelhecida por anos de detritos acumulados, a cauda gigante serpenteando – ele mudou de câmera para ver com mais detalhes o animal que flutuava, parado, na mesma altura da lente. Maurício não era nenhum especialista naquele tipo de ser, mas julgou que isso não fosse normal.

Quando Martin pisou no laboratório, remexendo a papelada que ficara espalhada sobre a mesa, a arraia já havia ido embora, e ele só encontrou um Maurício pálido olhando para uma das câmeras externas. Ele tinha certeza, era a mesma arraia, e o que poderia estar fazendo ali além de– "Estamos sendo observados, doutor. Eles sabem, algo ali fora sabe o que estamos fazendo. Estão olhando pra nós".

CAPÍTULO 15
ÁGUAS-VIVAS

O mais marcante a respeito delas era o fato de serem numerosas. Eram tantas que chegavam a se confundir com a própria água, o corpo quase líquido, os movimentos bastante fluidos, a transparência. Eram água e eram vivas. Muitos não eram capazes de vê-las chegar mesmo em águas mais claras; era muito difícil prever sua aproximação se não se moviam por conta própria; em vez disso, deixavam que as correntes as levassem, o oceano como uma extensão de seu corpo. Exceto nos lugares cobertos por terra, não havia um lugar no planeta onde elas não estivessem: em mares mais calmos, perto do litoral, em mar aberto e turbulento, do gélido ao tropical, nadando em camadas mais superficiais ou brilhando nos pontos mais profundos. Tudo era delas.

Apareciam em enxames e, para muitos animais que pudessem sofrer com seu veneno, atravessar uma nuvem de águas-vivas era se arriscar em um campo minado. Um grupo que fosse venenoso, porque nem todas o eram, arrastava dezenas, centenas, toneladas de peixes para a morte enquanto passava – nunca achavam que aquela área luminosa cheia de bolhas coloridas pudesse ser tão fatal quanto atraente.

Apesar de serem gelatinas flutuantes, não era justo reduzi-las a criaturas simplórias, embora elas próprias entendessem o mundo de forma muito simples e talvez por isso se preocupassem com tão pouco. Não tinham preocupações, claro, porque também não tinham exatamente um cérebro – eram, elas mesmas, as células nervosas capazes de receber, com extrema sensibilidade, as mais diversas informações sobre profundidade, movimentos, gravidade, luz, presença de outros seres. Na coletividade se tornavam um indivíduo só, e aquela coisa que formavam, sim, podia ser considerada um cérebro.

Sozinhas, não eram muita coisa a não ser um enfeite, apesar de ser comum que uma ou duas se perdessem do grupo e passassem a vagar solitárias até que pudessem criar em torno de si um novo grupo numeroso, porque só sobreviviam ligadas umas às outras. Nisso se diferenciavam drasticamente dos espectros, criaturas tão fluidas e graciosas quanto elas, porém solitárias; e era justamente na necessidade de se isolar que garantiam sua sobrevivência. No entanto, eram raras as formas de vida, sob a água ou acima do mar, que fossem capazes de lidar com o mundo sozinhas; nos arranjos sociais, as criaturas arrumavam formas melhores de sobreviver e, quanto mais complexas essas sociedades, mais desenvolvidas conseguiam se tornar. As águas-vivas não concordariam com isso porque ignoravam o conceito de "indivíduos" – o que, portanto, não permitia que entendessem o significado de sociedade. Existiam juntas, uma coisa só, era simples assim – e quem podia dizer que não eram desenvolvidas se achavam esse entendimento tão natural quanto o movimento das correntes?

Era chegada a sua época. Não um período tão breve quanto suas vidas, um evento rápido, mas algo duradouro: de fato, *a era das águas-vivas*. Nunca antes o planeta esteve tão propício para que elas reinassem sob as águas, se ficavam tão bem em águas mais quentes

– não que tivessem alguma preferência, porque resistiam às mais extremas temperaturas e não eram criaturas muito exigentes, mas era no calor que se multiplicavam em maior velocidade e encontravam cada vez menos predadores. O mundo parecia feito para elas. Não que o mundo pudesse eleger favoritos, mas, olhando de dentro de uma nuvem de águas-vivas e de quão numerosas estavam ficando, elas é que pareciam ser as eleitas.

Em um lugar tão escuro, uma nuvem densa de águas-vivas não passava despercebida. Era um espetáculo de luzes arco-íris e movimentos leves, os cílios bem finos se movendo em torno de um sino que as fazia parecer balões de ar quente subindo. Uma aglomeração grande como aquela teria o tamanho de uma pequena ilha, se fosse feita de terra em vez de matéria gelatinosa e se flutuasse na superfície em vez de mergulhar na água. Nenhuma delas tinha a noção da extensão daquele corpo que cada uma ajudava a compor, de tão imersas que estavam naquele baile. Era um evento de reprodução. O acasalamento, a multiplicação, a atração que sentiam umas pelas outras, a vontade de estar perto eram compartilhados mesmo com animais radicalmente diferentes delas.

Música era tudo o que existia ao seu redor. Dois para cá, dois para lá, rodopiavam e agitavam seus minúsculos tentáculos, tudo unido por um só ritmo – mas o som que crescia não pertencia ao baile. *Intruso.* Era uma interferência se aproximando: um grande bloco rasgava a água, e seu movimento indicava que passaria bem no meio delas.

Baleia, a massa de águas-vivas entendeu ao mesmo tempo, concluindo com base no tamanho e no peso da coisa que se aproximava. Baleia, só podia ser, mas também não dispunham de um acervo tão grande de animais que correspondessem àquela informação. Prever os movimentos da baleia era fácil, mas conseguir deslocar um corpo tão grande para longe do alcance do cetáceo era outra história. Quantas a baleia conseguiria engolir, alguns milhares? Estavam em milhões, em dezenas de milhões, e calcularam que não seria um dano tão grande. Ainda restaria um grupo de tamanho considerável que poderia prosseguir com o balé em águas mais calmas – a passagem de uma baleia, mesmo as mais azuis, não durava tanto ali embaixo.

Saber que a destruição se aproximava e continuar flutuando com tanta elegância fazia das águas-vivas seres destemidos, algo extremamente coerente com o fato de que se aproximava a era das águas-vivas e logo elas também seriam maioria naquele mundo. Era natural que não tivessem medo de nada. Mas não só a modéstia as impedia de admitir que eram valentes, como também sua completa falta de consciência. O que era a coragem se não a vaidade de se achar superior a qualquer ameaça? Não, águas-vivas podiam possuir muitos atributos, bioluminescência, apetite que as fizesse devorar até outros tipos de águas-vivas maiores, mas vaidade não era um deles.

Também não tinham conhecimento para avaliar que aquele bloco barulhento que se aproximava era um submarino e quanto isso era, em todos os sentidos, distante de uma baleia. Era sim tão vagaroso e pesado quanto, o que permitia aos que estavam em seu interior se deslumbrar com o que se mostrava do lado de fora: "parece Natal!", gritou alguém lá dentro, mas baleias não tinham motores e hélices que despedaçassem seus corpos frágeis, que perturbassem a água e as fizessem voar para longe enquanto passavam.

O baile estava encerrado para centenas delas – um estrago um tanto menor do que se fosse uma baleia passando de boca bem aberta, mas pelo menos elas puderam seguir em frente. O submarino estacionou bem no meio da nuvem e, sem o conhecimento ou consentimento das águas-vivas, começaram a fotografar o evento que as tornariam famosas em algum lugar longe dali. As imagens seriam assombrosas, mas apenas resíduos pobres comparados à experiência de quem as testemunhou tão de perto. Era um microuniverso, e parados ali no meio não dava para saber onde começava e onde terminava a comitiva daquelas criaturinhas brilhantes, algo certamente inédito para eles. Olhando para as imagens capturadas daquele momento, alguns ficariam fascinados com a beleza e surpresos que algo com aquelas dimensões estivesse acontecendo bem debaixo de seus narizes, enquanto outros veriam uma anormalidade, o sinal de que havia algo errado e que a proliferação desenfreada mesmo de seres tão frágeis e inofensivos seria uma ameaça gravíssima.

As águas-vivas, claro, ignorariam cada uma dessas especulações se no momento seguinte à chegada do submarino ele já deixou de preocupá-las – agora eram elas que atravessavam o corpo metálico, subindo como bolhas de gás por uma pedra de gelo jogada em um copo de refrigerante bem grande. Contornavam o submarino, passavam rentes às janelas de vidro – um tripulante deixou escapar uma lágrima, de repente se sentindo abraçado e achando que era, de alguma forma, especial por testemunhar aquele incomum fenômeno, completamente ignorante do fato de que as águas-vivas também eram ignorantes de sua existência e que, portanto, aquele show não era destinado a eles. Apenas seguiam seus caminhos, simples assim.

Nem todas seguiram junto. Uma água-viva escapou por pouco da destruição completa, passando por uma hélice de motor apenas com alguns rasgos, nada fatal, mas tantos cílios lhe foram arrancados no processo que não conseguiu controlar seus movimentos e rodopiou sem rumo para muito longe, levada pelo turbilhão remanescente da passagem do submarino. Qualquer um ficaria desorientado após o choque, mas era mais terrível a sensação de ter se descolado do corpo, de não fazer mais parte de uma coletividade que até então era a única forma de existência conhecida. Não demorou muito para que se afastasse daquela cidade viva de luzes de modo irreversível: agora era apenas uma, e suas luzes sozinhas não eram o suficiente para ser avistada naquela imensidão.

Era estranho ser sozinha, não ser parte de nada, a solidão tão desesperadora quanto a própria morte. À medida que ela subia, apenas carregada pela água, pois seus membros não obedeciam aos seus instintos mais básicos, aquelas questões pareciam ganhar uma importância tão grande quanto um submarino que a arrancasse de seu caminho. Foi quando aconteceu algo bastante incomum para uma água-viva, algo que só um acidente tão trágico poderia desencadear: a consciência de que era um indivíduo.

Agora havia ela e o mundo, a separação entre duas coisas que talvez sempre tivessem sido distintas. Como não tinha reparado naquilo antes? Fazer parte de uma coisa só a havia insensibilizado para a possibilidade de que fosse una, completa por si só, e que cada ser que flutuava ou nadava ao seu redor também fosse protagonista da própria história – e veio a sensação de ter uma história só dela, uma emoção inédita e um tanto incompreensível para uma água-viva. O que fazer com aquela informação? Era apenas o pressentimento de que, se continuasse a ser carregada naquele ritmo para tão longe (onde?), seria protagonista de uma história que não acabaria tão bem.

Teve, porém, sorte suficiente para fazer uma viagem tão longa que logo suas luzes não eram mais necessárias. Experimentou a sensação de calor em suas membranas finas, descobriu o sol fracionado por entre as ondas e, por um momento, acreditou que fosse explodir. A todo instante o medo de não conseguir, de surgir peixe que a abocanhasse, de não resistir ao sol, de ficar presa no gancho de algum coral. Descobriu com alguma infelicidade que ser um indivíduo era também ser pequeno e sentir medo o tempo inteiro. Então foi invadida por uma enorme tristeza: se todos aqueles à sua volta também fossem como ela, então igualmente eram seres preenchidos de medo, sofrimento e solidão, todos fazendo o seu possível para sobreviverem, também como ela. O sentimento era um vestígio do que havia ficado para trás: a sua capacidade de sentir pelos outros, uma conexão profunda que a tornava – quem? Mas o que faria com aquilo agora que era – sozinha? Esqueceu. Aquele instinto básico que a construía como parte de um organismo maior se dissolveu com tanta coisa para prestar atenção ali em cima. Talvez ficasse por ali, não? Podia aproveitar o que lhe restava de vida para perseguir as questões que aos poucos mexiam com seus sentidos, aproveitar que, com a luz do sol tão perto, não precisava mais brilhar por conta própria. Era um ser, era única, era importante, devia existir por um motivo, as coisas não deviam acontecer por acaso; era especial.

Por exemplo, de onde vinha aquela luz? Quem eram os outros ao seu redor? O que era aquilo que a cercava? Para onde a levava?

O que a aguardava no fim da jornada? Sobreviveria para descobrir? Qual seria o seu papel nisso tudo?

Um observador que visse aquela água-viva aos farrapos rolando pelas ondas já consideraria grandioso ela ter chegado até ali sem ter chamado a atenção de nenhum peixe – o que era compreensível ao se considerar seu tamanho desprezível e seu corpo transparente – mas não julgaria que ela estava disposta a viver como nunca antes. Tinha-se percebido livre, tomada pela recém-adquirida consciência de si mesma, e que arrebatadora era essa sensação, mas também sentia a necessidade de descobrir mais, de sentir o mundo mais tempo por aquela perspectiva. De repente muito corajosa, ela moveu seus cílios o melhor que conseguiu para se manter longe de um paredão de corais que bem poderia colocar fim em sua viagem. Escolheu não parar ali. Queria ir além.

Mas, não, quem decidia era a água, que continuava a empurrar a pequena água-viva para cima, sempre para cima, onde os movimentos ficavam mais fortes e a arrebentavam pouco a pouco. A cada metro, perdia mais pedaços daquilo que levou uma jornada inteira para aprender a amar e a aceitar: perdia seus pedaços. Eram seus. Era ela.

Foi despedaçada que ela chegou à praia de uma ilhota que aconteceu de estar em seu caminho. As ondas a entregaram para a areia, e ela sentiu o mundo queimar. Não havia mais água entre a água-viva e o sol, exceto pela espuma das ondas que ainda a alcançavam vez ou outra. Antes de sua jornada, ela não se importaria com isso, pois que importância poderia ter a perda de um ser tão pequeno na grande escala das coisas? A vida continuaria, as águas-vivas continuariam, o mar continuaria, o planeta continuaria; mas as coisas não podiam continuar da mesma forma, não depois de ela se saber importante – ou nunca tinha sido?

Agora ela sabia como era sentir medo e estar sozinha; movia os pequenos tentáculos em desespero, mas só havia uma areia áspera para se agarrar, e seu corpo – ou pelo menos os pedaços que chegaram mais ou menos inteiros à praia – começava a se dissolver. Evaporava, porque era quase inteiramente composta de água. Tudo o que tinha passado para terminar daquele jeito – era realmente lamentável, mas naquele ponto não havia muito o que fazer. Sim, tinha algo que precisava lembrar, mas era tão difícil se mais da metade do seu corpo já havia ido embora. Uma mensagem? Não, uma impressão de que tinha feito a viagem no sentido contrário, de que a luta era o tempo todo para voltar, para reencontrar o algo maior a que pudesse se conectar – uma nuvem de águas-vivas? Voltar pra onde?

Ela não sentia mais nada. A água tão longe – e ela virando água. Derreteu por completo e não havia sequer uma água-viva de seu antigo grupo que fosse sentir sua falta.

CAPÍTULO 16
DESCIDA

As duas pessoas que vestiram os trajes naquele dia representavam a dúvida e a crença, respectivamente. De um lado, Martin acreditava, por mais inadequado que fosse a um cientista perseguir uma crença, mas ele havia recebido uma resposta, a repetição do mesmo som que ele passara anos buscando, e considerava aquilo sólido o suficiente para fazer, ele mesmo, uma visita ao abismo.

Já Corina era apenas dúvidas: não sabia nem se seu corpo ou seu traje resistiriam a uma viagem com chances altas de não ter volta. Prendeu a medalha de Santa Bárbara entre os lábios antes de sair do dormitório, um gesto não pela fé, mas pela descrença. Queria não acreditar na existência de coisa, fenômeno ou criatura que contrariasse uma certeza até então bastante confortável: a de que estava no controle. Duvidava, mas precisava ver, e naquele ato voluntário havia mais o desespero de não saber do que a vontade de comprovar qualquer coisa.

"Um pouco apertado, mas vai ter que servir." Martin entrou primeiro no traje e Arraia o ajudava com as calibragens.

Até então Arraia havia sido seu piloto, conhecia bem aquela armadura, seu corpo já havia se adaptado muito bem a ela. Foi estranho ver o doutor enfiado até o pescoço dentro do traje; a própria armadura parecia perguntar o que ele fazia ali no lugar de Arraia. *Eu vou.* Todos concordavam que Arraia não tinha mais condições de fazer aquela viagem depois do que acontecera na madrugada, mas Martin se voluntariar em seu lugar era uma última medida desesperada para não cancelarem de vez a missão antes de voltarem à superfície. Arraia ainda estava distante, tentando se recuperar, mas se mostrava aliviado por sua participação agora se limitar ao ajuste do traje ao corpo do doutor. Peso e formas tão diferentes, mas afinal todos tinham dois braços, duas pernas e uma cabeça. Sim, tinha que servir.

"Tenho mesmo que fazer isso?" Corina estava incomodada em ter que se sentar ali, na frente da câmera que Maurício direcionava para uma cadeira vazia no laboratório, acenando que sim e vamos logo com isso porque foi uma recomendação do doutor. Ela reparou que Maurício havia retirado toda a bagunça de papéis da mesa de trás, de forma que só os computadores e monitores apareceriam no vídeo, em uma cenografia bem-calculada para o laboratório parecer mais organizado do que realmente era.

"Apenas fale o texto", disse Maurício quando ela se sentou. "Pense que isso é um documento, nada mais." A última coisa de que os outros três da equipe precisavam era ficar com a responsabilidade pelo fracasso de toda uma missão, então esperavam que o vídeo servisse como respaldo, inclusive para as empresas envolvidas, caso qualquer coisa desse errado.

Ele teve que escrever o texto para Martin porque sabia que ele acabaria se perdendo se precisasse falar no improviso. Não foi fácil escolher as palavras certas, e Maurício afastou com pavor o pensamento de que era de sua caneta que saía o provável último discurso do doutor. Quando Martin disse que assumiria o lugar de Arraia, ele não mais se surpreendeu com a decisão inesperada, como sempre se surpreendia com as conclusões nada convencionais que vinham do doutor, porque de repente aquilo fazia todo o sentido do mundo. Não era apenas um homem obcecado por retomar o reconhecimento dos outros, mas alguém tão apaixonado pela ideia de que havia inteligência no fundo do mar esperando um contato, que estava disposto a abrir mão de tudo, até de si mesmo, para responder ao chamado. Se Maurício aprendeu algo convivendo com o doutor Davenport e que mudou sua vida não foi o vasto conhecimento oceanográfico adquirido com ele, ou a capacidade de interpretar dados sonoros captados do mar, ou ainda como organizar e administrar uma pesquisa científica, mas a lição de que pessoas eram uma parte muito pequena do mundo, nem sequer a parte mais importante, e que por isso qualquer julgamento que fizessem, os dedos que apontassem, os preconceitos que alimentassem, nada disso poderia ser grande o suficiente para que ele deixasse afetar sua vida. Então Maurício não conseguiu questionar a decisão de Martin, não foi capaz de dizer que aquilo era loucura, que não valia a pena arriscar a própria pele, porque nisso havia o entendimento de que Martin fazia aquilo não por uma pesquisa ou por sua reputação, mas por algo maior.

Corina ainda não havia entrado no laboratório quando Maurício resolveu conferir a declaração que gravou com Martin. O fato de não ouvir sua voz do lado de fora era um sinal de que já estava na área dos trajes. Ele apertou play. Bastava conferir se estava tudo certo, se o som estava audível, se a imagem havia sido registrada corretamente, mas nem quando viu que o vídeo estava ok desligou o monitor.

"Eu, Martin Davenport, decidi por espontânea vontade assumir o papel de piloto na missão de resgate C-40." Na gravação, o doutor continuou dizendo a data, o status da missão, o que fariam, e Maurício prestou atenção principalmente no seu jeito de ajeitar os óculos e no esforço para se lembrar das palavras certas, na tentativa de parecer o mais lúcido possível, apesar da camisa amarrotada na qual não pôde deixar de reparar. Martin falava das mudanças nos planos, que o novo local a ser explorado fora calculado por ele, e que os dados recebidos se mostraram promissores o suficiente para justificar uma missão de resgate como aquela.

Maurício sabia exatamente quais eram as palavras que viriam a seguir, então acompanhou mentalmente cada sílaba enquanto Martin as dizia. "O piloto designado para o modelo de testes zero-meia não se mostrou apto a pilotar o traje e me candidatei voluntariamente para assumir seu lugar, ou perderíamos a janela de tempo para executar a missão. Assumo total responsabilidade pelas consequências da minha decisão e reconheço os riscos relacionados a ela, como acidentes ou falhas técnicas que resultem em lesão corporal, dano aos trajes, problemas de comunicação que comprometam minha integridade física, ou acidentes que resultem em morte." Maurício não esperava estremecer ao ouvir pela segunda vez palavras que ele mesmo havia escrito, mas, agora que a imagem do doutor estava presa num vídeo, parecia muito mais próxima a possibilidade de que aquele pudesse ser o último registro de Martin.

"A nova região de pouso tem uma topografia irregular, bastante montanhosa", prosseguiu o doutor da gravação, "e profundidade de 4.500 metros. Temperatura desconhecida, dados insuficientes. Tempo estimado para atingir a localização é de quarenta e cinco minutos; tempo total da missão calculado para quatro horas e doze minutos, dentro da margem de autonomia do traje." Maurício imaginou que quem assistisse ao vídeo não saberia que, por trás da câmera, ele movia a cabeça perguntando silenciosamente se o doutor já havia acabado, o dedo em riste preparado para parar a gravação. Mas o que a imagem mostrava era Martin em silêncio, a boca aberta antecipando palavras que Maurício não havia preparado.

"Eu me preocupava em fazer que soubessem que eu estava certo, mesmo que eu não pudesse provar. Mas agora acho que isso não importa." Segurando a câmera, Maurício pensou no quanto sair do roteiro, definitivamente, era a especialidade do doutor. "Chega um momento em que o mundo que conhecemos já não é tão grande e vem a vontade de atravessar a cerca, de ver se não há mais coisas escondidas por trás da nossa realidade. Uma cadeira confortável na universidade, um nome em um prêmio, um cheque de investidores, nada disso parece grande, olhando daqui. Se eu não sobreviver à missão, só queria que soubessem que não mergulhei por nenhuma dessas coisas consideradas importantes ou para provar que eu estava certo, mas porque penso que ciência exige coragem e desprendimento, não só para acolher o que parece ridículo e improvável, mas para se arriscar na investigação, para ver até onde vai a barreira do possível no nosso mundo. Só não se lembrem de mim como um cara louco. Façam esse favor."

Maurício teve tempo de enxugar o rosto antes de Corina entrar no laboratório. Agora a câmera estava apontada para ela, deixando-a um tanto nervosa sem saber se olhava para a lente, para a quina da mesa ou para o colega. Não parecia confortável com nenhuma dessas opções.

"Eu, Corina da Costa, piloto do traje de testes zero-sete, decidi por livre e espontânea vontade participar da missão de resgate da C-40. Assumo inteira responsabilidade pelo que acontecer e—" Maurício percebeu que aquela pausa e aquele olhar perdido significavam que ela se desprendia do roteiro, desviava da rota como já havia feito antes naquela expedição, e céus, essa mulher não podia seguir o planejamento uma única vez? Nesse ponto ela se parecia demais com Martin para o assistente não achar aquilo engraçado. Ela coçou a testa com dedos nervosos e sorriu, finalmente olhando para a câmera. "O que eu estou dizendo? É lógico que sabem que assumo a responsabilidade pelos riscos, tem um contrato assinado com o meu nome. Mas já que estamos aqui, tenho uma mensagem."

Maurício teve que ajustar o ângulo quando Corina se inclinou de leve para a frente, aproximando-se com o olhar. "Desculpa não ter te respondido antes, mãe. Ando com muita coisa na cabeça e queria te dizer mais do que o 'não se preocupe' padrão. Porque eu sei o que estou fazendo e estou fazendo exatamente aquilo que quero. Acho que é isso o que importa, não? Morar aqui embaixo até que não é nada mau, mas não vejo a hora de sair porque a comida é de chorar. Às vezes até sonho com aquela sua moqueca maravilhosa, em comer junto com você enquanto conto o que passei aqui, as pessoas que conheci. Queria te contar sobre um livro que li, sobre uns aparelhos que instalei no fundo do mar e que nos permitem escutar toda a vida que tem lá embaixo, sobre uma roupa de mergulho nova que inventaram, sobre trabalhar com pessoas que levam muito a sério aquilo que fazem, sobre uma colega que lembra demais você por se preocupar com todo mundo aqui dentro, sobre as vezes que precisamos salvar um ao outro. Entrei aqui achando que eu tinha um problema, que eu não tinha conserto, que perdia o controle da minha vida, mas isso não importa mais depois de Auris. Vi que, no final das contas, estamos todos quebrados. Não exatamente quebrados, mas que nos falta um *pedaço*."

Ela parou por um instante, mas Maurício não fez menção de desligar a câmera, porque sequer piscava. Então Corina pareceu se lembrar de algo muito importante e seu rosto se abriu por completo. "Sabia que as baleias viajam em túneis acústicos para poder chamar pelas outras? É impressionante, eu já vi." Ela pensou nos buracos que as pessoas carregavam dentro de si e imaginou que não fossem defeitos ou problemas, mas *canais* pelos quais era possível navegar para alcançar o outro, porque ninguém podia funcionar sozinho. Precisava se conectar, sentia esse impulso mais forte agora e sabia que havia algo a convidando, havia uma conexão esperando por ela, mas com quem? "Uma baleia num túnel invisível. É isso o que eu estou indo fazer agora. Eu sei, não faz muito sentido. Mas, você sabe, meu trabalho não faz nenhum sentido mesmo. Bem, se cuida."

A cadeira ainda girou por um tempo vazia diante da câmera, até Maurício desligá-la e ficar com a sensação de ter mergulhado numa pessoa mais profundamente do que deveria; mas Corina não viu nada disso. Já estava indo em direção ao próximo espaço vazio a ser preenchido por ela, um traje de mergulho que a esperava aberto ao lado da *moon pool*.

Susana parou no meio do caminho, na frente da porta da antecâmara, mexendo nos próprios dedos, e olhou para Corina com cara de más notícias.

"O que foi dessa vez?", quis saber Corina, mas, quando se aproximou, ficou presa num abraço que não conseguiu entender.

"Prometa que vai fazer de tudo pra voltar", ela ouviu a outra dizer, enquanto sentia braços se apertando em volta do seu corpo, por cima e por baixo de seus ombros. "Você sabe o que aconteceu, você sabe que eu não me perdoaria se acontecesse de novo."

Ela achou injusto que Susana cobrasse logo aquilo dela, porque não podia prometer nada, não podia garantir que imprevistos não atravessassem seu caminho mais uma vez, mas mesmo assim retribuiu o abraço, esfregou as palmas das mãos bem abertas nas costas de Susana e esperou que ela entendesse o que aquilo significava.

"Só se você prometer que vai parar de se culpar. Não importa o que acontecer, você fez o seu melhor", respondeu Corina e logo saiu, visivelmente constrangida em ver todo aquele drama se prolongar por só mais um mergulho.

...

Na teoria, tudo funcionava muito bem. Descer, localizar a sonda, coletar dados do ambiente, explorar a região em busca de qualquer coisa anormal ou interessante, voltar. Na teoria, Martin era um cientista. Na teoria, Corina era uma profissional habilitada para fazer aquele mergulho. Na teoria, os trajes funcionariam até sete mil metros de profundidade. Mas eles sabiam que a realidade estraçalhava teorias com a mesma voracidade que tentáculos de polvos destroçavam as carapaças de lagostas, então desceram apenas torcendo para que a inevitável interferência do acaso não os prejudicasse tanto.

Dentro do capacete, o suor escorria pela testa de Martin. Além de números piscando em amarelo, aparecia diante de seu visor a dança descoordenada de partículas esbranquiçadas, poeira viva que se deixava levar pelo movimento das águas pontilhadas por pequenas luzes, que ele imaginou que fossem peixes minúsculos, menores que sua unha, tentando captar aquelas migalhas flutuantes com suas bocas microscópicas. *A água nunca é totalmente vazia.* Mas seu olhar atravessava o cenário que ele podia ver de dentro de seu traje e alcançava outra cena, no fundo de sua cabeça, que havia acontecido na madrugada daquele dia.

"Como eles são?", perguntou Corina ao se sentar ao lado dele, na beira da *moon pool*. Ainda havia água espalhada ali, vestígios do corpo molhado de Arraia, que se arrastara e chorara naquele chão, mas àquela altura ele já dormia e a Estação estava silenciosa atrás deles.

Martin não levantou o olhar quando ela chegou. Havia escolhido aquele lugar para que não o incomodassem e ele pudesse pensar, mas lembrou que não era possível se esconder num lugar tão pequeno e imaginou que Corina o tivesse visto pelos monitores da Estação. Que tipo de pergunta era aquela, o que ele ainda podia explicar se ela lera o livro, se ela ouvira o som antes do apagão? Ficou incomodado com a ideia de só poder dizer "não sei" quando a mergulhadora claramente procurava alguma resposta mais científica, então pensou um pouco e se decidiu por uma resposta melhor. "Só posso arriscar qualquer descrição quando estiverem na minha frente."

"Você passou metade da sua carreira procurando e nunca imaginou como eles são? Vamos lá, Martin."

"Passei tanto tempo procurando que não estava preparado para encontrar." Ele ficou olhando para o traje, tentando se preparar pelo menos para a ideia de caber ali dentro.

Demorou a perceber que Corina não o testava nem o provocava, que as perguntas que continuava a fazer não tinham o objetivo de colocá-lo contra a parede para que explicasse como poderiam ser inteligentes, com base em quê ele havia chegado àquela conclusão, e soube que não era essa a intenção porque já havia sido confrontado com esse tipo de pergunta tantas vezes que sabia bem a diferença. Não, Corina não se interessava por isso. Eram perguntas, mas também especulações, a vontade de saber se eram grandes ou pequenos, curiosos ou tímidos, perigosos ou pacíficos. Seriam compridos, com antenas, pinças ou tentáculos? Transparentes e brilhantes ou com escamas muito escuras? Teriam rosto, olhos, qualquer coisa que lembrasse a figura humana? Teriam mãos com dedos e polegares que pudessem acenar com um "olá"? Seriam parecidos com eles e da cintura para baixo iguais a tubarões ou enguias?

"Não devem ter nada de humano." Martin já se sentia à vontade naquele jogo de especulações que, melhor do que um baralho, era o que entretinha os dois insones depois de uma madrugada turbulenta. "Braços, cabeça, rosto. Só mesmo a nossa vaidade para achar que a forma humana é a básica em se tratando de criaturas inteligentes. A forma humana é superestimada."

Corina olhou bem para Martin, riu e balançou a cabeça concordando, mas ele não entendeu por que aquele comentário a fez sorrir.

No abismo, era ela que ia à frente; o traje de Corina a não mais de dez metros na dianteira daquele que Martin pilotava. De tudo com o que tivera contato no mar – e que longa era a sua carreira de oceanógrafo, a bordo de barcos ou vestido de mergulhador – a segunda mais difícil de sondar foi Corina; a primeira mais difícil, bem, estava a caminho dela, mas Corina parecia sempre incompleta, um sinal do qual faltava um pedaço, e sem ele era impossível decodificar a mensagem.

Quando Martin estava se preparando para entrar no traje, na Estação que agora ficava a mais de mil metros para cima, Susana havia perguntado se não estava com medo, mas ele disse que não. Sabia que a engenheira só queria checar se estava tudo certo, mas mesmo assim ela disse, mexendo em algum cabo, ou apertando alguns botões, que talvez fosse impossível para ele não se apavorar nessa missão de busca. Ele não lembrava se apenas fez cara de confuso ou se chegou a perguntar "Por que eu deveria sentir tanto medo?", mas a memória do que ela disse em seguida continuava tão clara em sua mente quanto a luz que agora ia diante de seu capacete. "Corina só tem toda essa coragem porque ela duvida que exista qualquer coisa lá embaixo."

Algo estava errado, Martin percebeu. A conversa que tiveram na madrugada mostrava uma pessoa que parecia acreditar naquilo mais do que ele próprio –, *ela perguntou se teriam barbatanas* – e aquelas perguntas não eram o tipo de coisa esperada de alguém que duvidasse. Ou Corina estava mentindo, o tempo todo mentindo, e aquela conversa não teria sido mais do que a tentativa de fazê-lo de bobo sem ele saber? Ela estava rindo, não estava?

Martin hesitou por um momento e seu traje desacelerou na descida; da Estação veio a resposta, uma instrução para que mantivesse a velocidade dos motores, ao que ele respondeu "claro, claro", mas o incômodo continuou a passear pela sua cabeça – o visor do traje já indicava que alcançaram a marca dos três mil metros –, e a impressão de que Corina escondia algo que provavelmente o mataria ali embaixo alterou até mesmo o ritmo de sua respiração.

"Você deve estar empolgado", ela havia comentado durante a conversa, os dedos ocupados com o cabo de respiração de uma máscara que estava guardada ao seu alcance.

"Estou apavorado", confessou Martin, rindo para sua declaração não parecer tão séria. "Sinto que atendemos o telefone por engano. Talvez o chamado nunca tenha sido para nós, nada que seja da nossa conta. De qualquer forma, é um caminho sem volta."

Mudaram de assunto, falaram de coisas banais, mas ele tinha quase certeza de que foi ela que retomou o assunto, tão inesperadamente que ele nem sentiu a mudança de direção quando a conversa voltou a ser sobre o que os esperava lá em baixo. Ela se lembrou de um trecho do livro que a fez se perguntar se um dia, milhões de anos no futuro, eles poderiam ter corpos adaptados para viver na água — se as baleias conseguiram evoluir voltando para a água, outras espécies conseguiriam? Por que nunca mais ocorreu nada semelhante? Talvez as pessoas pudessem passar por uma evolução parecida, não? E foi a vez de ele rir, porque era exatamente o tipo de pergunta que ele se fez tantas vezes, pensando num futuro que já começava a se desenhar com o planeta mudando lentamente, ficando mais quente, o volume de água aumentando, e logo não haveria mais como sustentarem suas vidas em terra; era o momento de provarem que eram inteligentes, ele acreditava, e inteligência era mais do que arrumar meios de impedir as mudanças, mas de aprender com elas e de se adaptar às novas condições. As baleias sabiam disso, foi o que elas fizeram, afinal.

Ele imaginava se era sobre isso que elas cantavam o tempo inteiro, desde que aprenderam a viver na água, cada geração passando para a seguinte o conhecimento de que havia algo chamando no fundo; mas, se o fundo do oceano tinha formas provisórias, se transformando a cada milhão de anos, talvez elas estivessem falando de algo que existisse apesar do lugar. Algo que habitava o lugar. Uma espécie? Uma consciência? Martin balançou a cabeça, incapaz de seguir especulando sobre a existência de algo que insistia em permanecer sem forma em sua imaginação.

Ele se deu conta de que não perguntara a Corina o que ela achava, não dera espaço para que ela explicasse o que afinal a motivava a descer e procurar a sonda; nunca soube, ela nunca disse – e agora, enquanto eles desciam ao abismo, Martin se deu conta dessa lacuna e teve medo.

Corina era a única coisa familiar ali embaixo, uma pessoa, um exemplar da própria espécie, e nem isso ele podia dizer que conhecia; estava cercado do desconhecido até mesmo pela figura que deveria representar algum contato com o mundo do qual ele veio. Forçou-se a pensar em qualquer coisa que o acalmasse, tentou se concentrar nos pequenos números do visor, mas ver que alcançavam uma profundidade cada vez maior não ajudava. Não tinha por que se apavorar se responderam ao seu chamado, se parecia estar lidando com algo aparentemente dotado de algum senso de comunicação, se a sua busca parecia estar seguindo o caminho certo. Queriam que ele fosse, não?

"O tempo todo a gente imaginava que o contato viria de cima, do espaço, e ficamos esperando o dia em que alguém atenderia", disse Martin, depois de pigarrear para que sua voz não entregasse sua empolgação com aquela ideia. "Ansiamos por qualquer coisa que nos arranque dessa solidão cósmica, de carregarmos sozinhos o peso de ter uma consciência. Quem diria que esse chamado viria logo do nosso próprio planeta?"

"Eles devem achar que somos muito lentos", chegou a dizer Corina antes de voltar para seu dormitório. Havia uma missão complicada os aguardando em poucas horas e era prudente que fossem logo dormir. "Todo esse tempo procurando em outros lugares. Talvez a gente esteja um bocado atrasado."

Na ocasião, Martin apenas riu, mas só quando estavam alcançando a profundidade para onde a água carregou a sonda foi que ele entendeu o que significava estar atrasado. Não sabia se Corina tinha dito intencionalmente ou não, mas "eles devem achar que" era algo que o doutor deveria ter considerado antes – colocar-se no lugar do outro para entender suas intenções e seus sentimentos era também algo básico em criaturas que se relacionavam com base na comunicação, mas as pessoas pareciam falhar com muita frequência nesse quesito. Pensou tanto no que poderia encontrar, no que esperar daquela descoberta, que se esqueceu de pensar por um instante a respeito de que eles, do outro lado, poderiam estar à espera. Sabiam eles o tempo todo que iriam ao seu encontro? Queriam isso? Ou seria a visita inconveniente, de bisbilhoteiros que se intrometeram em suas conversas com as baleias?

Repassou em sua mente todos os passos que o conduziram até aquele ponto e foi tomado pela amarga sensação de que havia se enganado, movido por aquela enorme vaidade de achar que estava destinado a descobrir algo a que os outros não foram bons o suficiente para prestar atenção, mas foi tudo uma sequência de enganos e acidentes. Foi assim que a sonda os encontrou, agora ele se lembrava, graças a um acidente, um erro, uma irresponsabilidade da mergulhadora que agora o acompanhava em uma viagem tão arriscada; como poderiam estar esperando por eles se ninguém esperava perder aquela sonda? Não, as pessoas nunca fizeram parte da conversa, Martin nunca foi especial, tudo por causa do acaso, sempre o acaso e talvez a resposta – o apagão – pudesse significar "fiquem longe". Mas o que estavam fazendo? Justamente o contrário: indo para o olho do furacão, sem nenhuma garantia de que descobririam algo que fosse conveniente, nenhuma garantia de que fossem sobreviver ao que quer que encontrassem, e Martin estava entregue a essa tragédia acompanhado apenas de uma mergulhadora que claramente não sabia o que estava fazendo – o que foi aquele episódio em que Corina se arriscou sem necessidade para recuperar a sonda, se não uma evidência concreta de sua incapacidade de prezar pela própria vida? Era em evidências que os cientistas precisavam se agarrar e, no momento, aquela era a única que Martin tinha.

Entrou em pânico. Na Estação perceberam que havia algo errado com a respiração carregada de Martin, e ele estava parando de acelerar: "Doutor, mantenha a velocidade, a localização está próxima." Mas ele não respondeu.

"Martin, estamos perto, o que está fazendo?" Corina virou o traje para poder enxergar e o viu parado, os motores sendo revertidos de forma meio atrapalhada, e ela percebeu que havia algo errado.

"Quero voltar. Auris, estou voltando."

Mas que diabos aquele homem estava inventando, Corina xingaria, se não estivesse tão ocupada em forçar o motor para se aproximar mais rápido do doutor. Ele realmente estava voltando, a respiração ofegante chegando pelo comunicador para dentro de seu capacete.

Corina flutuou para perto de Martin, e ele se afastou de ré; ela agarrou o braço do outro traje e eles rodopiaram, com cada motor conduzindo para uma direção; ela disse para ele desfazer o retorno, e ele gritou "Me deixe voltar, eu não quero morrer! Eu não quero morrer!", e seria um tanto cômico se todos não estivessem tão tensos com a situação.

"Você acha que *eu* quero morrer?", gritou Corina, e como era difícil manter o controle do motor e segurar algo tão pesado ao mesmo tempo. Ela escalou pelo braço do traje de Martin e conseguiu alcançar a altura de seu visor. Agora olhava para ele, que se derretia em suor ou lágrimas, não era possível dizer, mas estava tão molhado que dava para pensar que o capacete estivesse com algum vazamento. "Se não fosse você, a gente não estaria aqui. Então respira. Mantenha a calma. Porque vamos descer, sim." Estavam tão perto, bastava encontrar o chão e caminhar até o ponto que Auris mapeara lá de cima.

"Isso não está certo", foi só o que Martin conseguiu balbuciar, mas acabou obedecendo ao que continuavam a gritar em seu ouvido e fez seu motor parar de subir. Não precisou dizer que tinha medo, que mudou de ideia, que agora não achava que aqueles sinais o conduziriam a alguma descoberta, mas se sentiu patético ao ser dominado por aquele medo, aquele repentino apego à vida que parecia tão fora de lugar em um cientista prestes a tirar a prova das próprias hipóteses. Se aquilo não era questão de vida e morte, o que poderia ser?

"Martin, é só o medo de estar aqui, tão fundo." Corina falava pausadamente, articulando bem as palavras para ter certeza de que ele as entendesse. "Eu sei porque é exatamente o que eu sinto. Não está certo mesmo, a gente não foi feito pra visitar esse lugar. Lembra o que te falei? Sempre seremos estrangeiros aqui. Mas falta pouco. Vamos."

Martin fechou os olhos, e não havia mais Corina, não havia mais pequenos pontos brilhantes nadando ao seu redor, não havia mais água nem a vida microscópica que a preenchia; só havia a angústia de perceber que agora era tarde demais para voltar.

CAPÍTULO 17
ENCONTRO

Vista da escala do planeta, aquela região era uma ruga; da escala dos exploradores que passavam por ela, era uma sucessão de declives, penhascos, elevações. Da escala do planeta, os próprios exploradores não eram mais do que micróbios, talvez só um pouco maiores do que bactérias ou pequenas águas-vivas, mas não passavam despercebidos com egos tão grandes – o *meu* planeta, achavam, mas nunca a percepção de que *eram* o planeta, porque o ego sempre fazia o *ter* vir antes do *ser*, fazia os indivíduos se desgrudarem do todo e acreditarem tão firmemente que eram algo à parte, que flutuavam sozinhos no espaço, tão pequenos, devorados pela imensidão do abismo. De um lado, eles, do outro, o abismo e as coisas que moravam ali – mas onde começava esse limite? Onde estava traçada tal divisão? Era fácil se perder assim, quando tudo o que estivesse fora de si fosse estranho, borbulhando de forma imprevisível, acontecendo fora de seu controle – o ego fazia também acreditarem que podiam ter coisas sob controle, mas nem seus corpos, nem isso podiam dizer que controlavam; não era demais esperar controle de todo o resto? – e podiam pensar que, devido às grandes dimensões da coisa toda, até animais que tivessem "colossal" no nome estavam perdidos na imensidão, boiando tão isolados quanto eles.

Mas as lulas colossais não se perdiam, elas não podiam se perceber de repente isoladas num mundo estranho, se eram, elas mesmas, a própria imensidão.

Eles eram pequenos, e a sonda que perderam ainda menor, mas era tão grande a distância entre eles e algumas espécies que só podia ser medida em uma régua de milhões de anos. Do que adiantava marcar um encontro com alguém que já tivesse ido embora? Mas não se perguntaram, graças à pressa, e porque havia um espaço grande demais para vasculhar. Mas em cem mil anos, ou ainda menos, criaturas que vivessem ali jamais saberiam que um dia existiu espécie capaz de se vestir de metal, engarrafar a respiração e descer tão fundo com braços e pernas ridículos – por que não usaram barbatanas? Tão mais fácil.

O silêncio era esmagador justamente porque Martin o sabia preenchido de sons que seus ouvidos, sozinhos, não podiam captar. Podiam estar chamando agora, de novo, mas ele estava surdo, nadando no escuro, num traje de movimentos limitados, com uma companhia pouco confiável, procurando não sabia exatamente o quê.

"Duzentos metros para o alvo." Veio de Auris o som que invadiu o silêncio praticamente imperturbável que Martin não se atrevia a romper nem com uma respiração mais pesada. "Mantenham a direção."

"Há um obstáculo", observou Corina, com o esforço de pilotar o traje evidente em sua voz, e a falta de assunto ali embaixo era maior que o medo de quebrar o silêncio, maior que o esforço para poupar o fôlego.

Era um paredão alto que se estendia diante deles, e aquela não podia ser a direção certa, ou a sonda teria literalmente atravessado rocha dura, magma sólido, a não ser que – devia ter alguma entrada, uma caverna, e foi exatamente o que Martin orientou que procurassem, se o seu conhecimento sobre relevo oceânico também não estivesse equivocado como podia estar todo o resto.

Quando se aproximaram para investigar a região, perceberam que não pisavam em solo firme, mas sobre uma multidão de pequenos crustáceos que deviam estar acumulados em uma camada bem grossa, uns sobre os outros, porque, embora os de cima estivessem sendo esmagados pelas botas dos mergulhadores, os de baixo se mexiam feito placas tectônicas, fazendo com que se perdesse o eixo de equilíbrio do traje. Martin olhou para baixo e descobriu que não eram crustáceos ordinários, mas isópodes gigantes. Cada um devia ter o tamanho e o peso de um gato adulto e não pareciam tão ameaçadores apesar de grandes demais para algo que poderia ser confundido com um inseto. Tiveram que acionar os motores, as carapaças pequenas expulsando as carapaças maiores, ultrajadas com aquela imitação. Talvez tentassem dizer que aquele não era seu lugar.

Flutuaram. As luzes em seus capacetes varreram a superfície rochosa à frente. Não era uma situação muito própria para brincar de mapa da mina se aquela era uma visita com tempo contado.

"Apague a lanterna." A orientação de Martin veio como uma ordem e surpreendeu Corina. Eles precisavam encontrar logo a fissura onde a sonda havia caído, mas como fariam isso se não pudessem enxergar? Ele achava ter visto alguma coisa, mas a lanterna atrapalhava, e Corina ficou confusa, imaginando se Martin ainda estava em choque ou coisa parecida; não bastasse a tensão normal em estar ali, ela duplicou seu estado de alerta, com medo do que pudesse sair daquele comportamento estranho.

De qualquer forma, ela fez o que ele pediu, e os dois desapareceram na escuridão. Não era como apagar as luzes dentro de casa, ou estar num barco, longe da cidade, numa noite nublada, sem luz de estrelas para indicar a direção. Apagar as lanternas ali era boiar no escuro total, o tipo de escuro que precedia a existência dos seres e que preenchia tudo quando eles deixavam de existir; uma escuridão que tinha peso e densidade, pressão e volume, que sustentava seus corpos na beira do nada, no mesmo tipo de cenário para o qual despertaram as primeiras criaturas se no início não houve luz, apenas água.

Corina arregalou os olhos o máximo que conseguiu, mas não fazia diferença estar com as pálpebras fechadas ou abertas: a quantidade de luz que suas pupilas conseguiam captar era a mesma: nenhuma. Confiavam demais na visão, no que pudessem ver, no que a luz pudesse tocar. Era vendo que buscavam entender. Ela queria ver, mas se controlava para não acionar a lanterna, pensando na ex-aluna de Martin, a que tinha os ouvidos bons e que não se importaria com toda aquela escuridão. *O escuro talvez seja melhor para enxergar.* Corina moveu os braços para se lembrar de que ainda tinha um corpo, para não deixar sua consciência se dissolver na água escura, e continuou movendo os olhos, procurando.

"Um brilho", avisou ela quando enfim conseguiu ver, e Martin riu alto. Eram luzes e não vinham deles, uma pequena constelação grudada na rocha brilhava, azul, um fogo-fátuo nas profundezas.

"O oceano tem a própria luz", disse o doutor com alguma satisfação, e tinham medo de fazer qualquer movimento brusco que assustasse a criatura.

Inútil, porque ela já sabia da presença deles quando ainda estavam oitocentos metros acima, mas esperou se aproximarem um pouco mais para escorrer, junto com seus pontinhos brilhantes, para dentro de um ralo invisível, e de novo a escuridão plena. Martin entendeu que o sumiço era porque ela havia conseguido entrar em algum buraco e, de fato, percebeu que justamente no ponto onde as luzes desapareceram havia uma entrada. Os dois passaram por ele tendo apenas o tato como guia, as lanternas ainda apagadas.

Dentro da caverna, de novo encontraram a luz e puderam distinguir que fazia parte de uma criatura quadrada, pulsante e brilhante, numa indefinição que balançava entre algo que parecia vivo e algo que lembrava um objeto fabricado por mãos humanas.

"São eles, Martin?" Mas o doutor não respondeu de imediato. Buscava no acervo de sua mente qualquer classificação já conhecida que pudesse se encaixar naquela criatura antes de tirar qualquer conclusão precipitada, porque sua cota de equívocos estava perigosamente cheia.

A coisa flutuou como um lençol, e somente com seu brilho Corina e Martin puderam ver que debaixo dela estava justamente a sonda perdida, que era isso que a criatura embrulhava se fazendo de papel de presente.

"São eles", gaguejou Martin, numa afirmação que fez mais pela emoção do que pela certeza. Era difícil supor que coisa fosse aquela, sem forma definida, nada que pudesse ser considerado rosto ou cabeça. Era apenas um vulto flutuando sozinho, nada parecia vivo ao seu redor. Talvez esperasse que dessem oi e talvez Martin buscasse alguma palavra ou gesto que sinalizasse que vinham em paz, coisa que devia ter visto em algum filme, e agora a ficção científica lhe parecia meio ridícula, porque não havia meios de estabelecer contato de forma tão simples com algo nunca antes visto.

Auris estava tão calada que ficou distante, em outro planeta, apreensiva com o que eles podiam estar vendo, e ocorreu a Martin perguntar se podiam captar as imagens, se tinham visual, se estavam registrando aquilo. Veio um gemido, quase um sussurro do outro lado, algo que soou como um pedido para que acendessem as lanternas ou se aproximassem, porque pelos monitores não era possível distinguir a imagem – mas arriscar perder a criatura de vista? Martin não queria fazer nada que a afugentasse. Queria primeiro entender, ver se havia algum sinal de que aquela forma translúcida que lembrava uma sacola plástica jogada ao mar era o que ele estava buscando o tempo inteiro.

Aquele ser pareceu a Martin uma água-viva que não teve a chance de ser formada completamente, uma forma de vida bastante rudimentar, de corpo transparente e bidimensional, sem formas definidas, que aparentava não ter estrutura corpórea que suportasse um cérebro. Era fascinante, porque luzes que brilhavam nas profundezas eram sempre atraentes, mas ele precisava admitir para si mesmo que não era bem isso que esperava encontrar, especialmente porque a criatura ficou flutuando, parada, sem dar nenhum sinal de que estava interessada – ou sequer de que era capaz – de estabelecer contato.

Um contorno azulado começou a se mexer do lado de Martin, e ele entendeu que era o corpo de Corina, mas não entendeu o que ela estava tentando fazer, porque sentiu os motores se moverem, viu que a forma do traje se aproximava devagar da criatura, contra toda a cautela que ele estava tentando construir até o momento. Só deu tempo de gritar um "Corina, não!", mas ela nunca escutava, seus ouvidos não davam a mínima para qualquer pedido de cuidado, e ele se arrependeu de não terem planejado um roteiro de ação para saberem o que fazer caso se deparassem com qualquer coisa nova, diferente ou suspeita. *Duvidava de que existisse qualquer coisa*. Mas ela estava indo, não tinha jeito.

"Corina, não", ela ouviu mais uma vez.

E parou.

Não era a voz de Martin. Não veio de dentro do seu capacete. Mal eram palavras, mas ela ouviu, e podia achar que era coisa de sua cabeça se não fosse a respiração do doutor dizendo que ele tinha ouvido o mesmo. Era um som borbulhante, um "Corina, não" que soou como bolhas sopradas por um canudo, um som abafado como que dentro de uma bolha de ar, mas tremido com as vibrações da água. Um sinal, uma conversa, dois pares de olhos atentos, gotas de suor escorrendo. Um lenço flutuando na água, piscando, banhando rochas e sondas e braços e pernas com um contorno azul. A luz se espalhou pelos cantos da caverna quando a criatura se esticou em uma forma rígida, tão tensionada quanto os nervos do pescoço de Corina.

O corpo todo se esticou – de uma e de outra. O braço de Corina estava estendido em direção à criatura, aproximando-se devagar, e era tão pouca a distância que as separava – será que podiam ver da Estação? – que não havia espaço para Martin interferir, xingar, questionar o que raios ela pensava que estava fazendo. Mas nem Corina entendia o que pretendia com aquilo: capturá-la? Ver se era real? Seu corpo ia sem lhe pedir permissão, não como havia acontecido outras vezes, para tirar-lhe o chão, para derrubá-la; mas para tentar um contato, para obedecer àquela atração quase magnética, porque afinal luzes piscando no abismo serviam para isso.

A chama brilhava, fria e até então parada, mas moveu-se depressa demais para ser alcançada; tão ligeira que nenhum dos dois conseguiu acompanhar quando se embolou novamente, circulou Corina, recuperou a direção e escorreu para algum lugar – as luzes sumindo e os deixando mais uma vez na escuridão.

Acenderam as lanternas, giraram o traje e se deram conta do lugar onde estavam; uma caverna cilíndrica, um tubo, um canal feito apenas de rocha dura e preenchido por sedimentos que foram se acumulando ao decorrer das eras até que dessem forma ao que agora parecia um salão. Martin aproximou-se da rocha e a tocou. Percebeu que era basalto puro e não precisou de muito mais do que uma olhada cuidadosa para entender que era de formação vulcânica, que aquela caverna poderia ter sido, em um passado distante, uma chaminé submersa como a que ele tinha escolhido estudar naquela expedição.

"Só há caminho para baixo", ele percebeu, e Corina já havia encontrado, perto do lugar onde a luz desapareceu, a entrada de um canal, um poço, uma rota de fuga.

Mais fundo, mais fundo – as baleias aprenderam.

Dá para descer mais – Corina dizia ao próprio cérebro ao mergulhar.

"Estação, permissão para descer", disse ela.

Corina soube que veio da voz de Arraia a permissão, um voto de confiança para que explorasse uma região em que certamente não seria inteligente enfiar Martin, mas no silêncio dos outros a apreensão dizia que talvez devesse mesmo prosseguir, porque também tinham ouvido "Corina, não", porque aquela era uma oportunidade única de perseguir a criatura. Quando poderiam captá-la novamente? Só precisavam de um registro, só isso, dissera Martin, porque não podia ter certeza de que aquele ser teria vontade de se comunicar com eles, mas apenas um registro seu seria mais que suficiente para justificar toda uma busca, a própria carreira.

"Não mais que cem metros, não é seguro", lembrou Auris, e no visor do capacete apareceu a profundidade que ela poderia mergulhar. "Cem metros e volte, entendido?", e Corina respondeu que sim, reforçando a promessa de que ela estaria disposta a cumprir se não tivesse sido seu nome, o próprio nome, o que a criatura tinha chamado.

•••

O espectro que encontrou a caixa perdida – os sons que saíam dela faziam cócegas, era tão bom estar por perto – simplesmente não reagiu como de costume ao ver os dois corpos volumosos se aproximarem. Em uma situação normal, ele apenas teria escapulido muito antes de aquelas luzes chegarem perto da caverna, e jamais saberiam que um dia ele existiu; mas a curiosidade era capaz de mover as criaturas para situações inesperadas. Então ele esperou. E deixou que chegassem.

Eram grandes e de aspecto duro, o que contrariava sua noção de coisa viva; mas qual não foi sua surpresa ao perceber que também emitiam sons, embora chiados e secos, uns ruídos que suas células não conseguiam identificar como nada conhecido. Não pensou em devolver o som, fazendo a água vibrar, mas o impulso veio e não foi possível evitar uma resposta que soou como "Corina, não" ou o mais próximo que conseguia chegar disso sem o aparelho vocal apropriado.

Percebeu o movimento, algo tentando tocá-lo, mas o que a mão tentava alcançar era uma criatura que nem existia mais. Nenhum dos dois lados sabia do desencontro, que o máximo que havia ali era um fóssil sonoro, apenas a reprodução de um canto ouvido milhões de anos antes. Aquele tipo de criatura mais fina que papel carregava o único vestígio do que um dia foi uma civilização, e era um registro tão quebradiço quanto tudo mais que um dia podia morrer. A mão foi em frente, mas não podia atravessar os milhões de anos que a separavam do planeta onde os azúlis existiram, onde talvez houvesse tentáculos que responderiam ao seu toque e entenderiam o significado daquele gesto. Apenas a solidão atravessou o tempo, tocando de um lado os azúlis, que não ficaram tempo suficiente para ter com quem conversar – adorariam ter sabido das baleias –, e do outro, pessoas, que chegaram atrasadas demais para perceber que não foram as primeiras e que não eram as únicas.

No meio disso, um espectro assustado demais para ficar mais um segundo: embolou-se no próprio corpo, pegou impulso e desapareceu, levando consigo um registro novo e desconhecido, que faria ecoar pela água até tempos distantes.

•••

"Vinte minutos para a volta", avisou a Estação, e Corina ainda estava longe de descobrir onde a passagem ia dar. Nenhuma luz azul a chamava no fundo.

"Estação, permissão para descer mais duzentos metros", pediu ela.

Por um tempo, tudo o que ouviu foi a própria respiração, e dentro daquele traje era como sugar ar de uma garrafa vazia, as bolhas subindo devagar enquanto ela, parada, esperava nova bênção da equipe para ir mais fundo, só mais duzentos metros e talvez ela pudesse alcançar aquela criatura.

"Negativo", veio a voz de cima. "O combinado foram cem metros."

"Consigo voltar trezentos metros em vinte minutos." Achou boba aquela discussão sobre métricas e tempo. Para Corina era impossível não se irritar com aquilo se mais abaixo a criatura escapava, ou a chamava para ir mais fundo.

"Negativo, Corina. Não vai dar tempo. A autonomia dos trajes—" Mas Auris nem tinha terminado de explicar e Corina girou, ficou de cabeça para baixo como azúlis lançando-se em vulcões, pegou impulso e fez o motor rodar com força, acelerando o mergulho.

"Vai dar tempo." A teimosia – não era segredo para ninguém – era mesmo sua verdadeira doença.

Quando os azúlis mergulharam nas chaminés em um planeta que vagamente lembrava aquele, não tiveram a chance de voltar para dizer o que encontraram, tampouco esperavam voltar. Apenas sentiam que era algo que precisava ser feito, um chamado que bem podia ser considerado loucura, ou apenas a consciência voltada demais para o fato de que suas existências, de qualquer forma, estariam para acabar. Era mais ou menos o que podia ser dito de Corina. As histórias ficaram sobrepostas, separadas por mais de duzentos milhões de anos, com a diferença de que aquela passagem era preenchida por água quente, vapor e outras coisas vindas do centro do planeta na época em que os azúlis haviam mergulhado por elas, enquanto a passagem que Corina atravessava era apenas cercada de rocha, água muito fria e um ambiente morto.

O que buscavam dentro de um maldito vulcão? O que valia tanto para darem suas vidas naquela busca sem volta?

Coragem era algo estúpido demais para ser transformado em motivação quando na verdade se tratava de puro ego, a arrogância de achar que era superior, que estava destinado a fazer algo grandioso e nenhuma ameaça ficaria no caminho. Não, não foi coragem que conduziu os azúlis para dentro das chaminés, se eram inteligentes demais para se arriscarem com tolices como valentia. Foi só por terem se afastado do ego, dos outros, do mundo que desmoronava acima deles, que conseguiram ouvir com clareza um chamado que se repetia desde a época das arqueias, inscrito em cada ser vivo. Os azúlis não tinham mais nada quando causaram a própria extinção. Nenhuma garantia de que fossem sobreviver à hecatombe, nenhum sinal de que não estavam sozinhos ou de que ainda havia inteligência com a qual poderiam se comunicar, nenhuma esperança ou ilusão de que fossem especiais para sobreviver ou descobrir o que quer que fosse. A solidão os virou do avesso – ou os fez ouvir.

A mesma fagulha parecia mover Corina, que desejava tanto ver o que havia mais fundo e de novo ir contra o que lhe diziam. Curiosidade, teimosia, loucura. Não coragem, porque tinha medo de pensar na próxima crise, no dia em que seu corpo não a obedeceria mais, de não achar quem a entendesse, nunca, em lugar nenhum. Assim que desse meia-volta e retornasse para Auris, a expedição estaria acabada, e depois o quê? Era a consciência do fim.

"Corina, o que está fazendo?", gritava Martin pelo comunicador. Em algum lugar acima dela, ele tentava controlar os motores enquanto descia por uma passagem apertada demais para fazer os movimentos com segurança. Havia alguém em Auris gritando para que Martin não descesse, ele mesmo não querendo descer, queria voltar vivo e aquela mergulhadora não podia estragar tudo mais uma vez.

"Eu vou atrás deles. Do seu cérebro", Corina ofegava e descia rápido demais para que tivesse alguma esperança de voltar, o que não seria possível se precisasse salvar um cientista que mal sabia pilotar o traje. E ela esperava que Martin não estragasse tudo: "Martin, volte! Volte agora!"

Ele fez a única coisa que estava ao seu alcance, que foi agarrar com força o cabo de segurança no traje de Corina, o cabo que os prendia feito cordão umbilical à figura materna da Estação. Martin gritou para que puxassem a trava de segurança enquanto ele ainda a tinha em mãos – e o puxão que deu foi o suficiente para parar a descida e até virar Corina de volta com a cabeça para cima; ela ficou tonta, as coisas viraram do avesso, e ela só soube que estava voltando porque seu corpo agora acompanhava o sentido das bolhas que subiam.

Corina não achava justo esbarrar em tantas limitações. Sua existência humana era, afinal, uma jornada que tinha prazo para acabar, e o seu corpo era um traje não muito confiável que lhe deram para encarar aquela viagem. Dava para ir mais fundo, por que não deixavam?

Poucos minutos e o doutor deixou de ser a única força que a puxava para cima. O cabo de segurança recolhia os dois de volta para a Estação, com o mesmo mecanismo que impedira que ela fosse carregada por uma corrente da última vez. Essa não era a única força agindo sobre ela, se outra coisa a puxava para baixo: a gravidade, uma urgência, o mesmo sentimento que a movia em direção ao mar, os ossos tremendo, vibrando com a lembrança de uma mensagem que uma baleia perdida tentava enviar para as outras, a lembrança do amigo se jogando para afogar sozinho, o mesmo senso de autodestruição que fez com que ela fizesse escolhas tão ruins. Corina se rendeu, e nem mesmo sua parte consciente foi capaz de fazê-la parar, mesmo que seu cérebro dissesse que voltasse porque tinha medo, porque queria sobreviver, porque queria sair daquele traje e respirar, porque não queria ficar em um lugar onde obviamente eram intrusos.

Desacoplou o cabo das costas, soltou a única parte do traje que a ligava ao mundo do qual partira. Martin subiu segurando um cabo solto e já não conseguiria parar sozinho; subiu e deixou Corina girando. Sua luz sumiu na passagem acima e agora era somente a luz dela que brilhava naquele fosso.

Sozinha.

Corina pairou por alguns instantes pensando na idiotice que fizera, mas agora não tinha escolha, tinha? Um caminho se estendia para baixo e que pelo menos ela terminasse isso; que ela chegasse onde a criatura estava brilhando, chamando seu nome. Mais fundo. Mais fundo. Girou e ficou novamente de cabeça para baixo, a mesma posição que assumia em seus mergulhos de apneia — e de repente estava lá, com apenas um traje leve de neoprene, nenhum cilindro, a água ainda sendo tocada pela luz do sol.

Ela gostava de como o mundo lá de cima deixava de existir aos poucos. De onde estava, não dava para ouvir nenhuma voz humana, nem buzina, nem reclamações, nem médicos dando diagnósticos, nem pessoas dizendo quanta saudade sentiam umas das outras, nem mentiras, compromissos sendo marcados, nem o tempo passando e deixando as pessoas atrasadas para trás, nem o som de uma casa vazia, nem a Nina Simone cantando que tem cabeça, ouvidos, pernas e vida, nem teclas de computador, nem celulares apitando e eles simplesmente não paravam de apitar um minuto sequer, nem mesmo o som das ondas quebrando, tão devastador, nada se ouvia dali.

Os primeiros metros eram os de melhor visibilidade. Conseguia ver vida por todos os lados, enquanto serpenteava mais para o fundo: peixes surgiam aos poucos, movendo suas caudas para lá e para cá, sozinhos ou em nuvens, nem um pouco intimidados com sua presença; não respirar era ser um deles.

Mais uma vez engolida pelo silêncio, ela lembrou por que gostava tanto de fazer isso e por que estava o tempo inteiro nessa busca tão desesperada: era pequena, muito pequena, e não conseguia suportar tanta fragilidade. Era mergulhando que se confrontava com aquela incômoda verdade, e havia algo de viciante em dar ouvidos a isso. Tinha sido o mesmo entendimento que conduzira criaturas para dentro de vulcões milhões de anos antes?

Corina nem reparou que não estava em seus mergulhos de apneia, que estava no abismo, que o sistema de comunicação já não funcionava, que o silêncio era também porque tinha sido abandonada pela voz das pessoas em Auris, que deviam estar surtando por tê-la perdido e como fariam para resgatá-la munidos só com um traje, isso estava fora do alcance deles. No seu visor, luzes vermelhas começavam a alertar que havia algo errado, e os números da profundidade chegavam perigosamente à casa dos cinco mil e piscavam — mas dava para descer mais, ela continuava dizendo para si mesma. Até o traje queria voltar, agora mostrando por que era necessário ser testado se definitivamente não estava preparado para suportar aquela profundidade; estava cedendo à pressão e Corina sentiu isso dentro da sua cabeça, nos seus olhos mostrando imagens duplas como se suas retinas estivessem descolando — mas as luzes do traje também começavam a falhar e talvez esse negócio de ver fosse superestimado. Fechou os olhos e abriu os ouvidos.

Não importava mais se era uma crise, se era narcose, se era falha no traje, ou se finalmente estava começando a entender; não importava, porque ela teve a súbita compreensão de que não haveria depois para ela refletir sobre isso, para contar para alguém, para perguntar o que aquilo significava. Naquele ponto, importava quem ela era? Sozinha, tanto fazia o que ela era: se não tinha mais ninguém para ver, se não tinha alguém ou qualquer coisa para estabelecer um contato, era como se nem existisse. No entanto, ela continuava existindo e, ainda que não sobrevivesse, ela continuaria existindo: ainda haveria pessoas lá em cima, as baleias continuariam a habitar os oceanos, ainda haveria espécies novas surgindo e morrendo, o mar continuaria lá.

Não importava mais o medo que a levava a mergulhar e ficar quieta no silêncio, sem nem mesmo o som de sua respiração para atrapalhar; e não importava porque era inútil fugir. Claro, fugir foi o que ela acabara de fazer, por medo, não por coragem, mas isso vários metros acima. Ali, era diferente. Ali já não era necessário, porque não tinha mais por que fugir.

Era engraçado como à beira da extinção restava tão pouco a que se agarrar. Quando não restasse mais nada, ainda restaria o silêncio;

não o da ausência, mas aquele que era a mistura de todos os sons. Aquilo talvez fosse o mesmo que voltar a esse estado primordial que permitia que as criaturas ouvissem com tanta clareza, que chegassem tão perto da compreensão do que era afinal essa mensagem que os primeiros seres deixaram. Talvez fosse voltar a ser uma bactéria boiando no caldo da vida, a primeira espécie, e elas realmente estiveram sozinhas no planeta por tanto tempo que Corina sentiu milhares de anos de solidão de uma vez só.

Chorou. Não de medo, nem de raiva – mas porque ela também era água salgada, exatamente da mesma qualidade e do mesmo formato daquela que agora começava a vazar e preencher seu capacete por dentro.

Foi quando os sons do oceano entraram em seu ouvido que ela sentiu que estava perto de entender a mensagem, mas o abismo era claro demais para que ela conseguisse ler.

Corina não podia imaginar que aquela luz fosse tão violenta.

CAPÍTULO 18
OCEANO

Um traje vazio afundando devagar no escuro. Um acidente, mais um pedaço de lixo enviado pela superfície, uma oferenda. Uma coisa sem significado, uma mensagem pela metade, uma resposta, uma tentativa de contato. Tantos significados isso pode ter, mas aqui tão fundo é a forma humana que chama atenção. Braços, pernas, uma cabeça bem redonda. Submarinos, cápsulas, pequenos robôs em forma de nave, tantos artefatos as pessoas já enviaram e nenhum era tão notável quanto este, ainda que paire sem vida, mais inerte do que qualquer coisa robótica controlada por alguém apertando botões lá em cima. Não há botões que permitam esta armadura se mover novamente.

"Por que ainda estão olhando?", talvez se perguntasse quem um dia já respirou ali dentro, a tensão no seu pescoço avisando que continua a ser observada e não é apenas o punhado de câmeras na Estação, porque mesmo agora, tão longe e tão morta, ainda há olhos e ouvidos atentos ao que resta dela.

Por que continuar olhando? Há algo de fascinante a respeito de receber este presente. Não é tão pesado quanto deve ter sido para um corpo humano levantá-lo ali de dentro, mas a água torna tudo mais leve. Não existe nada tão grande que eu não consiga sustentar com leveza – não por acaso a maior criatura que já existiu só poderia viver aqui, em mim.

Movo o traje, um pouco para a direita, um pouco para a esquerda, depois viro lentamente para que fique com a barriga para cima, mexo um braço, dobro uma perna, na tentativa de simular os movimentos humanos que me lembram a história dos habitantes de Auris.

A composição da água é parte oxigênio, parte hidrogênio, dizem, mas não sabem que é também parte memória. Cada pequeno evento em bilhões de anos ficou gravado em mim, desde os ruídos das arqueias flutuando solitárias em um mundo muito antigo até a primeira vez que um submarino tripulado chegou ao ponto mais fundo do oceano. O gosto salgado carrega um vestígio dessas histórias, como lágrimas que salgam a boca quando escorrem pelo rosto, preenchidas não apenas de sais, mas de sentimentos e lembranças.

São tantas as histórias que testemunhei, mas como me esquecer de qualquer uma delas se são minhas também? Eu estou lá quando uma lagosta faz do resto de um naufrágio seu abrigo, apenas para depois morrer esmagada por um pedaço de convés que deslizou bem em cima dela. Vejo uma arraia gigante flutuando ao redor de uma enorme caixa de metal, preocupada com os animais aprisionados do lado de dentro, perguntando-se o que pessoas fazem ali tão fundo, imaginando o que há de errado com cada uma delas. Conheci uma pescadora mergulhando nua e sem equipamentos, apenas uma rede amarrada na cintura, colhendo com seus dedos finos pequenos abalones pousados numa formação rochosa não muito longe da costa, descendo e voltando à superfície para pegar ar, várias vezes, mergulhando todos os dias, por anos, até envelhecer e assistir à sua profissão ser substituída por navios pesqueiros que levam quilos, toneladas de vida do fundo sem muito esforço, arrastando famílias de pequenos peixes, camarões, águas-vivas e polvos que não voltarão mais a ver seu mundo. Testemunhei aquele pezinho de cinco dedos se aventurando pela primeira vez nas areias da praia, a voz da mãe a distância dizendo para ela não ir tão longe.

"Cuidado, Corina!"

A menina correu, achando graça em me ver espirrar em espuma branca enquanto chutava a água a cada passo, um pé após o outro até que a areia sob eles sumiu em um movimento da onda que a cobriu. De repente não sabia mais onde era cima, onde era baixo; tinha apenas a certeza de estar toda molhada e o gosto salgado em sua boca.

Oi.

Foi um encontro não muito amigável, pois a água a fez tossir, o peito pequeno se movia depressa e pela primeira vez ela experimentava o sabor da água salgada – o gosto de peixes se reproduzindo e crustáceos se decompondo e baleias amamentando –, e a memória da água concentrada naquele sal a fez engasgar com tanta informação, colocar a língua para fora e se sentar desajeitada na areia enquanto a onda se afastava do seu corpo. Ficamos nos encarando por um tempo, a distância, o cabelo da pequena jogado na frente dos olhos, e era uma moldura formada por fios emaranhados, grãos de areia, gotas d'água e raios de sol que formavam uma vista quase mágica daquele mundo que ela via pela primeira vez. Enfiou as mãos pequenas na areia molhada e sentiu a água, fria e tranquila, entrar no buraco que seus dedos deixaram. Passei entre seus dedos, convidando-a a ficar. Ela percebeu que a água se mexia como algo vivo, mas era pequena demais para encontrar uma categoria adequada para aquela coisa infinita e salgada, que não tinha pernas e se movia, que não tinha boca e sussurrava. Mais tarde, passaria a chamar apenas de mar. Naquele momento, era só mais um colega de brincadeiras.

Depois veio a mãe, segurou-a pela mão, e elas andaram juntas por onde as ondas intermitentes se encontrariam com a areia. Em algum momento surgiu uma concha, que a mãe mostrou à menina, colocou perto do ouvido dela e riu quando Corina disse alô, mesmo achando estranho aquele telefone espiralado; então ouviu a mãe explicar que aquela havia sido a casa de uma criatura que não vivia mais ali, e que agora somente os sons do mar moravam na concha. A garota não entendeu muito bem o que a mãe quis dizer quando contou que, não importava onde ela estivesse, se colocasse uma concha perto do ouvido sempre poderia ouvir aqueles sons, como se pudesse fazer uma chamada a longa distância, sem fio, nem telefone, quando quisesse ouvir a voz do oceano. A pequena ficou parada e apenas escutou a espuma e as ondas, as bolhas e as barbatanas, as canções ocultas sob a água, as histórias das profundezas, o som que vinha da infância do planeta, espantada que tudo aquilo fosse soprado através de uma caixa tão pequena e oca.

Mas depois não pensou mais nisso. Depois esqueceu. Era pequena, não dava para culpá-la, e bastou vir o dia seguinte para começar a dissolver essas memórias na espuma do tempo.

Permaneceu o barulho das ondas e o chamado contido nele, que seu corpo quase automaticamente atenderia todas as vezes até que ela fosse cada vez mais fundo, prendesse a respiração, ficasse na vertical e afundasse, usasse um cilindro de oxigênio ou uma armadura de aparência grotesca, fosse de cabeça para baixo em direção a um abismo, rodopiasse dentro de um vulcão extinto, consumisse sua existência num chamado irracional já contido na primeira onda que a derrubara quando ela era pequena demais para se lembrar. Mas não me esqueço, porque ainda existe a memória de um mamífero tentando se equilibrar na areia molhada, mais ou menos entendida da força do mar – mas o sorriso revelava que se divertia. Talvez ali já tivesse entendido tudo.

Foi há tanto tempo. Anos, décadas, talvez algum punhado de séculos. O que são as eras quando se tem a idade do planeta? Essas coisas passam depressa, e as vidas humanas têm a duração de um suspiro – mas não esqueço. Porque a memória está compartimentada em um número inconcebível de coisas vivas, está na longa existência das eremitas, nos solitários espectros, no canto das baleias, nos caranguejos Yeti e também nas bactérias que eles devoram em suas fazendas; está nas algas, nas rochas e na fumarola dos vulcões oceânicos, nas correntes marítimas, na dança das águas-vivas, está até no mergulhador atravessando uma arraia com um arpão; alguns mais avisados que os outros de que fazem parte da mesma consciência e que são portadores dessa memória, de um fragmento da história, da mesma existência.

Atravessei o tempo de vida de todas elas, carregando todas as histórias no som que minhas ondas murmurarão até o momento em que não existir ser vivo que as ouça, na superfície ou abaixo dela. Uma concha, um túnel acústico, um espectro; a mensagem sendo empurrada para mais longe. E mesmo a sereia da sua alucinação, quando o nitrogênio envenenar seu cérebro e todo o oxigênio tiver ficado para trás, aquela que sussurra coisas estranhas, mesmo ela falará a minha língua.

É um pouco solitário quando não escutam, preciso admitir, ainda que a decepção e a tristeza nunca sejam minhas. Se sinto, é através de pele, escama ou membrana dos que estão mergulhados dentro de mim e então é difícil não absorver essa curiosa sensação de ser uma coisa viva. É difícil ter tanta vida imersa aqui dentro e não me interessar sinceramente pelos seus sentimentos, pela reação delas ao mais fortuito acaso, pelo sofrimento da sobrevivência, pela urgência que os move rumo a algo desconhecido.

A solidão, o tempo todo ela. Como não? Mas nenhuma criatura viva é capaz de suportar a quantidade necessária de solidão para chegar perto de compreender. Elas continuarão buscando, indo mais fundo, enlouquecendo. Mas não entenderão. E não diziam que as profundezas eram vazias? O que haveria para se entender ali? O que haveria para se ver dentro de um vulcão, mesmo depois de morto?

Entender nunca foi o mais importante. A urgência sempre foi pelo impulso de preencher aquela solidão, estabelecer um contato, saber-se como apenas um ponto numa complexa rede de vida; mandar um sinal e receber uma resposta, estabelecer um diálogo, ter algo ou alguém a quem se conectar. Os azúlis. Corina. Todos que vieram entre eles e que viessem depois. Uma única busca que os conectava.

"Não estamos sozinhos."

Nem poderiam, ainda que reste apenas o oceano – o silêncio, a junção de todos os sons, e aqui eu estarei observando, contando histórias, lembrando.

Braços, pernas, uma cabeça. Cercado de nada e água, o traje ainda flutua e já não parece mais tão ridículo sem ninguém para olhar. Nas medidas e no formato certo para acomodar a forma humana, não parece feito para mais nada que não seja uma pessoa, mas sinto que posso vesti-lo, contrariando qualquer engenheiro lá em cima que possa afirmar que sua criação seja inadequada para vestir um corpo de dimensões tão gigantescas quanto o meu.

A pressão abre caminho para que eu entre pelas frestas, e as partes esmagadas cedem à água que entra devagar, como um tecido muito elástico se ajustando a um corpo cheio de curvas que pela primeira vez experimenta esse tipo de traje. Cada espaço vazio tomado de oceano, água salgada pulsando debaixo de metal e borracha, entrando pela cabeça até que finalmente possa encarar a si mesma do outro lado do visor. Estar dentro e fora ao mesmo tempo. Isso é *estar*.

Quem olhasse de fora veria movimentos aleatórios e não seria capaz de distinguir o que é movido pelas correntes oceânicas ou pela água consciente do lado de dentro, porque, no final das contas, é tudo a mesma coisa.

Se alguma inteligência conseguir chegar até aqui novamente, poderá encontrar na forma deste traje – braços, pernas, cabeça – a resposta para o contato que busca. Serei um anfitrião esperando por essa visita, com a paciência de bilhões de anos, pronto para acolher seja quem for, e então esse indivíduo não estará mais sozinho.

Dentro do traje, eu esperarei por esse dia.

AGRADECIMENTOS

Ao Marcos Felipe, pela parceria e companhia em tudo o que me atrevo a fazer, pelo apoio e escuta nos momentos mais difíceis desse trabalho e pelas conversas que fizeram surgir tantas ideias.

Aos amigos Olivia Maia e Alex Luna, pelas opiniões, dicas e pitadas de motivação desde os primeiros esboços da história. Aos inestimáveis primeiros leitores Gizelli, Gabriela, Gustavo, Cavi, Jarid, Diego e Amanda, pela leitura cuidadosa, pelos comentários sinceros e pelos pitacos muito bem-vindos. Ao Leon e à Kaká, pelo carinho e bom gosto ao me fotografar vestida de autora.

À Larissa Helena e a toda equipe da Rocco, por acreditarem na história, por tratá-la com tanto carinho e pelo trabalho lindo que ajudou a transformá-la neste livro.

Aos leitores da minha newsletter Bobagens Imperdíveis, pela companhia durante a extensa jornada de escrita. Aos leitores que contribuem mensalmente para que eu continue escrevendo, pela generosidade que possibilita meu trabalho.

Aos meus pais, Graça e Élsio, pelo incentivo e corujice sempre. Aos familiares, amigos e leitores que, com seu carinho e compreensão, não deixaram que eu me sentisse sozinha, apesar do isolamento que faz parte da minha profissão.

Por fim, a você, que tem este livro nas mãos e que, com a sua leitura, ajudou a tornar a história um pouco mais real. Obrigada.

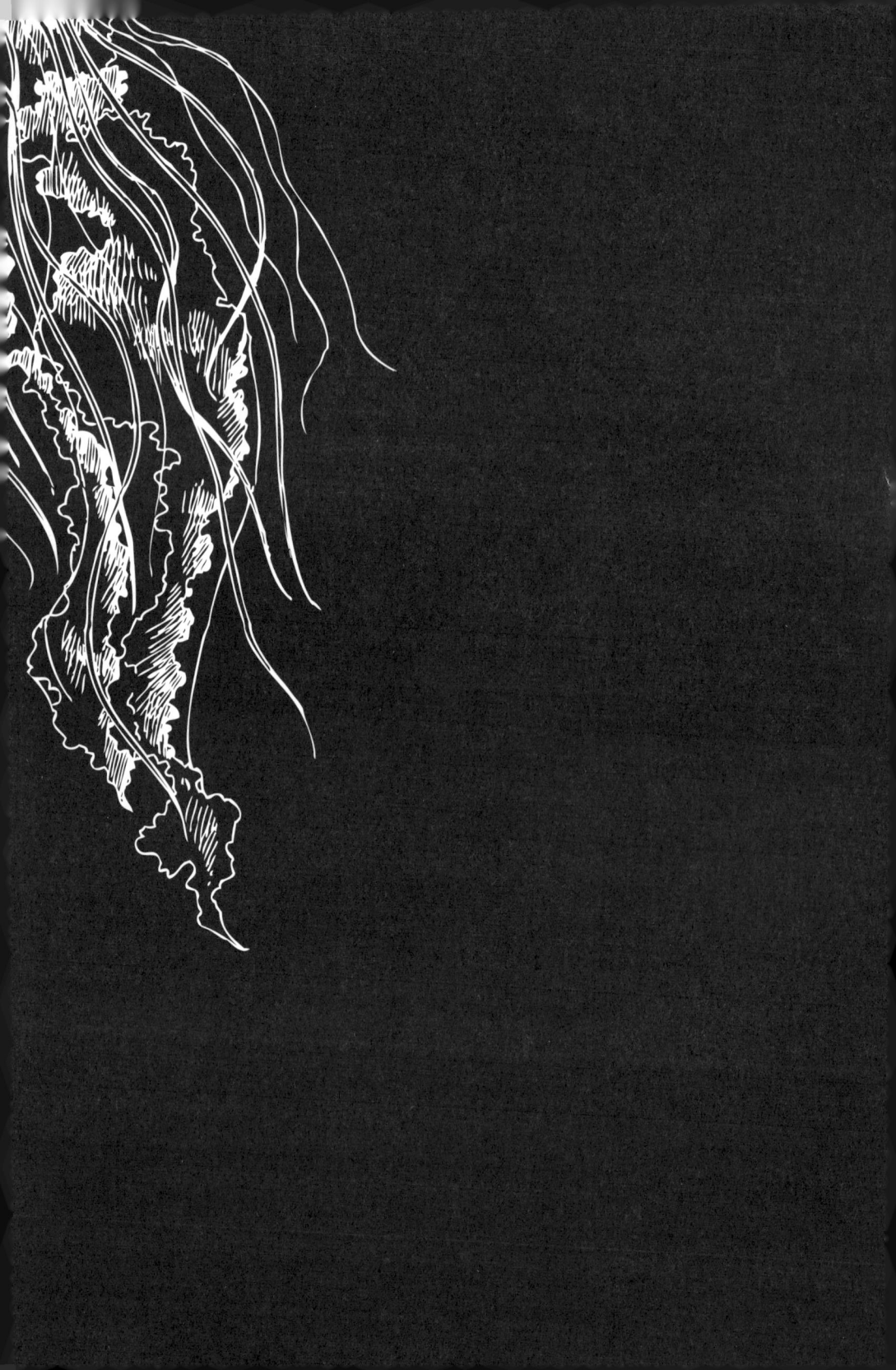

Impressão e Acabamento:
Editora JPA Ltda.